張恨水序跋

谢家顺　康鑫　辑注

黄山书社

图书在版编目(CIP)数据

张恨水序跋 / 谢家顺，康鑫辑注 . -- 合肥：黄山书社，
2024. 10. -- ISBN 978-7-5737-1292-9

Ⅰ . I266

中国国家版本馆 CIP 数据核字第 20240DH232 号

张 恨 水 序 跋
ZHANG HENSHUI XUBA

谢家顺　康鑫　辑注

出 品 人　葛永波
责任编辑　刘莉萍
装帧设计　刘　僮
责任印制　李　磊
出版发行　黄山书社
地　　址　安徽省合肥市蜀山区翡翠路 1118 号出版传媒广场 7 层　邮编：230071
印　　刷　合肥华苑印刷包装有限公司
版　　次　2024 年 10 月第 1 版
印　　次　2024 年 10 月第 1 次印刷
开　　本　710 mm × 1010 mm　1/16
字　　数　216 千字
印　　张　20.75
书　　号　ISBN 978-7-5737-1292-9
定　　价　84.00 元

服务热线　0551-63533706
销售热线　0551-63533761
官方直营书店（https://hsss.tmall.com）

序

序跋，按照法国文艺理论家热拉尔·热奈特的理论，属于“副文本”范畴。所谓序、序言和序文，一般置于文前和书前，又称前言、弁言、引子、楔子和题记，张恨水作品集里还有“上场白”“前奏”等称谓。序又有自序和他序，自序系作者自己对书之写作经过有所交代，对书中内容有所说明或发挥。他序则是他人对作者及书中内容的介绍和品评。至于跋、跋语、跋尾，又称后记、结束语等，置于文末或书末，通常与序相对，是对序的补充或引申。总之，无论序还是跋，虽说是“副文本”，却往往是一部著作不可缺少的重要组成部分。

在中国现代文学史这个领域里，序跋所起的作用尤其不可小觑。最有说服力的例子是鲁迅《呐喊》的《自序》，早已被公认为研究鲁迅思想和文学创作的极为重要的文献。鲁迅自己编定的著译，除了《彷徨》，均有序言或后记，《朝花夕拾》《华盖集》《伪自由书》《准风月谈》《且介亭杂文（一、二集）》等集子既有序言又有后记。这个文学现象，似至今无人认真研究。

有趣的是，现代通俗文学作品集，不但大都有序，还大都有他序，而且多人他序也司空见惯。不妨举一个与张恨水直接有关的具有代表性的例子。1935 年 8 月，海上陆澹安根据张恨水长篇小说《啼笑因缘》改编的《〈啼笑因缘〉弹词》（前集上下）由上海三一公司初版，书前除陆澹安自序外，他序竟有严独鹤、周瘦鹃、孙玉声、张春帆、顾明道、范烟桥、徐卓呆、郑正秋、郑逸梅、徐碧波、张舍我、刘恨我、尤爱梅、倪高风十四家之多，叹为观止。而在新文学作品集里，多人他序就颇为少见了。

接下来就该说到张恨水了。张恨水是 20 世纪中国文学史上数一数二的通俗文学大师，将近一个世纪以来，从《春明外史》到《啼笑因缘》，从《夜深沉》到《八十一梦》，张恨水的众多中长篇小说一纸风行，广为传诵，一直在文学史上熠熠发光，不少作品还被改编成多种艺术样式，经久不衰。这部《张恨水序跋》，是张恨水毕生创作的近五十种作品包括小说、散文集、诗词集的序跋和张恨水为他人作品十余种所作序文的首次集中汇编。证之于《张恨水全集》（2019 年 1 月北岳文艺出版社新版），《全集》已收之作品序跋，当然照收不误；作品虽入《全集》，序跋却删去或漏收的也予补全；更重要的是，还增补了《全集》未能收入的十多篇序跋，可谓别开生面，蔚为大观。

综观这么多丰富多彩的张恨水序跋，有以下几个方面值得特别注意：

首先，张恨水十分看重自己作品的序跋，他的书几乎每本不是有序就是有跋。同时，他的小说创作有一个显著的特色，那就是继承了中国古典小说的传统，大部分是章回体，又大都先在北京、上海、南京、重庆等地报刊上连载，然后出版单行本。因此，他的小说集的序跋，除了少数篇章，如《金粉世家》的《上场白》、《天上人间》的自序、未能出版单行本的《疯狂》的《前奏》和《跋》以及《水浒新传》自序等，是作品连载时的序跋，大都是单行本的序跋。这就使作为作者的张恨水，得以在一部小说连载完毕后，不但可以再作修改，还可以在单行本序跋中回顾和小结自己的创作缘由、创作心境与创作得失，这些序跋也往往可以成为阅读和研究这些小说的一把钥匙。

其次，张恨水小说的连载，经常旷日持久，以至出版单行本也成为一个过程，往往会分作好几集。他的第一部产生广泛社会影响的《春明外史》，就在北京《世界晚报·夜光》连载长达五年之久。1925 年 10 月出版第一集单行本时，他写了《前序》；1927 年第二集与第一集合并再出单行本时，他写了《后序》；1929 年 8 月出版完整的三集单行本时，他又写了《续序》，以至《春明外史》的序文有三篇之多。另一种情况是，还有一些张恨水小说，单行本初版时并无序，再版时才补了序。我偶然见到的《蜀道难》蓉一版即为明显的一例。这部小说最初在 1939 年上海《旅行杂志》连载，1941 年 10 月上海百新书店初版，无序，1944 年 7 月百新书店再推出蓉一版时，他才写了《自序》。幸好本书编者谢家顺兄锐意穷搜各种版本，并仔细加以比对，不断有新的发现，否则，张恨水作品的序跋，遗珠之憾就在所难免了。

第三，张恨水序跋写作的语言表达，有一个从文言或半文半白向白话的转变。他在《啼笑因缘》的《自序》中说得很清楚：

《啼笑因缘》将印单行本之日，我到了南京，独鹤先生大喜，写了信给我要一篇序，这事是义不容辞的。然而我作书的动机如此，要我写些什么呢？我正踌躇着，同寓的钱芥尘先生、舒舍予先生就鼓动我作篇白话序，以为必能写得切实些。老实说，白话序平生还不曾作过，我就勉从二公之言，试上一试。因为作白话序，我也不去故弄什么狡狯伎俩，就老老实实把作书的经过说出来。

由此可知，张恨水作品自序采用白话文体是从《啼笑因缘》开始的，以求“更切实些”，让更多的读者感到更亲切些。此后，他的小说创作的序跋就经常以白话或文白相间出之，《夜深沉》《秦淮世家》《虎贲万岁》等长篇的自序就完全是白话文了。这也说明张恨水的小说创作，在序跋语言这一点上也努力与时俱进。

第四，也许是更重要的，张恨水在自己作品的序跋中，往往会透露创作的前因后果、来龙去脉，这正是研究者所大感兴趣的。譬如，张恨水的《平沪列车》是现代文学史上为数不多的以铁路为主题的中篇小说，也是张恨水唯一译成英文的小说。出版了《铁路现代性：晚清至民国的时空体验与文化想象》（2020年11月台北时报出版公司初版）的香港学者李思逸就曾对《平沪列车》作过专门讨论，但张恨水怎么会起意创作这部中篇的？答案就在《平沪列车》1946年4月百新书店蓉二版的序里：

予观外国剧本，尝有以舟车中局部故事之发展，作为整个题材者，殊喜其生面别开，饶有兴趣，而在吾国文艺场合，尚为鲜见，又思可试为之。当予为《旅行杂志》写第二部长篇时，在民国二十一二年中，予常来往北平上海间，见闻既多，不无可取，因即仿欧美剧本之意，特写此篇，以适于该杂志之需要，而直名之曰《平沪通车》……

这段话就把张恨水当时受“外国剧本”启发，产生灵感，精心构思，创作出“内容主角不过二人，地点在一列头等车中”的《平沪列车》的经过和盘托出了。显而易见，这对研究者正确把握《平沪列车》的主旨和创作特色不无裨益。

最后，还应该提到，《张恨水序跋》对张恨水作品的他序也给予了足够的关注，尽可能地编入了张恨水各方友人为其单行本所作的序跋。严独鹤为《啼笑因缘》所作的长序，赵苕狂为《满江红》所作序，朱石麟为《银汉双星》所作序，陈德铭为《八十一梦》所作序，钱芥尘为《过渡时代》所作序，以及张静庐为《山窗小品》所作跋，莫不是研究张恨水小说、散文足资参考的文献。而张恨水为张友鸾、郑逸梅、卢冀野、赵超构等友人作品所作的序，也显示了他的独到的见解。无论是他序，还是张恨水为他人著作所作的序，无疑都是研究张恨水广阔的文坛交游和多方面的文字交所不能忽视的。

去年金秋时节，我应邀参加在苏州举行的纪念张恨水文学创作110周年学术研讨会暨《张恨水书信》发布会。搜集颇为齐全的《张恨水书信》正是谢家顺兄整理辑注的。为此我建议他再接再厉，再编一本《张恨水序跋》，以成双璧。谢兄有深厚的积累，很快就把这部序跋集编好了。正因我是提议者，所以谢兄要我再为《张恨水序跋》作序，我就无法推脱了。于是写了上面这些话，作为我初读《张恨水序跋》的一点粗浅的感受。但我相信，这部《张恨水序跋》为张恨水研究打开了一扇新的窗户，张恨水研究者、现代通俗文学研究者，乃至20世纪中国文学史研究者，应该都能从中有所得。

陈子善

甲辰盛夏于海上梅川书舍

目　　录

他　序

散文集自序（跋）

诗词集自序

为他人著作所作序

附　录

前　言

（一）张恨水（1895—1967），中国现代著名报人、作家，从事新闻工作30年，文学创作50年。创作百余部中长篇小说，绝大部分是先在报纸上连载，后出版单行本，留下了自序51篇，跋3篇；散文集自序6篇，跋2篇；诗词集自序1篇；为他人写序11篇。自序篇数达58篇。

（二）所辑序跋按年代先后排列，分小说自序（跋）、他序、散文集自序（跋）、诗词集自序、为他人著作所作序、附录六个部分。为保持原貌，所有序跋均全文照录。涉及小说单行本的序跋，有其他人所作序跋并相关文章的，以【附】标注，收入文后。

（三）鉴于张恨水序跋时间跨度大，故所辑录序跋时间均按原文标注，不作改动。

（四）全书按照书名、序（跋）文、书影与版权页图片、辑注体例排列，其中，书影与版权页尽量收录连载或单行本初版图片，少数以其他版本图片替代；正文中的“他序”，指其他人为张恨水著作所作的序言；每篇文后的辑注，则尽可能列出与该序

（跋）有关的背景信息，便于读者理解。

（五）“附录”部分所收张友鸾所撰文章，系在国内首次刊出，以供读者对张恨水有更全面的了解。

小说自序（跋）

春明外史

第一集

上册

世界晚報叢書之一

《春明外史》

前　序

余少也不羁，好读稗官家言，积之既久，浸淫成癖，小斋如舟，床头屋角，累累然皆小说也。既长，间治词章经典之书，为文亦稍稍进益，试复取小说读之，则恍然所谓街谈巷议之言，固亦自具风格，彼一切文词所具之体律与意境，小说中未尝未有也。明窗净几之间，花晨月夕之际，胸怀旷达，情有不能自已者，窃尝拈毫伸纸，试效为之，亦复悠然神会，辄中绳墨焉。于是又感小说如诗，亦足为慰情陶性之作，不必计字卖文，强迫而出此，更不必以此侪于著作之林，作为不世之业以为之也。年来湖海消沉，学业之事，百凡都已颓废，唯于小说一道，尚爱好如恒。吾友舍我知其然也，当其主办《世界晚报》之始，乃以撰述长篇相托，余因之遂有《春明外史》之作。余初非计字卖文，亦未敢自侪于著作之林也。夫太玄之篇，且覆酱瓿，左思之赋，几盖酒瓮，而此雕虫小技，又乌足以自鸣耶？金圣叹批西厢，自谓为人生消遣法之一，余窃引以自况焉。容亦读者所许欤？

民国十四年十月十日张恨水序

后　序

渐之意义大矣哉！从来防患者杜于渐，创业者起于渐，渐者，人生所必注意之一事乎？吾何以知之？吾尝来往扬子江口，观于崇明岛，有以发其省也。

舟出扬子江，至吴淞已与黄海相接，碧天隐隐中，有绿岸一线，横于江口者，是为崇明岛。岛长百五十里，宽三十里，人民城市，田园禽兽，其上无不具有，俨然一世外桃源也。然千百年前，初无此岛。盖江水挟泥沙以俱下，偶有所阻，积而为滩，滩

民國十四年十月初版

定價大洋壹元

版權所有

著作者 張恨水
出版者 世界日晚報社
發行者 世界日晚報社
代售者 各大書坊

世界日晚報叢書之一

1925年10月，《春明外史》第一集（上册）初版（世界日晚报丛书之一）

能不为风水卷去，则日积月聚，一变为洲渚，再变为岛屿，降而至于今日，遂有此人民城市，田园禽兽，卓然江苏一大县治矣。夫泥沙之在江中，与水混合，奔流而下，其体积之细，目不能视，犹细于芥子十百倍也。乃时时积之，日日积之，以至月月年年积之，居然于浩浩荡荡、波浪滔天之江海交合处，成此大岛。是则渐之为功，真可惊可喜可惧之至矣。

于此，乃可以论予之作《春明外史》矣。予之为此书也，初非有意问世，顾事业逼迫之，友朋敦促之，乃日为数百言，发表于《世界晚报》之《夜光》。自十三年以至于今日，除一集结束间，停顿经月外，余则非万不得已，或有要务之羁绊，与夫愁病之延搁，未尝一日而辍笔不书。盖以数百言，书之甚便，初不以为苦也。乃日日积之，月月积之，浸假得十万言，成若干回矣。浸假得二十六万言，成第一集矣。浸假得六十万言，成第二集矣。而吾每于残星满天、老屋纸窗之下，犹夕夕为第三集也，今亦成书六回矣，合之可得七八十万言也。今率尔命人曰：尔须为文八十万言，未有不惊其负任之重且大者。然予卒优为之，盖成于渐而不觉也。古人有惜寸阴者，有惜分阴者，良有以欤？

因予之书之成于渐也，或曰：其书系信手拈来，凑杂成篇。或曰：不然。譬诸画山水，先有大意，然后兴到一挥，合之自然成章。予曰：唯唯否否。谓毫无布置，日日为之，各不相顾，则此七八十万言，将成何话说？谓固有规矩，按意命文，然为文如掷骰赶盆，一时有一时之兴致，即一时有一时之手法。为文且千余日，谓仍不失初意，又欺人之谈也。夫江中之泥沙，渐渐成岛，未必不改原来之形势，而其卒能成岛则一也。又奚问焉？然此实非予所计及。予书既成，凡予同世之人，得读予书而悦之，无论识与不识，皆引予为友，予已慰矣。即予身死之后，予墓木已拱，予髑髅已泥，而予之书，或幸而不亡，乃更令后世之人，取予书读而悦之，进而友此陈死人，则以百年以上之我，与百年以下之诸男女老少，得而为友，不亦人生大快之事耶？其他又奚问焉？人生至暂，渐渐焉而壮，渐渐焉而老，渐渐焉而死而朽，不有以慰之，则良辰美景，明窗净几，都负之于渐渐之中，不亦大可惜哉？悟此者，乃《春明外史》之友也，亦予之友也。民国十六年十二月十七日，彤云覆树，雪意满天。书于老屋纸窗、青炉红火之畔。

张恨水序

续　序

《春明外史》今蒇事矣，吾之初作是书也，未敢断其必蒇事也，今竟蒇事，是在吾一生过程中所言行百千万亿之事，而又了却其一矣。使吾而为吾自身作传，所可大书特书者也。夫人生做事，大抵创其始易而享其终难，吾于此书创其始而亦睹其终，快何如之？而读《春明外史》者，于其第一日在报端发表时读之，于其第一集发印单行本时又读之，于其复印第二集单行本时更读之。今于吾书卒业时，于其全部自第一字至最末一字，且全读之，又得不以为快乎？作者快，读者亦快，吾愿与爱读《春明外史》

者，同浮一大白者也。更或获万一之幸，吾书于覆瓿之余，得留若干部存于百年之后，则后世之人，取书于故纸堆中，欣《春明外史》之底于成，而读《春明外史》者之得观其成，则读吾文至此，见吾与吾友之同浮一大白，当亦忍俊不禁，陪浮一大白矣。是可乐也。

虽然，吾因之有感焉。吾书之初发表也，在民国十三年四月十二日，而其在报端完毕也，在民国十八年一月二十四日，其间凡五十七越月矣。此五十七越月中，作者或曾欣欣然有若帝王加冕之庆焉，或曾戚戚然有若死囚待决之悲焉，亦有若释家所谓无声色嗅味触法，木然无动，而不知身所在焉。若就此而为文以纪之，则十百倍于《春明外史》之多可也。然而今何在者？皆已悠悠忽忽，仅留千万分之一作为回忆而已。不亦哀哉？吾如是，吾知读《春明外史》者亦莫不如是也。不但如是而已，则在此五十七月中。爱读《春明外史》者，生离者或当有人，死别者或当有人，即远涉穷荒，逃此浊世，或幽居囚地，永不见天日者，或亦莫不有人。是皆吾之友也，吾竟不能以吾友爱读者，献与得卒读之，使其生平，多亦未了之缘，此又吾耿耿于心，愀然不乐者矣。

由前言之，可乐也。由后言之，乃不胜其戚矣。一下里巴人之小说成功，其情形且如此，况世事有百千万亿倍重于此者乎？信夫，天下之事有相对的而无绝对的也。

吾书至此，人或疑而问曰：然则子书之成也，乐与戚乃各半焉，果将何所取义乎？吾又欣然曰：与其戚也，宁悦焉。夫人生

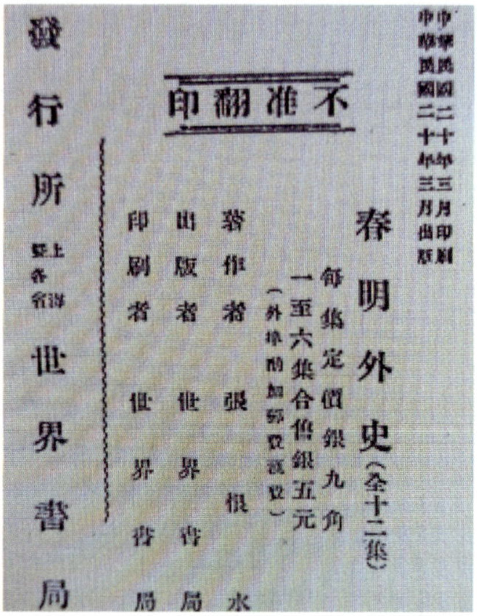
中華民國二十年三月印刷
中華民國二十年三月出版

春明外史（全十二集）
每集定價銀九角
一至六集合售銀五元
（外埠酌加郵費匯費）

不准翻印

著作者 張恨水
出版者 世界書局
印刷者 世界書局
發行所 世界書局

1931 年 3 月，上海世界书局版《春明外史》

百年，实一弹指耳。以吾书逐日随写五六百言，费时至五十七月而书成，似其为时甚永也，然吾于书成后之半岁，始为此序，略一回忆，则当年磨墨伸纸，把笔命题，直如昨日事耳。时光之易过如此，人生之岁月有涯，于此一弹指，弃可用心思、耳目、手足不用，听其如电光石火，一瞬即灭，不亦大可惜耶？今吾在此若干年中，将本来势将尽去之脑之口之目之手，于其将去未去以成此书，造化虽善弄人，而吾亦稍稍获得微迹，而终于少去须臾，是终可庆也。且读吾书者，因而喜焉，因而悲焉，因而相与讨议焉，亦将其将去未去之脑之口之目之手，以尽一时之适意，亦未始非好事也。不宁唯是，而最大之效用，且又可于若干时候忘却日日追逐之死焉。夫人生之于死，拒之有所不能，急而觅死，人情又有所不忍，坐以待死，亦适觉其无聊者也。然则人生真莫如死何矣。兹有一法焉，则尽心努力，谋一事之成，或一念之快，于是不知老之将至，直至死而后已，遂不必为死拒，为死不忍，为死而无聊矣。识得此法，则垂钓海滨，与垂拱白宫，其意无不同。而吾之作小说，与读者之读小说，亦无不同也。容有悟此者乎？则请于把盏临风，高枕灯下，一读吾书。更不必远涉山岛，而求赤松子其人矣。

十八年八月二十二日由沈阳还北平，独客孤征，斗室枯坐，见窗外绿野半黄，饶有秋意。夕阳乱山，萧疏如人，客意多暇，忽思及吾书，乃削铅笔就日记本为此。文成时，过榆关三百里外之石山站也。

张恨水序

【注】《春明外史》是张恨水第一部产生广泛影响的长篇小说，1924 年 4 月 12 日至 1929 年 1 月 24 日连载于《世界晚报》副刊《夜光》。续序中所提“四月十二日”，指《世界晚报》试刊，4 月 16 日该报正式出刊。全书约百万字，是一部以《二十年目睹之怪现状》为蓝本的谴责小说。该书通过新闻记者杨杏园与青楼雏妓梨云、才女李冬青的爱情故事，反映民国初年北洋军阀政府时期的逸闻轶事和社会风貌，在一定程度上暴露了当时政治的黑暗。这是张恨水的成名作，也是他认为的“得意之作”“用心之作”。

《春明外史》单行本最早版本，由张恨水二弟张啸空主持印刷。第 1 集共 13 回，分订 2 册于 1925 年 10 月出版，发行

1000余册；第2集共13回，1927年12月，《世界日报》经理吴范寰合并1、2集（26回）出版；世界日晚报社于1929年8月出版单行本3集，共39回。现在看到的较早版本是1931年上海世界书局出版的86回本，分上下函，共12集。

《春明新史》

自　序

予作《春明外史》将毕，钱芥尘先生适创《新民晚报》于沈阳，遂以逐日发表之小说相嘱，且代为定题曰《春明新史》。予笑曰：先生之命固不敢违，而《新史》则仆又无可着笔。可奈何？盖《外史》主人杨杏园，将行了结其浮生之梦，世尢续命汤，仆不能作返魂记也。芥尘先生曰：子毋然，既曰新，自非续。既非续，又何妨另起炉灶乎？子且思之。予细味芥尘先生之言，恍然有得，遂如填曲家之谱尾声，而果以《新史》刊《新民晚报》。尾声者，词家曰：辞以媚之也。《外史》如春日，此则如天末斜阳；《外史》如歌曲，此则如弦外余音；《外史》如全本故事，此则如一幕喜剧。《新史》原不必与《外史》有关，然实如诗家之斗韵，前意未尽，更作一首，又不尽与前无关也。书刊《新晚》荏苒二年，芥尘先生南旋，赵雨时先生继而主持是报，更发挥而光大之，予亦借附骥尾，更多与读者结文字之缘。文实不佳，其遭逢时会，

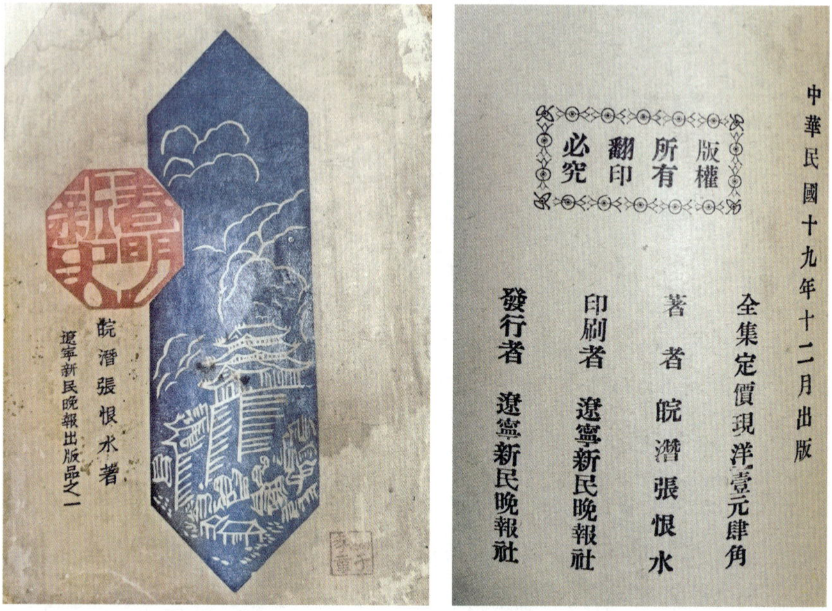

1930 年 12 月，沈阳新民晚报社初版《春明新史》（宋海东供图）

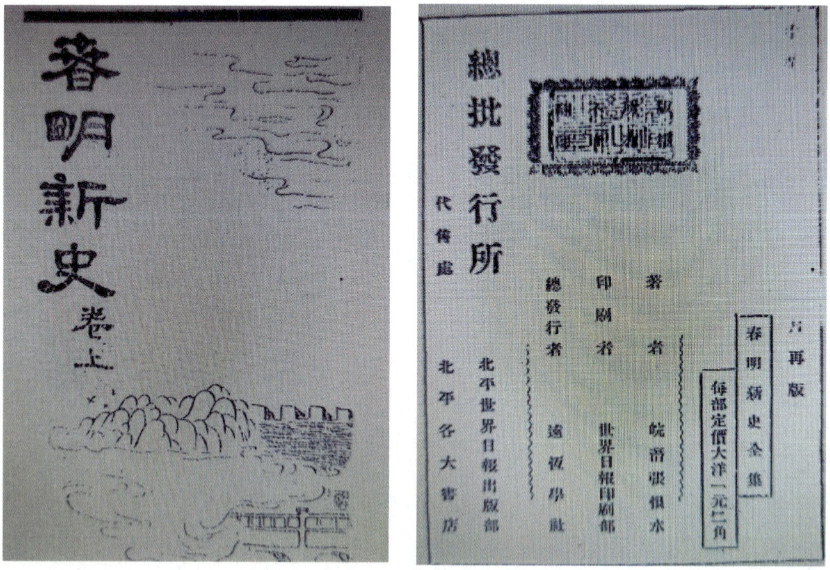

1932 年，远恒书社版《春明新史》

则可喜也。今夏书刊毕，雨时先生以发单行本函商，予欣与读者能作较久之默契也，亦自妄其陋，遂穷三日夜之力，检点全篇，删润而后付梓。此生文债之一，算又告一段矣。

民国十九年十一月十一日张恨水序于旧都

【注】1928年8月，移居沈阳的张学良决定创办《新民晚报》，由王益知、钱芥尘出面筹备，并函邀张恨水写一部类似《春明外史》的长篇小说，这部小说就是1928年9月20日沈阳《新民晚报》创刊号副刊《附刊之二·小说海》上推出的《春明新史》，同时推出的还有张恨水的《天上人间》。也因之，张恨水才有了1928年12月12日至20日、1929年3月6日至8日、1929年8月下旬的三次沈阳之行。

《春明新史》1928年下半年作于北平，同年9月20日至1930年夏连载于沈阳《新民晚报》，因原报缺失，具体结束时间无法确认。该部小说非首发，1928年7月15日曾先行在《上海画报》连载，仅连载至第三回即中止。

1930年12月，沈阳新民晚报社出单行本，1册，10回，约23万字。1932年，张恨水、张啸空兄弟二人又自费出版，由远（张心远）恒（张心恒）书（学）社发行。小说以北京丰台卖花人快嘴刘在军阀混战年代当兵、升官、发财，最后彻底垮台，到味冰寺出家做和尚的故事为线索，揭露军阀荒淫无耻的生活以及彼此争权夺利，不断发动战争残害国家、人民的罪行。

《新斩鬼传》

自　序

早十余年，我看到市上流行的石印本九才子《捉鬼传》，每每大笑不止。后来我以作小说为业，偶然又看到这部书，便觉这不光是开玩笑的书，常和朋友谈起。我的朋友张友鸾，也极赞成这部书，并说这书不叫《捉鬼传》，叫《斩鬼传》。因此我收了两部木刻本来研究，果然是《斩鬼传》。前面还有一篇黄越飞康熙庚子年序，我于是知道明末清初的书了。我以为这部书，虽不能像《儒林外史》那样有含蓄，然而他讽刺的笔调，又犀利，又隽永，在中国旧小说界另创一格，这在学界所捧的《何典》之上。自己本想下一番工夫，考证标点出来，作个原著者的功臣，然而我探索了一个月，也不过知道这书是写明朝的士林而已。书作在明朝，到清朝才刻印的，其他便无从断定。考之既不可能，我是作小说的，何妨续上一段狗尾，也是宣传之一法。有了这个动机，我便作《新斩鬼传》。

这一部书开始在十五年，正是安福二次当国的时代。我住在北京，见了不少的人中之鬼，随手拈来，便是绝好材料，写得却不费力。不过环境变化，我觉得可以适可而止，便未向下作。加之我年来常看些佛书，不愿多造口孽，虽然还以小说为业，这样明明白白的讥讽文字，我也不愿作，所以就束之高阁了。去冬到上海，马凡鸟兄介绍我和几位朋友相见，说他们有几位要想办杂志，希望得我一部小说，若是没有工夫作，旧的也可以。马君是见过《新斩鬼传》的，便要我把此书出让。对于此书，我本不想问世，落得人家说我一句会骂人。而马君却笑说："有些地方，还不失为幽默，可以让人见你另一种笔法。"我情不可却，只好答应了。后来稿子寄到上海，他们竟十分赞成，赶着出单行本。这便是这书刊印始末的实情了。

最近上海小报界同志，连我一篇短的讽刺小说《小说迷魂游地府记》都翻印了。数年前，我少不处事骂人的文字，而今虽要藏拙，竟是不可能。那么，这篇《新斩鬼传》，我自动的印出来也好。我不敢说什么知我罪我，都在此书。据卫生家说，每日大笑数次，是于人身有益的。这部书里，倒有几处，看了让人可以发一大笑。在这一点上，读者或不至于开卷无益。这就算是我的贡献吧。

民国二十年三月三十日皖潜张恨水序于旧都

【附 1】钟序

张恨水君之《啼笑因缘》初刊于《快活林》，余亦未加注意，会有友人吴君告我曰："独鹤选稿，可谓荒谬绝伦，近日所刊恨

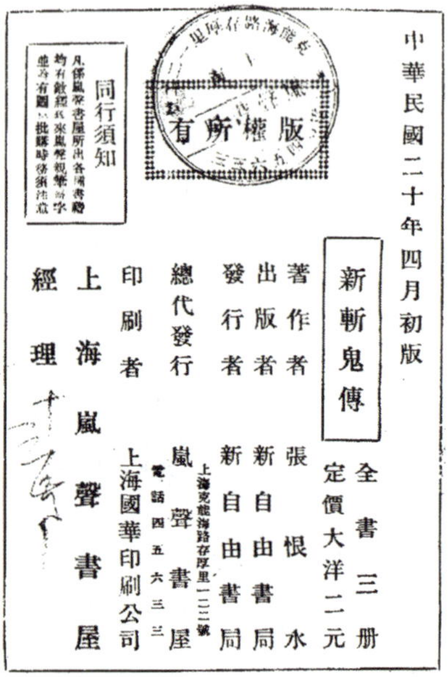

中華民國二十年四月初版

新斬鬼傳

全書三册
定價大洋二元

著作者 張恨水
出版者 新自由書局
發行者 新自由書局
總代發行 嵐聲書屋 上海克能海路存厚里一二三號 電話四五六三三
印刷者 上海國華印刷公司
上海嵐聲書屋經理

版權所有

同行須知
凡係嵐聲書屋所出各種書籍均有鈐蓋嵐聲親筆簽字並另有圖記以批購時務須注意

1931 年 4 月，上海新自由书局初版《新斩鬼传》

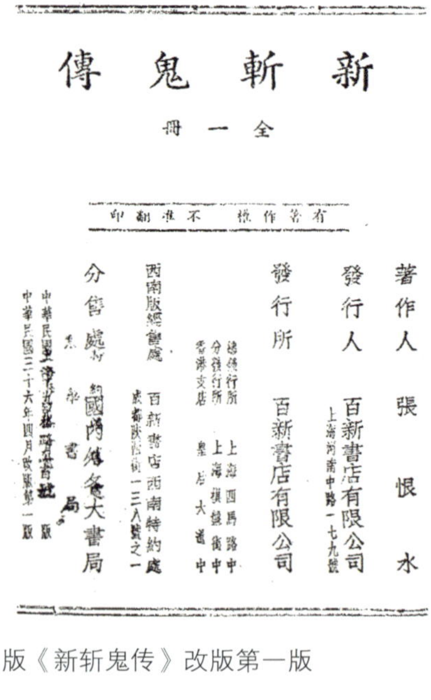

新斬鬼傳

全一冊

有著作權 不准翻印

著作人 張恨水
發行人 百新書店有限公司 上海河南中路一七九號
發行所 百新書店有限公司
總發行所 上海四馬路中
分發行所 上海福煦街中
香港支店 皇后大道中
西南版總經售處 百新書店西南特約處 成都陝西街一三八號之一
分售處 國內外各大書局
中華民國三十六年四月改版第一版

1947 年 4 月，上海百新书店出版《新斩鬼传》改版第一版水长篇，简直狗屁不通。”余以未曾细读不置可否，姑漫应之。逾日，又遇吴君，色然为余曰：“恨水小说佳也。”余笑问：“何前后矛盾如此？”吴君曰：“我无成见，初觉文字拖泥带水，今觉其情致动人耳。”又数日，《啼笑因缘》杀青。余向友人乞得一部，于笔政之暇读之，欣然曰：“吴君谓其情致动人，信也。”昔人于作文谓贵于情文相生，而作长篇小说则情尤重于文。文佳而情不佳，则直是衣冠偶像，虽庄严如神佛，尊贵如帝王，亦一死物，何足贵哉！唯情文并茂，则写豪杰即豪杰，写圣贤即圣贤，写儿女子即儿女子，事事逼肖，曾无少差。此即所谓活的文字，其非衣冠偶像之所能企及，岂可以道里计？恨水小说之能动人，殆即以此。《新斩鬼传》为恨水讽刺军阀之作，立意遣词无一不异常深刻，在言情社会之外，别有风格。适值出版者乞序于余，因志其大意如此。

中华民国二十年四月四日钟吉宇序于海上

【附 2】来序

鬼是无体无质的东西，又在若有若无之间。如今不管他有鬼没鬼，而鬼之没有体质，那是可以断言的。既无体质，试问如何斩法？再说鬼有知识，决不是随便害人的东西，既人亦何必定要斩他？偏偏这位张恨水先生秉着他于斧钺的豪锥，竟有《斩鬼传》之作，虽说小说家言多一时遣兴感怀之文，未必实有其事。但是至少可以说张先生一定是痛恨鬼物，存了这种斩鬼的心理，因此才有这等斩鬼之著作。这是无可讳言的了。然而鬼之为物，毕竟是不可斩，斩不得的。张先生纵然有笔如刀，用以诛奸盗诈伪、乱臣贼子之心，自然便利。若是小题大做，将来和鬼物作对，不但牛刀割鸡惹人讥笑，而且于事无益，何苦来呢？我正想着拿这番说话忠告张先生呢，忽然有位聪明朋友跑了进来，听我谈起这话，他就哈哈大笑道："你真是一个大笨伯！你不瞧见张先生大作中对于所斩的鬼，都察有这鬼的行述么？你只看得具有如此行为的，不管他是人是鬼，横竖都是张先生所要斩的目的物，本来生而为人，死则为鬼，人鬼原是一而二、二而一的东西，若因书名斩鬼便认作非鬼不斩，那么人之恶于鬼者，倒反能邀张先生留情笔下么？你也忒煞胶柱鼓瑟了。"我听了这话，不觉怔了多时，瞿然醒悟道："原来如此，那么张先生此书倒不是小题大做，仍是力诛奸盗诈伪、乱臣贼子的大文章了，赶紧写将出来，以旌善言且补吾过。"

中华民国二十年四月来岚声序于海上寄庐

【附3】许序

人死则为鬼。鬼也者，盖人死而魂魄未散则因化为鬼。此中国历来之传说。虽今号称哲理，学者或勿雠其言。顾吾所欲言者，乃不属于是。吾谓鬼之有无可勿论，借令有鬼，鬼则必为人之魂魄所幻化。人不能有恶而无善，谓鬼无善而尽恶可乎？鬼非尽恶，而人之恶鬼乃不异其疾恶之深。甚至世有恶人，必譬之曰：鬼头鬼脑。人有恶德，必斥之曰：鬼谋鬼计。一若人至于死，其死后之魂魄决无为善之理。嗟夫！此不平之甚者。人则欺鬼，鬼固何负于人邪！不宁唯是，今有蝇营狗苟、大肆谄媚以求荣利者，有阴贼险狠、逞淫威以厚积敛者，有貌为恭顺而中怀诡诈者，有阳作忠贞而阴施陷害者，有光天化日设陷阱以诱人者，有投井下石、恣售恶以报德者，有开口国家闭口民生而戕民卖国之为即出于一手包办者，此皆俨然所谓人也。综其所行，机械变诈，残忍狠毒之事，凡具人类面目所不能说，不忍言，甚或恒人理想所不易及者，此属皆能畅所欲为，自然胜任而靡不愉快。故自世有此种人，而吾人乃几不可复为人。此辈愈多，即吾人之受害也愈甚。平心论之，仅谓此辈非人，似属为最宽的评判。然试问伊古以来，厉鬼祟人固若是其烈与？厉鬼之所不为而其善者，又宁能为此？今人不于此之戚而独畏夫鬼，斯亦慎之甚也。张子恨水以说部名于时，循吾友小雍之请，有《新斩鬼传》之作。鬼胡可斩，而亦何必斩？是知张子之所欲斩，必有甚于鬼者。卓哉！张子果能为此，吾为执鞭。稿脱将梓，小雍属一言为序，趣书感想所及而归之。

东越许廑父于海上清风明月庐

【注】《新斩鬼传》于 1926 年 2 月 19 日至 7 月 4 日，以滑稽小说《新捉鬼传》之名在《世界日报》副刊《明珠》连载，1926 年 12 月 13 日至 1927 年 2 月 28 日被芜湖《工商日报》转载。仅连载上集。

该小说约 10 万字，仿明末清初小说《斩鬼传》笔法，对当时社会上存在的“人中之鬼”进行了有力的嘲讽。1931 年 4 月，上海新自由书局出版单行本时改名《新斩鬼传》。1947 年 4 月，上海百新书店出版改版第一版。

《金粉世家》

上场白（序）

予之作小说也，常默默自念，如何可使人读我之小说。及略有所成，则又复转一念，如何使人读我之小说而有益。此念明白告人，诚足为识者所讥，责以酸出馒馅。然谓作小说必不应如此，则使天下作小说者，一律优孟登场，供人消遣而已。以小说为业者，彼又未必承认也。

读小说之益，果何在乎？以往例证之，其点有二。国家社会之思，托诸寓言，善善恶恶，取径春秋，若《精忠传》《洪秀全演义》《鲁滨逊漂流记》一类之书是也。摘取人生事实之一部分，现身说法，痛加针砭。启声振聩，借镜将来，若《官场现形记》《儒林外史》《红楼梦》一类之书是也。其他如词藻可观，章法井然，足为读者文学之扶助，或演述科学，深理浅说，足为少年课外之领悟。而新旧各书，又比比皆是。然则谓小说可往有益上作，又岂得认为妄语耶？故予于《春明外史》之外，颇欲另辟蹊

1932 年 10 月，上海世界书局初版《金粉世家》正集（1—6 册）

径，以一部为试。于是乃有《荆棘山河》之作焉。

予为《荆棘山河》之本意，殆毋庸为之申述，而于其标题，却可一览而无余。然成书一回之后，予即大悔，以为剑拔弩张，得毋非穷措大所以自处者。顾以书既下笔，无可中止，但于立意而曲为萦回，下笔而善自检典，未尝不含文章家蕴藉之旨，又何害焉。

苏东坡之诗曰：“野雁见人时，未起意先改。”当吾作《荆棘山河》之时，觉无日不为野雁。盖胸中所构之《荆棘山河》是一部小说，而报上发表之《荆棘山河》，又是一部小说也。作小说如此，毋乃大苦？作长篇小说如此，毋乃更苦？人生之至便，莫如以我之心，运我之手，以我之手，运我之笔。此犹不能指挥如意焉，则诚不如其已矣。

予之感想，有如上述。故予对《荆棘山河》之一书，在去年暮冬，即不欲复作。新春假期，尝出入歌舞之场，聊以自慰。而耳所闻目所见者，则鞭丝帽影，花气衣香，无不熏人欲醉。然则吾人真谓国家为穷苦国家，社会为穷苦社会，得毋有所偏欤？人所仇恨者为穷苦，人所欢迎者为娱乐，吾既写遍地荆棘不得，有何不一易笔锋，而写满月升平景象乎？此一转念，《荆棘山河》之宣告死刑，吾意已决，而《金粉世家》之命意，遂酝酿欲发，不可收拾焉。

昔司马迁作史，有本纪，有世家，有列传。世家者，世禄之家也。人生可贵者莫如金，可爱者莫如粉，今吾曰《金粉世家》。则吾所书，当亦为人人所喜悦爱好矣。或曰："然则对于读小说有益之说，又何以相合乎？"予曰："亦唯有以仁者见仁、智者见智之老调，以自相回圜耳。"交代既过，明日请看楔子。

民国十六年二月十三日至十四日恨水于《世界日报》副刊《明珠》

自　序

嗟夫！人生宇宙间，岂非一玄妙不可捉摸之悲剧乎？吾有家人相与终日饮食团聚，至乐也。然而今日饮食团聚，明日而仍饮食团聚否？未可卜也。吾有吾身，今日品茗吟诗，微醺登榻，至逸也。然则今日如此，明日仍如此否？又未可知也。最亲近者莫如家人，最能自主者莫如吾身，而吾家吾身，吾终莫能操其聚散生死之权。然而茫茫宇宙间，果何物尚能为吾有耶？吾自有知识以来，而读书，而就职业，而娶妻，而立家庭，劳矣！而劳之结果，仅仅能顾今日，且仅仅能顾今日之目前。可痛矣！何以言之？请以事为证。吾闻某小说家，操笔为文，不及半页之纸，伏案而卒，其死已速矣。又闻逸老夫人作雀牌之戏，将成巨和，喜色溢于面，同座一中风出，为上家拦而和之，某夫人一愤而绝，其死又更速也。某小说家于其所写最后一页稿之先，安知其不终篇耶？某夫人于中风刚出，上家尚未拦和之一刹那，又安知其生命即毕于是耶？嗟夫！人生如此，岂非玄妙不可捉摸之一悲剧乎？此事吾早知之，吾乃不敢少想，少想则吾将片刻不得宁息，唯惴惴然惧死神之傍吾左右而已。何以忘之？作庄子达观而已矣。此古人所谓不做无益之事，曷遣有涯之生者也。

吾之作《金粉世家》也，初尝做此想，以为吾作小说，何如使人愿看吾书？继而更进一步思之，何如使人读吾之小说而有益？至今思之，此又何必？读者诸公，于其工作完毕，茶余酒后，或甚感无聊，或偶然兴至，略取一读，借消磨其片刻之时光。而吾书所言，或又不至于陷读者于不义，是亦足矣。主义非吾所敢谈也，文章亦非吾所敢谈也，吾作小说，令人读之而不否认其为小说，便已毕其使命矣。今有人责吾浅陋，吾即乐认为浅陋；今有人责吾无聊，吾即乐认为无聊。盖小说为通俗文字，把笔为此，即不免浅陋与无聊；华国文章，深山名著，此别有人在，非吾所敢知也。明夫此，《金粉世家》之有无其事，《金粉世家》之是何命意，都可不问矣。有人曰：此颇似取径《红楼梦》，可曰“新红楼梦”。吾曰：唯唯。又有人曰：此颇似融合近代无数朱门状况，而为之缩写一照。吾又曰：唯唯。仁者见仁，智者见智，孰能必其一律？听之而已，吾又何必辩哉？

此书凡八十万言，吾每日书五六百言，起端以至于终篇，约可六年。吾初作是书时，大女慰儿，方牙牙学语，继而能行矣，能无不能语矣，能上学矣，上学且二年矣，而吾书乃毕。此不但书中人应有其悲欢离合，吾作书毕，且不禁喟然曰：树犹如此也。然而吾书作尾声之时，吾幼女康儿方夭亡，悲未能自已，不觉随笔插入文中，自以为足纪念吾儿也，乃不及二十日，而长女慰儿，亦随其妹于地下。吾作尾声之时，自觉悲痛，不料作序文之时，又更悲痛也。今慰儿亦夭亡十余日矣，料此书出版，儿墓草深当尺许也。当吾日日写《金粉世家》，慰儿至案前索果饵钱时，常窃视曰：“勿扰父，父方作《金粉世家》也。”今吾作序，同此明窗，同此书案，掉首而顾，吾儿何在？嗟夫！人生事之不可捉摸，大抵如是也。忆吾十六七岁时，读名人书，深慕徐霞客之为人，誓游名山大川。至二十五六岁时，酷好词章，便又欲读书种菜，但得富如袁枚之筑园小仓，或贫如陶潜之门种五柳。至三十岁以来，则饱受社会人士之教训，但愿一杖一盂，作一游方和尚而已。顾有时儿女情重，辄又忘之。今吾儿死，吾深感人生不过如是，富贵何为？名利何为？作和尚之念，又滋深也。此以吾思想而作小说，所以然，《金粉世家》之如此开篇，如此终场者矣。

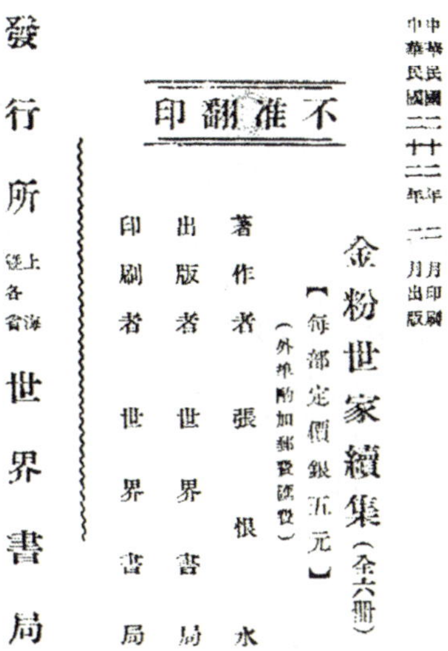
中華民國二十二年二月印刷
中華民國二十二年二月出版
金粉世家續集（全六册）
【每部定價銀五元】
（外埠酌加郵費匯費）
不准翻印
著作者 張恨水
出版者 世界書局
印刷者 世界書局
發行所 上海暨各省 世界書局

1933 年 2 月，上海世界书局初版《金粉世家》续集（1—6 册）

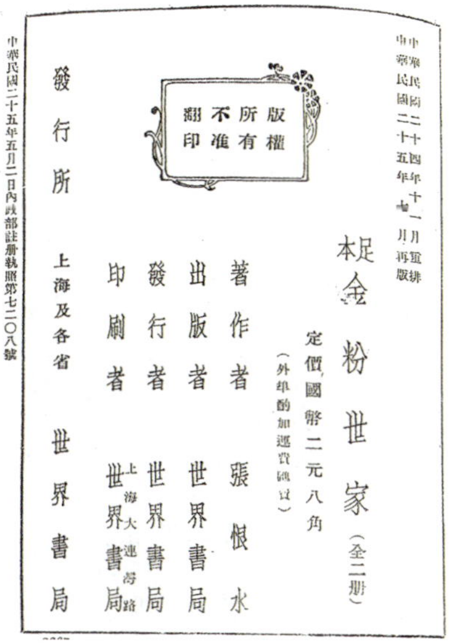
中華民國二十四年十一月重排
中華民國二十五年七月再版
足本金粉世家（全二册）
定價國幣二元八角
（外埠酌加運費匯費）
版權所有 不准翻印
著作者 張恨水
出版者 世界書局
發行者 世界書局
印刷者 世界書局（上海大連灣路）
發行所 上海及各省 世界書局
中華民國二十五年五月二日內政部註册執照第七二〇八號

1935 年 11 月，上海世界书局初版《金粉世家》足本（全二册）

夫此书亦覆瓿之物而已，然若干年月，或尚有存者，于其时读者取而读之，索吾于深林古庙间乎？索吾于名山大川间乎？仍索吾于明窗净几间乎？甚至索吾于荒烟蔓草间乎？人生无常，吾何能知也？书犹如是，序文犹如是，人之将来，不可测矣。此一点感慨，扩而充之，《金粉世家》之起讫，易于下笔者也。语曰："读其书，不知其人可乎？"小说虽小道，例不外此也。求读者知吾，即求读者之知《金粉世家》耳。此又吾为《金粉世家》序，只述吾之片段感想者矣。凡百君子，匡而进之，吾固乐于拜而受之。或言于小说以外，则不敢知也。书至此，烈日当空，槐荫满地，永巷中卖蒸糕者方吆唤而过，正吾儿昔日于书案前索果饵钱下学时也。同此午日，同此槐荫，同此书案，同此卖蒸糕者吆唤声，而为日无多，吾儿永不现其声音笑貌矣。嗟夫！人生宇宙间，岂非一玄妙不可捉摸之悲剧乎？

民国二十一年六月十八日张恨水序于旧都

【注】《金粉世家》于 1927 年 2 月 13 日至 1932 年 5 月 22 日在《世界日报》副刊《明珠》连载。

该小说连载五年，共 2196 次，约百万言，为张恨水又一代表作，奠定了他在小说创作界的地位。小说描写北洋军阀统治时期，国务总理的儿子金燕西与普通人家的姑娘冷清秋由恋爱、结婚到分离的故事，表现了豪门的盛衰过程，也在一定程度上反映了上层社会的腐败，被誉为"民国红楼梦"。1932 年 10 月，上海世界书局出版《金粉世家》正集 56 回。1933 年 2 月，上海世界书局出版《金粉世家》续集56回，加“楔子”和“尾声”，共计2函12册，112回，约100万字。单行本中，删去了上场白，加上张恨水自序。1935年11月，上海世界书局又出版《金粉世家》足本（全二册）初版。《金粉世家》还被拍过同名电影、电视剧。

为便于读者加深对小说背景的了解，本书将“上场白”收入并列为序。

《剑胆琴心》

新晨报版自序

身有所凄然不能受者谓之痛，心有所怡然自得者谓之快。不能受者，一旦极尽去之，而更令吾心有所怡然自得，斯则谓之曰痛快。痛快之言，吾人虽尝习闻于乡党父老、兄弟朋友之间，然而以其所习闻，故未尝当为人生哲学而一体会之也。今且思之，当人之发斯言也，孰有不眉飞色舞，发之于心，而洋洋乎于面者乎？是则人生之贵有痛快，不待言也。

虽然，痛则人生常有，快则未也。一人立身社会，上而父母之赡养，下而子弟之扶持，微而细君之所盼望，大而国家乡党所予之负荷，兼之本人之言行，为衣食住行之奔逐，或为朋友社会所不谅解，将何往而不痛苦？凡兹所述，一人虽不必具备，而亦绝不能尽无，是真佛家所谓生之苦也。痛愈多，而快愈不可得。唯其不可得，于是古人有过屠门大嚼，聊以快意之可怜之言，盖形迹未可图得快乐，乃寄托之于幻象也。人生差有此幻象中之快

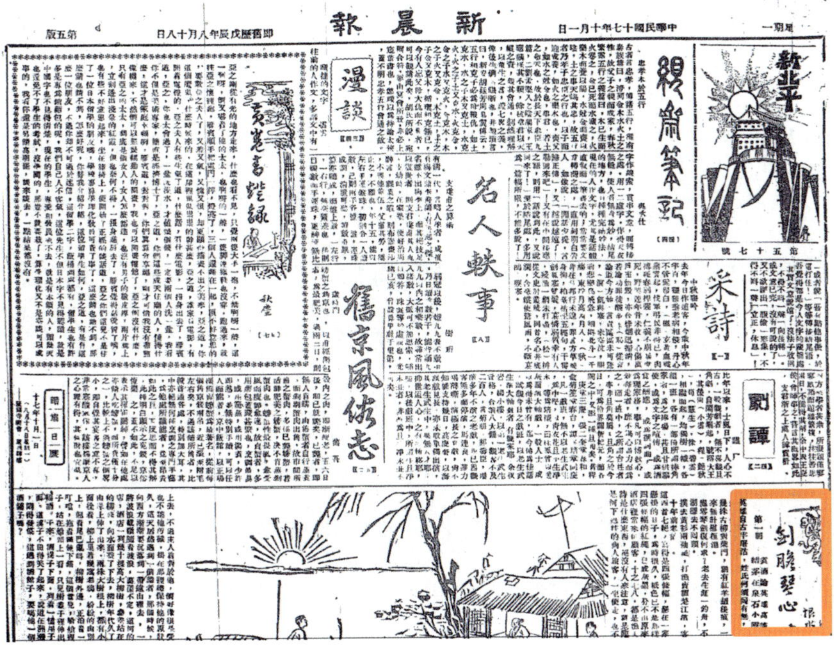
星期一　中華民國十七年十月一日　新晨報　即舊曆戊辰年八月十八日　第五版

新北平

綠窗筆記

名人軼事

漫談

舊京風俗志

采詩

劇譚

劍膽琴心

1928 年 10 月 1 日起，《剑胆琴心》在北平《新晨报》副刊《新北平》连载

乐，乃使无限怀抱痛苦之人，得一泻无可宣泄之情绪，而音乐家、图画家、词章家、小说家，应运以生矣，盖彼自宣泄者犹小，而足可以观者闻者亲近者，有所羡赏或共鸣，得片时之解忧者也。

恨水忽忽中年矣，读书治业，一无所成，而相交友好，因其埋头为稗官家言，长年不辍，喜其勤而怜其遇，常以是相嘱，恨水乃以是得自糊其口。当今之时，雕虫小技，能如是亦足矣，不敢再有所痛也。然一反观先祖若父，则不免有惭色焉。先是予家故业农，至先祖父开甲公生而魁梧有力，十四龄能挥百斤巨石，如弄弹丸。太平天国兴，盗大起，公纠合里中健儿，维护一乡于无事。无何，清军至，迫公入伍，公出入战场十余年，死而不死者无数。及事平，于山河破碎之余，睹亲友流亡之惨，辄郁郁不乐。而清室将帅病其有傲骨，不因巨功而有上赏，临老一官，穷不足以教训子孙也。恨水六岁时，公六十四龄矣。公常闲立廊庑，一脚跷起二三尺，令恨水跨其上，颠簸作呼马声曰："儿愿作英雄乎？"余曰："愿学祖父跨高马，佩长剑。"公大乐，就署中山羊，制小鞍，砍竹为刀，削芦作箭，辄令两老兵教驰驱射舞之术于巨院中。恨水顾盼自雄，亦俨然一小将领也。明年，公乃谢世，予虽幼，哭之恸。公有巨鞭，粗如人臂，常悬寝室中，物在人亡，辄为流泪。先父讳钰，纯粹旧式孝子也，睹状乃益哀，谓："儿既思祖父，当有以继祖父之志。儿长时，我当有以教之也。"盖先父丰颐巨颡，生而一伟丈夫，读书时即习武于营伍间，为不负家学者，而生性任侠，苟在救人，虽性命有所不惜。予稍长，读唐人传奇及近代侠义小说，窃讶其近似，受课余暇，辄疑之而请益。先父曰："予曩欲儿习武，今非其时矣。予宦囊稍裕，当令尔赴海外学科学也。"卒不语。因之恨水于家传之武术，遂无所得。然灯前月下，家人共语，则常闻先人武术之轶闻以为乐。先祖有兄弟行，仕太平天国，后一溺于舟，一隐于樵。因之先人所述，又多荆棘铜驼之思，初不作成王败寇语，更甚觉先人胸志之扩爽也。予十六，先父又弃养，江湖漂泊，凡十余载，豪气尽消，力且不足缚一鸡，遂不至沿门托钵，以求生活，而困顿故纸堆中，大感有负先人激昂慷慨之风。昔《水浒》写卖刀者不道姓名，谓为辱没煞先人，予一思之，辄为汗下矣。年来既以佣书糊口，偶忆先人所述，觉此未尝不可掺杂点缀之，而亦成为一种说部。予不能掉刀，改而托之于笔，岂不能追风于屠门大嚼乎？意既决，而《剑胆琴心》遂以名篇，未敢以小道传先人余绪，而我所痛于不能学先人者，或得稍稍快意云耳。予文不足称，亦无若何高深意思寓于其中，而读者于风雨烦闷之夜，旅馆寂寞之乡，偶一翻是篇，至其飞剑如虹、腾马如龙处，或亦忘片时之烦闷与寂寞乎？是亦幻想之痛快，与诸君共之者也。

是书之成，乃逐日写之，发表于旧京《新晨报》。上半部既竣，报社即付印，予初无所闻知。及社中人索序于予，则且从事装订矣。粗疏之作，又未遑整理，则文意中之讹误不当，事所难免。谨叙为书缘起之余，附白于此焉，唯读者谅之。

民国十九年九月一日张恨水序

金钢钻版自序

吾国武侠小说，三年来曾一度勃兴。今则再衰三竭，无复盛况。有言之者，人且视为滥调。其实此非尚侠文字之过，乃涉及神怪，与夫一故事而重复搬演之，遂致引起读者之烦腻耳。恨水以稗官糊口，苟小说体裁所具有者，未尝不一一欲试之。然于技击或武侠事，则未敢谈，正以其惧涉神怪或拾人牙慧也。三年前，有知恨水身世者，告知曰："子将门之后也，即不闻何故事，宁数典而忘祖，读子长篇，独少武侠，何也？今国人孱懦日甚，尤宜作尚侠宣武之文字，以激励之。若红情绿意之篇，子大可少为之矣！”恨水闻其言，退而自惭。友且以忘本诋我，我岂真不能数家珍以告人？我手无缚鸡之力，不能舞棒弄剑以传祖业，固已。然执笔以写父老相传之言，亦不能为力乎？所感如是，于是作《剑胆琴心》发表于南北二京，继嫌书名有同者，改为《世外群龙传》。二十二年春至申小住，与居停施济群先生日相快谈，偶及小说。济群问，尚有脱稿而未出版者乎？因以《世外群龙传》对，客箧中适有原稿二回，并出以求正。济群读之而喜，约定出版。即快函二京，觅得全稿，书本十回，烦冗杂沓，颇不相称。遂复费半月之力，顺文改编，成为三十六回，且易新名曰《铁血情丝》，盖就书中事，名其实也。是书本无异武侠小说滥调，唯有二事，下笔时，特加谨慎：其一，力避言及神怪；其二，不抄前人笔记，以为演义，间或有似神奇者，亦举其理而化为平凡。至一二小事，亦有为他人曾道及者，但必属于传闻异词之例。读者多明眼人，正无须自欺欺人也。离申之日，济群殷勤以作序为嘱，回旧京后半月，遂序其真相如右。

廿二年六月二十日序于北平美专四树藤萝之下

陪都书店版自序

老实说，在这部小说里，要找什么意识，那是没有的。我写这部小说的初意，无非是反串一曲戏，闹着好玩。不过何以要闹着好玩，这却值得一提。

前三年，北平《新晨报》的副刊编者，要我替他们写一个长篇。

我因实在忙，其始是谢绝了。然而他们再三要求，而且说，写什么都可以。说起当我小时，在老前辈和父亲口里，听下许多的武侠故事。我们家里，还藏有一套关乎技击的手抄本呢。于是把武侠故事叙述了几段。他们听着非常神往，就劝我把这个为题材，写上一部长篇。我说，那不行，中国武侠故事，思想是封建的，描写是神怪的，写出来，对于读者有害。他们就说，不但据父老相传，若有其事。就是眼前，技击家也很多。这一类人，又特别和另一层社会接近。假如除了封建思想，除了神怪描写，不也可以写出许多生龙活虎的人吗？我为他们这话所打动，我就根据家里那套技击手抄本，来写这部小说，交与《新晨报》逐日发表。其初，我在意识方面，是想强调一点的。可是北平的政治环境下，不大许可，我也就含糊其词了。故事方面，因为要它奇，有时，确是奇一点，好在并不神怪，也就姑妄言之罢。不过有些奇事，也不是我杜撰，前人就常常见诸文字。例如记猿桥一事，我儿时就在国文教科书里读过（民元前五年，商务本）。自然，我们能在这江湖人物里面，写点民生疾苦，或者平民革命思想，这书就比较有意思，我却没有办到，这不待人说，我自已也是不无遗憾的。时代是不同了，不过是三四年功夫，社会思想也进步得多了，以后我有工夫反串的话，我愿意另写一部能接近时代的武侠小说。

民国二十二年五月张恨水序于南京

校者按：张先生这部武侠小说，是处女作。我们乐于出版，供后方人士欣赏。序中所言，有过谦之处。其实，这书在不良的环境下所写（北洋军阀统治下），依然隐约含着民族性的。最近三年，张先生的江湖人物长篇，如《中原豪侠传》《丹凤街》都有极深的意义。尤其是《水浒新传》一书，文坛上一致认为有心人之作，足垂不朽。恐读者为张先生序文谦词所误会，特赘数言于后。

三十四年燕北尚志识于重庆

【附】《洪杨劫后奇人传》序二

提起张恨水先生，谁都知道他是一位不折不扣的文弱书生。可是论起他的家世，是个剑戟世家。张先生的祖父开甲公，即是一位将军，而张先生的父亲耕圃公还是一个崇尚侠义的技击家。耕圃先生自幼学武，成年从戎，二十五岁以后，竟没有把他的衣钵传授令郎，而恨水就以为这是莫大的憾事。虽然，和恨水先生结交的人，都知道他南人北相，为人干脆、坦率，喜欢打抱不平，多少还有点父风。

因为如此，恨水先生写武侠小说，只可以说他自己不能表演，却不能说他是向壁虚造。这部《洪杨劫后奇人传》，张先生自谦是反串，可是从他的描写看起来，并不外行。风景的绘图，人物个性的把握，依然是他一贯的作风。而全篇布局，和《中原豪侠传》一样，却是另一套首发。就在章回小说上讲，依然是一本好书。诚如张先生原序中说，社会思想也进步得多了。先生好像嫌这书落稿的年月去今已久，可是我们把书从头读完，并不见有落后之感。张先生对于这样的书，一向对人推荐《水浒新传》。若把这

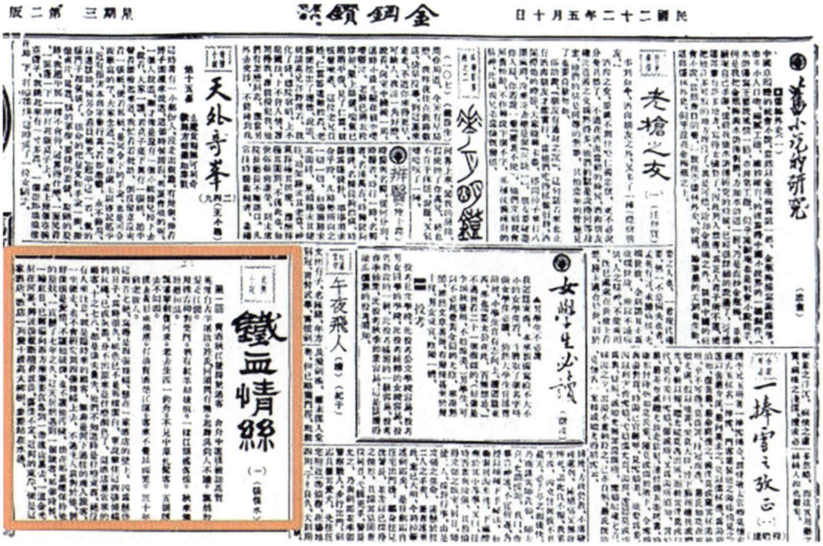
民國二十二年五月十日 星期三 第二版

金鋼鑽報

舊小說的研究

老槍之友

一捧雪之故事

女學生必讀

天外奇峯

鐵血情絲

午夜飛人

1933 年 5 月 10 日起，上海《金钢钻》报转载时改名《铁血情丝》

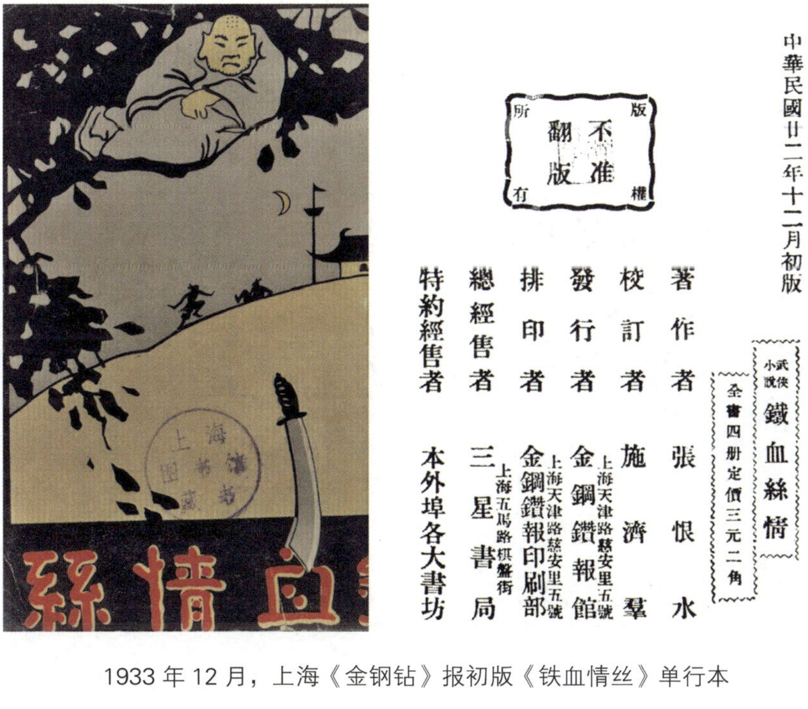

1933 年 12 月，上海《金钢钻》报初版《铁血情丝》单行本

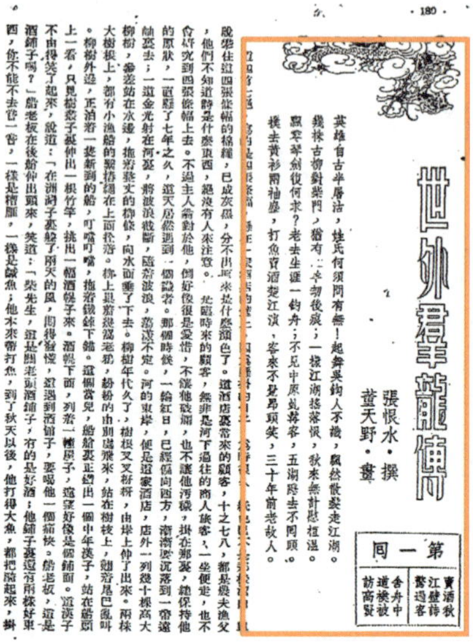
· 180 ·

世外羣龍傳

張恨水·撰
董天野·畫

英雄自古半屠沽，姓氏何須問有無！起舞吳鈎人不識，飄然散髮走江湖。
幾株古柳對柴門，猶有二辛劫後痕；一棹江湖搖落恨，秋來無計慰桓溫。
飄零琴劍復何求？老去生涯一釣舟；不見中原乳虎客，五湖路去不回頭。
棹去黃衫兩袖塵，打魚賣酒趁江濱，客來不覺昂頭笑，三十年前老故人。

第一回
賣酒秋江驚題詩客
舍舟中道被訪高賢

1943 年，上海《春秋》月刊创刊号开始转载，改名《世外群龙传》

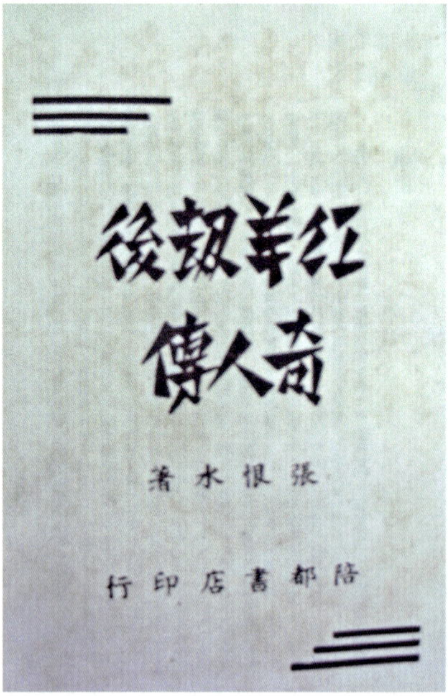

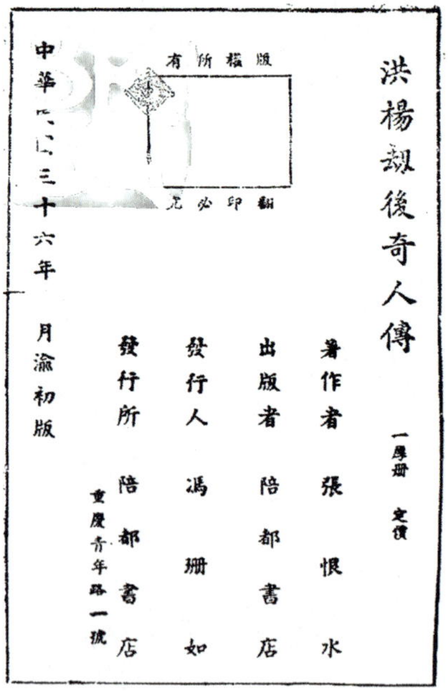
洪楊刧後奇人傳

一厚冊 定價

著作者 張恨水
出版者 陪都書店
發行人 馮珊如
發行所 陪都書店 重慶青年路一號

版權所有 翻印必究

中華民國三十六年 月渝初版

1947 年 1 月，重庆陪都书店初版《洪杨劫后奇人传》

两书并读，我们又可以看到他二十年前，不就是这个感想吗？那感想是什么？就是提高民族主义，洗刷江湖人物不正当的思想。凭这点感想，那也就很可取了。

民国三十四年五月武进冯勤功序于重庆

【注】长篇小说《剑胆琴心》上部，1928 年 10 月 1 日起开始在北平《新晨报》副刊《新北平》（自 1928 年 10 月 10 日起该副刊更名为《晨光》）连载，共 10 回，有插图。至 1930 年 7 月 3 日结束，计 575 次。后附恨水按："手无缚鸡之力，作武侠小说，将及三十万言，夏虫语冰，毋乃可笑。然唯因手无缚鸡之力，斯不敢闭门造车。凡所描写，非得之先辈辗转所得，即得之此中人之自道。自信不敢犯以下二病：一不抄袭古今笔记而铺张之，二不敢稍涉神怪以炫奇也。《剑胆琴心》，兹已十回，理应告之段落，至个中人事之结束，则当俟之下部，下部之续撰，或为时非遥，唯目前则佣书苦冗，拟少休耳。"据考，续集未作。

1930 年 9 月，《新晨报》营业部出单行本。经比较，单行本与报纸连载的回目不同，共 10 回。

1930 年 12 月 5 日起，《南京晚报》转载时改名《世外群龙传》（10 回）；1933 年 5 月 10 日起，上海《金钢钻》报转载时改名《铁血情丝》（上集 12 回），该报出版单行本时，作者补写中、下集各 12 回，计 36 回。1943 年，上海《春秋》月刊在创刊号（第 1 卷第 3 期）转载时易名为《世外群龙传》（张恨水撰，董天野画）。1947 年 1 月，重庆陪都书店出版时改名为《洪杨劫后奇人传》，封面“洪杨”误为“红羊”。

此书是张恨水根据其祖父和父亲口述故事加以想象而成，描写了太平天国失败后三十年，以长江边打鱼、卖酒为生的原英王陈玉成麾下小头目朱怀亮和他的女儿、徒弟行侠仗义的故事及各种帮会活动。

《啼笑因缘》

自　序

那是民国十八年，旧京五月的天气。阳光虽然抹上一层淡云，风吹到人身上，并不觉得怎样凉。中山公园的丁香花、牡丹花、芍药花都开过去了，然而绿树荫中，零碎摆下些千叶石榴的盆景，猩红点点，在绿油油的叶子上正初生出来，分外觉得娇艳。水池子里的荷叶，不过碗口那样大小，有一二十片，在鱼鳞般的浪纹上漂荡着。水边那些杨柳，拖着丈来长的绿穗子，和水里的影子对拂着。那绿树里有几间红色的屋子，不就是水榭后的“四宜轩”吗？在小山下隔岸望着，真个是一幅工笔图画呀！

这天，我换了一套灰色哔叽的便服，身上轻爽极了。袋里揣了一本袖珍日记本，穿过“四宜轩”，渡过石桥，直上小山来。在那一列土山之间，有一所茅草亭子，亭内并有一副石桌椅，正好休息。我便靠了石桌，坐在石墩上。这里是僻静之处，没什么人来往，由我慢慢地鉴赏着这一幅工笔的图画。虽然，我的目的，

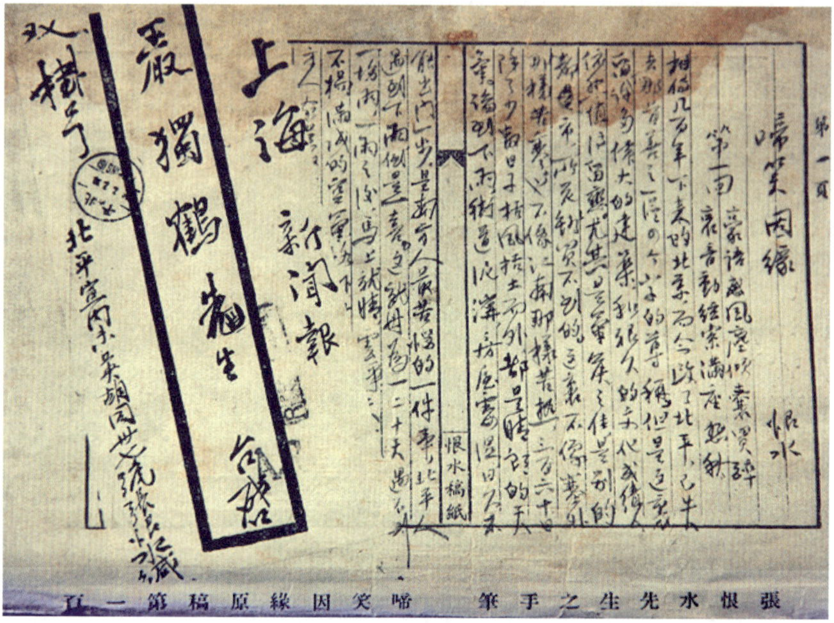

张恨水寄给上海《新闻报》副刊《快活林》主编严独鹤《啼笑因缘》手稿第一回

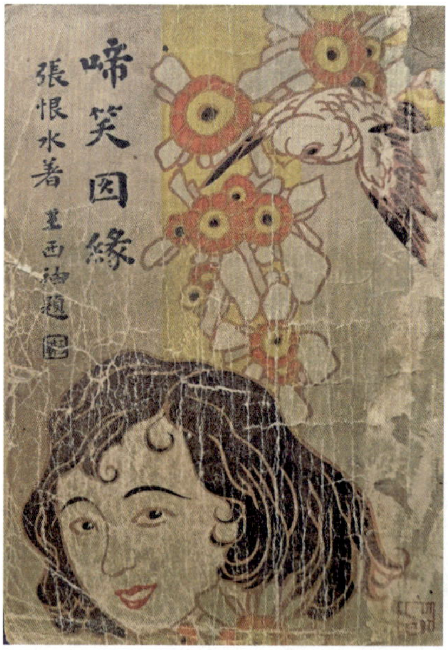

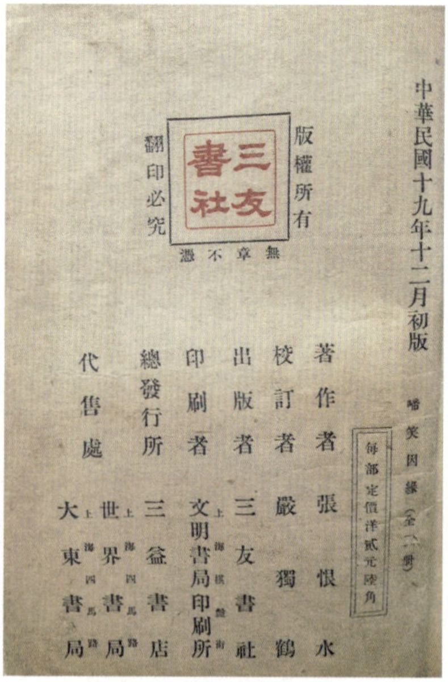

1930 年 12 月，上海三友书社初版《啼笑因缘》（全三册）

不在那石榴花上，不在荷钱上，也不在杨柳楼台一切景致上；我只要借这些外物，鼓动我的情绪。我趁着兴致很好的时候，脑筋里构出一种悲欢离合的幻影来。这些幻影，我不愿它立刻即逝，一想出来之后，马上掏出日记本子，用铅笔草草地录出大意了。这些幻影是什么？不瞒诸位说，就是诸位现在所读的《啼笑因缘》了。

当我脑筋里造出这幻影之后，真个像银幕上的电影，一幕一幕，不断地涌出。我也记得很高兴，铅笔瑟瑟有声，只管在日记本子上画着。偶然一抬头，倒几乎打断我的文思。原来小山之上，有几个妙龄女郎，正伏在一块大石上，也看了我喁喁私语。她们的意思，以为这个人发了什么疯，一人躲在这里埋头大写。我心想：流水高山，这正也是知己了，不知道她们可明白我是在为小说布局。我正这样想着，立刻第二个感觉告诉我，文思如放焰火一般——放过去了，回不转来的，不可间断。因此我立刻将那些女郎置之不理，又大书特书起来。我一口气写完，女郎们不见了，只对面柳树中，啪的一声，飞出一只喜鹊，振破了这小山边的沉寂。直到于今，这一点印象还留在我脑筋里。

这一部《啼笑因缘》，就是这样产生出来的。我自己也不知道我是否有什么用意，更不知道我这样写出，是否有些道理。总之，不过捉住了我那日那地一个幻想写出来罢了。——这是我赤裸裸地能告诉读者的。在我未有这个幻想之先，本来由钱芥尘先生，介绍我和《新闻报》的严独鹤先生，在中山公园来今雨轩欢迎上海新闻记者东北视察团的席上认识。而严先生知道我在北方，常涂鸦些小说，叫我给《新闻报·快活林》也作一篇。我是以卖文糊口的人，当然很高兴地答应。只是答应之后，并不曾预定如何着笔。直到这天在那茅亭上布局，才有了这部《啼笑因缘》的影子。

说到这里，我有两句赘词，可以附述一下：有人说小说是“创造人生”；又有人说小说是“叙述人生”。偏于前者，要写些超人的事情；偏于后者，只要是写着宇宙间之一些人物罢了。然而我觉得这是纯文艺的小说，像我这个读书不多的人，万万不敢高攀的。我既是以卖文为业，对于自己的职业，固然不能不努力，然而我也万万不能忘了作小说是我一种职业。在职业上作文，我怎敢有一丝一毫自许的意思呢？当《啼笑因缘》逐日在《快活林》发表的时候，文坛上诸子，加以纠正的固多；而极力谬奖的，也实在不少。这样一来，使我加倍地惭愧了。

《啼笑因缘》将印单行本之日，我到了南京，独鹤先生大喜，写了信给我要一篇序，这事是义不容辞的。然而我作书的动机如此，要我写些什么呢？我正踌躇着，同寓的钱芥尘先生、舒舍予先生就鼓动我作篇白话序，以为必能写得切实些。老实说，白话序平生还不曾作过，我就勉从二公之言，试上一试。因为作白话序，我也不去故弄什么狡狯伎俩，就老老实实把作书的经过说出来。

这部小说在上海发表而后，使我多认识了许多好朋友，这真是我生平一件可喜的事。我七八年没有回南，回南之时，正值这部小说出版，我更可喜了。所以这部书，虽然卑之无甚高论，或者也许我说“敝帚自珍”，到了明年石榴花开的时候，我一定拿着《啼笑因缘》全书，坐在中山公园茅亭上，去举行两周年纪念。那个时候，杨柳、荷钱、池塘、水榭，大概一切依然，但是当年的女郎，当年的喜鹊，万万不可遇了。人生的幻想，可以构成一部假事实的小说；然而人生的实境，倒真有些像幻影哩！写到这里，我自己也觉得有些啼笑皆非了。

民国十九年十一月二十一日晚，路过新都，写在秣陵饭店一角小楼之上，潜山张恨水序

跋：作完《啼笑因缘》后的说话

一、对读者一个总答复

在《啼笑因缘》作完以后，除了作一篇序而外，我以为可以不必作关于此书的文字了。不料承读者的推爱，对于书中的情节，还不断地写信到新闻报馆去问。尤其是对于书中主人翁的收场，嫌其不圆满，甚至还有要求我作续集的。这种信札，据独鹤先生告诉我，每日收到很多，一一答复，势所难办，就叫我在本书后面做一个总答复。一来呢，感谢诸公的盛意；二来呢，也发表我一点意见。

凡是一种小说的构成，除了命意和修辞而外，关于叙事，有三个写法：一是渲染，二是穿插，三是剪裁。什么是渲染？我们举个例子，《水浒》“武松打虎”一段，先写许多“酒”字，那

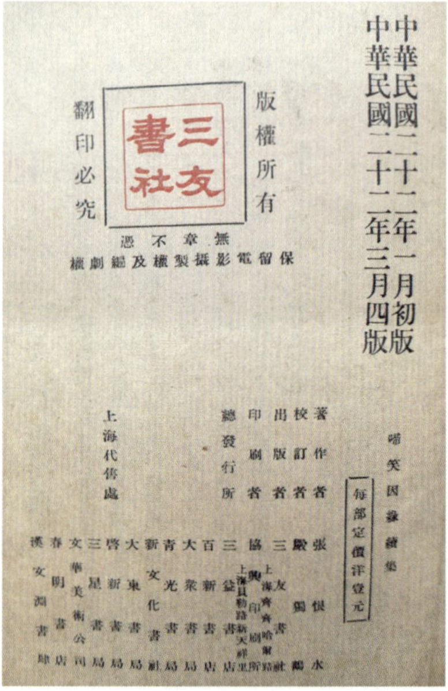
中華民國二十二年一月初版
中華民國二十二年三月四版

版權所有 三友書社 翻印必究

無章不憑
保留電影攝製權及編劇權

啼笑因緣續集

每部定價洋壹元

著作者 張恨水
校訂者 嚴獨鶴
出版者 三友書社 上海齊齊哈爾路
印刷者 協興印刷所 上海貝勒路新天祥里
總發行所 三益書店
上海代售處 百新書店 大衆書局 青光書局 新文化書社 大東書局 啓新書局 三星書局 文華美術公司 春明書店 漢文淵書肆

1933 年 1 月，上海三友书社初版《啼笑因缘续集》

便是武松本有神勇，写他喝得醉到恁地，似乎是不行了，而偏能打死一只虎，他的武力更可知了。这种写法，完全是“无中生有”，许多枯燥的事，都靠着它热闹起来。什么是穿插？一部小说，不能写一件事，要写许多事。这许多事，若是写完了一件，再写一件，时间空间，都要混乱，而且文字不容易贯穿。所以《水浒》“月夜走刘唐”，顺插上了“宋公明杀阎惜姣”那一大段；“三打祝家庄”，又倒插上“顾大嫂劫狱”那一小段。什么叫剪裁？譬如一匹料子，拿来做衣，不能整匹地做上。有多数要的，也有少数不要的，然后衣服成功。——小说取材也是这样。史家作文章，照说是不许“偷工减料”的了；然而我们看《史记》的《项羽本纪》，写得他成了一个慷慨悲歌的好男子，也不过“鸿门”“垓下”几大段加倍地出力写。至于他带多少兵，打过多少仗，许多许多起居，都抹杀了。我们岂能说项羽除了《本纪》所叙而外，他就无事可记吗？这就是因为不需要，把他剪了。也就是在渲染的反面，删有为无了。再举《水浒》一个例子，史进别鲁达而后，在少华山落草，以致被捉入狱，都未经细表。——我的笔很笨，当然作不到上述三点，但是作《啼笑因缘》的时候，当然是极力向着这条路上走。

明乎此，读者可以知道本书何处是学渲染，何处是学穿插，何处是学剪裁了。据大家函询，大概剪裁一方面，最容易引起误会；其实仔细一想，就明白了。譬如樊家树的叔叔，只是开首偶伏一笔，直到最后才用着他。这在我就因为以前无叙他叔叔之必要；到了后来，何丽娜有“追津”的一段渲染，自然要写上他，不然，就不必有那伏笔了。又如关氏父女，未写与何丽娜会面，却把樊家树引到西山去，然后才大家相聚。有些人，他就疑惑了：关、何是怎么会晤的呢？诸公当还记得，家树曾介绍秀姑与何小姐在中央公园会面，她们自然是熟人；而且秀姑曾在何家楼上，指给家树看，她家就住在窗外一幢茅屋内。请想，关、何之会面，岂不是很久？当然可以简而不书了。类此者，大概还有许多，也不必细说了。我想读者都是聪明人，若将本书再细读一遍，一定恍然大悟。

又次，可以说上结局了。全书的结局，我觉得用笔急促一点。但是事前，我曾费了一点考量，若是稍长，一定会把当剪的都写出来，拖泥带水，空气不能紧张。末尾一不紧张，全书精神尽失了。就人而论，樊家树无非找个对手，这倒无所谓。至于凤喜，自以把她写死了干净；然而她不过是一个绝顶聪明而又意志薄弱的女子，何必置之死地而后快！可是要把她写得和樊家树坠欢重拾，我作书的，又未免“教人以偷”了。总之，她有了这样的打击，疯魔是免不了的。问疯了还好不好？似乎问出了本题以外。可是我也不妨由我暗示中给读者一点明示：她的母亲，不是明明白白表示无希望了吗？凤喜不见家树是疯，见了家树是更疯！——我真也不忍心向下写了。其次，便是秀姑。我在写秀姑出场之先，我就不打算将她配于任何人的。她父女此一去，当然是神龙不见尾。问她何往，只好说句唐诗“只在此山中，云深不知处”了。最后，谈到何丽娜。起初，我只写她是凤喜的一个反面。后来我觉得这种热恋的女子，太合于现代青年的胃口了，又用力的写上一段，于是引起了读者的共鸣。一部分人主张樊、何结婚，我以为不然：女子对男子之爱，第一个条件，是要忠实。只要心里对她忠实，表面鲁钝也罢，表面油滑也罢，她就爱了。何女士之爱樊家树，便是捉住了这一点。可是樊家树呢，他是不喜欢过于活泼的女子，尤其是奢侈。所以不能认为他怎样爱何丽娜。在不大爱之中，又引他不能忘怀的，就是以下两点：一、何丽娜的面孔，像他心爱之人；二、何丽娜太听他的话了。其初，他别有所爱，当然不会要何小姐；现在，走的走了，疯的疯了，只有何小姐是对象，而且何小姐是那样的热恋，一个老实人，怎样可以摆脱得

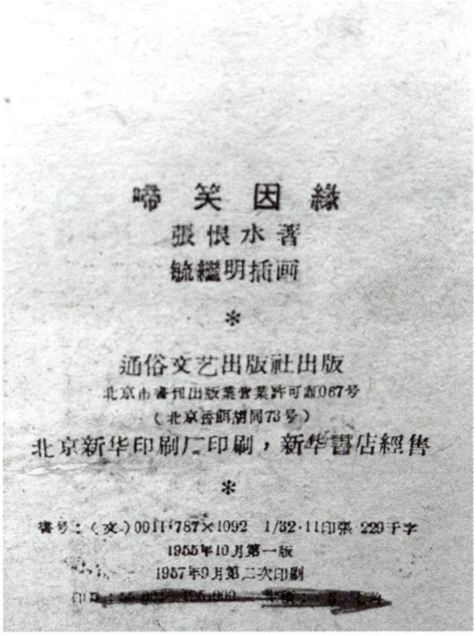

啼笑因緣
張恨水著
毓繼明插画

*

通俗文艺出版社出版
北京市書刊出版業營業許可証067号
（北京香餌胡同73号）
北京新华印刷厂印刷，新华書店經售

*

書号：（文）0011·787×1092 1/32·11印張·229千字
1955年10月第一版
1957年9月第二次印刷
[redacted]

1955 年 10 月，通俗文艺出版社《啼笑因缘》第一版

插图、装帧设计：王晖

啼笑因缘
张恨水 著
北京出版社出版
北京崇文门外东兴隆街五十一号
新华书店北京发行所发行
民族印刷厂印刷
七八七×一〇九二毫米 三十二开本
十五点五印张 三十四万二千字
一九八一年七月第一版 一九八一年七月第一次印刷
印数：1—三万册
书号：一〇〇七一·三三六 定价：一·二五元

1981 年 7 月，北京出版社插图本《啼笑因缘》第一版

开！但是，老实人的心，也不容易转移的，在西山别墅相会的那一晚，那还是他们相爱的初程，后事如何，正不必定哩。

结果，是如此的了。总之，我不能像作《十美图》似的，把三个女子，一齐嫁给姓樊的；可是我也不愿择一嫁给姓樊的。因为那样，便平庸极了。看过之后，读者除了为其余二人叹口气而外，决不再念叨书中人的——那有什么意思呢？宇宙就是缺憾的，留些缺憾，才令人过后思量，如嚼橄榄一样，津津有味。若必写到末了，大热闹一阵，如肥鸡大肉，吃完了也就完了，恐怕那味儿，不及这样有余不尽的橄榄滋味好尝吧！

不久，我再要写一部，在炮火之下的热恋，仍在《快活林》发表。或者，略带一点圆场的意味，还是到那时再请教吧。

二、是否要作续集——对读者打破一个哑谜

由《新闻报》转来读者诸君给我的信，知道有一部分人主张我作《啼笑因缘》续集，我感谢诸公推爱之余，却有点下情相告。凡是一种作品，无论剧本或小说，以至散文，都有适可而止的地位，不能乱续的。古人游山，主张不要完全玩通，剩个十之二三不玩，以便留些余想，便是这个意思。所以近来很有人主张吃饭只要八成饱的。回转来，我们再谈一谈小说。小说虽小道，但也自有其规矩：不是一定“不团圆主义”，也不是一定“团圆主义”。不信，你看，比较令人咀嚼不尽的，是团圆的呢，是不团圆的呢？如《三国演义》，几个读者心目中的人物，关羽、张飞、孔明结果如何？反过来，读者极不愿意的人，如曹家、司马家，都贵为天子了。假若罗贯中把历史不要，一一反写过来，请问滋味如何？这还算是限于事实，无可伪造。我们又不妨再看《红楼梦》，它的结局惨极了，是极端“不团圆主义”的。后来有些人“见义勇为”，什么《重梦》《后梦》《复梦》《圆梦》，共有十余种，乱续一顿。然而到今日，大家是愿意团圆的呢，或是不团圆的呢？《啼笑因缘》万比不上古人。古人之书，尚不可续，何况区区！再比方说两段：第一是《西厢》曲本，到“草桥惊梦”为止，不但事未完，文也似乎未完。可是他不愿把一个“始乱终弃”的意思表示出来，让大家去想吧。及后面加上了四折，虽然有关汉卿那种手笔，依然免不了后人的咒诅呢！我们再看看《鲁滨逊漂流记》，著者作了前集，震动一世。离开荒岛，也就算了。他因为应了多数读者的要求，又重来一个续集。而下笔的时候，又苦于事实不够，就胡乱凑合起来，结果是续集相形见绌；甚至有人疑惑前集不是原人作的。书之不可乱续也如此！《啼笑因缘》自然是极幼稚的作品，但是既承读者推爱，当然不愿它自我成之，自我毁之。若把一个幼稚的东西再幼稚起来，恐怕这也有负读者之爱了。所以归结一句话：我是不能续，不必续，也不敢续。

三、几个重要问题的解答

由《新闻报》转来的消息，我知道有许多读者先生打听《啼笑因缘》主人翁的下落。其实，这是仁者见仁，智者见智，用不着打听的。好在这件事，随便说说，也不关于书的艺术方面，兹简单奉答如下：

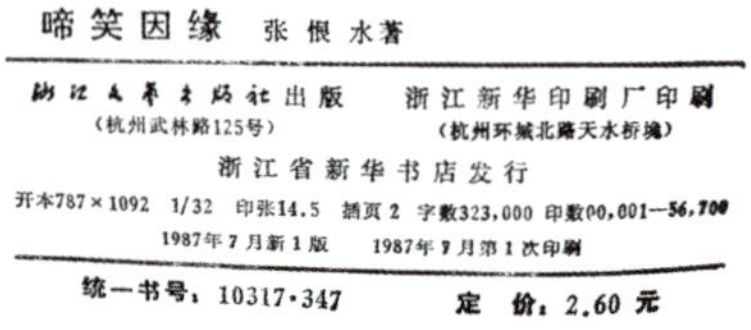
啼笑因缘　张恨水著

浙江文艺出版社出版（杭州武林路125号）　浙江新华印刷厂印刷（杭州环城北路天水桥堍）
浙江省新华书店发行
开本787×1092　1/32　印张14.5　插页2　字数323,000　印数00,001—56,700
1987年7月新1版　1987年7月第1次印刷

统一书号：10317·347　定价：2.60元

1987 年 7 月，浙江文艺出版社《啼笑因缘》第一版

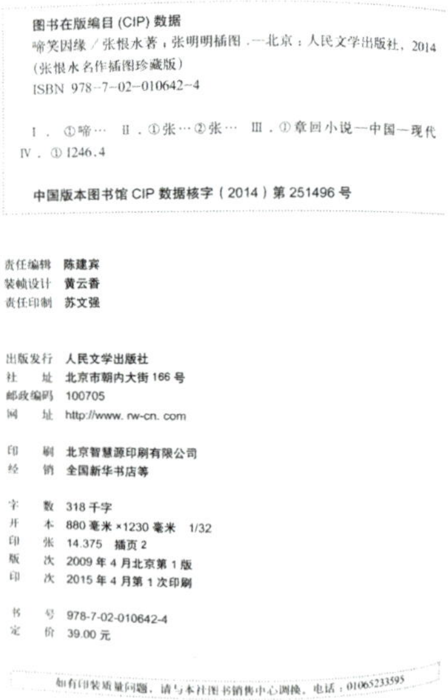
图书在版编目 (CIP) 数据
啼笑因缘 / 张恨水著；张明明插图 . —北京：人民文学出版社，2014
(张恨水名作插图珍藏版)
ISBN 978-7-02-010642-4

Ⅰ．①啼…　Ⅱ．①张…②张…　Ⅲ．①章回小说—中国—现代
Ⅳ．①I246.4

中国版本图书馆 CIP 数据核字（2014）第 251496 号

责任编辑　陈建宾
装帧设计　黄云香
责任印制　苏文强

出版发行　人民文学出版社
社　　址　北京市朝内大街 166 号
邮政编码　100705
网　　址　http://www.rw-cn.com

印　　刷　北京智慧源印刷有限公司
经　　销　全国新华书店等

字　　数　318 千字
开　　本　880 毫米×1230 毫米　1/32
印　　张　14.375　插页 2
版　　次　2009 年 4 月北京第 1 版
印　　次　2015 年 4 月第 1 次印刷

书　　号　978-7-02-010642-4
定　　价　39.00 元

如有印装质量问题，请与本社图书销售中心调换。电话：01065233595

2009 年 4 月，人民文学出版社插图本《啼笑因缘》第一版

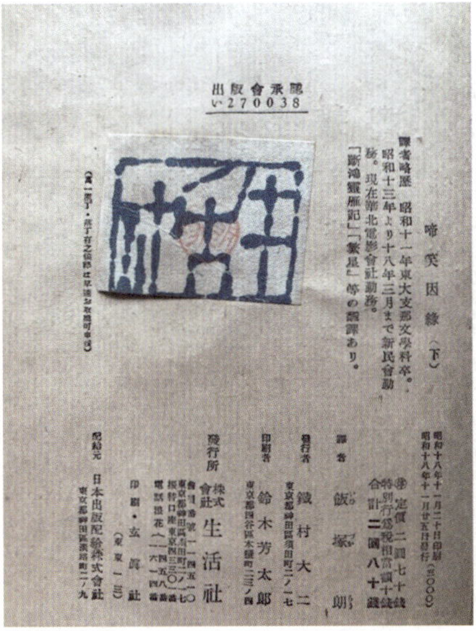

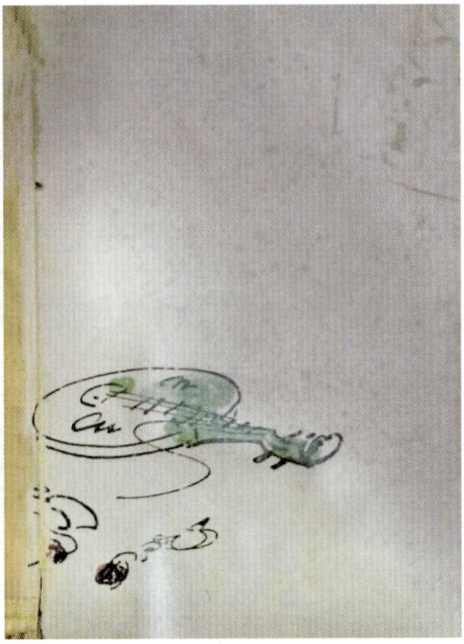

1943 年 11 月，日本株式会社生活社日文版《啼笑因缘》（上下册），译者饭冢郎

（一）关秀姑的下落，是从此隐去。倘若你愿意她再回来的话，随便想她何时回来都可。但是千万莫玷污了侠女的清白。

（二）沈凤喜的下落，是病无起色。我不写到如何无起色，是免得诸公下泪。一笑。

（三）何丽娜的下落，去者去了，病者病了，家树的对手只有她了。你猜，应该怎样往下做呢？诸公如真多情，不妨跑到书里作个陶伯和第二，给他们撮合一番吧。

（四）何丽娜口说出洋，而在西山出现，情理正合。小孩儿捉迷藏，乙儿说："躲好了没有？"甲儿在桌下说："我躲好了。"这岂不糟糕？何小姐言远而近，那正是她不肯做甲儿。

（五）关、何会面，因为她们是邻居，而且在公园已认识的了。关氏父女原欲将沈、何均与樊言归于好，所以寿峰说："两分心力，只尽了一分。"又秀姑明明说："家住在山下。"关于这一层，本不必要写明，一望而知。然而既有读者诸君来问，我已在单行本里补上一段了（补笔文字，在第廿二回一六六页至一六七页，用星点表明）。

续集自序

《啼笑因缘》问世以来，前后差不多有四年，依然还留存在社会上，让人注意着，却出乎我的意料。有些读者，固然说这是茶余酒后的东西，一读便完了。可是也有些读者，说在文艺上，多少有点儿意味。我对于这一层，都不去深辩，只是有些读者却根据了我的原书，另做些别的文字。当然，有比原书好的；可是对于原书，未能十分了解的，也未尝没有。一个著作者，无论他的技巧如何，对于他自己的著作，多少总有些爱护之志，所谓“敝帚自珍”，所谓“卖瓜的说瓜甜”。假使这敝帚，有人替我插上花，我自是欢喜。然而有人涂上烂泥，我也不能高兴。

在三年以来，要求我作续集的读者，数目我不能统计，但是这样要求的信，不断地由邮政局寄到我家，至今未曾停止。有人说：“你自己不续，恐怕别人要续了。”起初，我以为别人续，就让他续吧。可是这半年以来，我又想着，假使续书出来并不如我所希望的那样圆满，又当如何呢？原书是我作的，当然书中人物，只有我知道最详细；别人的续著，也许是新翻别样花。为了这个缘故，我正踌躇着，而印行原书的三友书社又不断地来信要求我续著，他们的意思，也说是读者的要求。我为了这些原因，便想着，不妨试一试。对于我的原来主张“不必续，也不敢续”，当然是矛盾的；然而这里有一点不同的，就是我的续著是在原著以外去找出路，或者不算完全蛇足。这就是我作续著的缘起。其他用不着“卖瓜的说瓜甜”了。

中华民国二十二年一月二日张恨水序

【附 1】李浩然题词《蝶恋花》并序

曩读恨水所著小说，讥讽歌台爨演宝黛事，语多隽永，自是心仪其人。今岁君为《新闻报》撰《啼笑因缘》，乃得朝夕展读。冬杪君南来，欢然把晤，神交十载，始慰犄饥。世之谈小说者，或崇尚远西，鄙弃章回体，实则艺有专精，理无偏废。异域之作，芟剪繁芜，含意深渺，警策可称，而缠绵悱恻之长未尝不在，中土特妄事操觚者众，陈陈相因，斯令人生厌耳。若君此作，疏写不过数人，为时不过一岁，哀乐相寻，低徊弥永。任举一人一事，闭目思之，行止笑貌恍惚若有所见所闻，而映写人生，不事雕饰，自然观感无尽。夫何逊于世界所称名著？今将刊印单行本，独鹤嘱余为文，因思名作身价已在人口，何待赘言？爰取书中所纪，隶事分人，成小词四阕，譬诸锦带牙签，聊作装潢之助云耳。

一往情深深似醉。无限温馨，只自增憔悴。山掩斜阳花傍水，歌词惆怅三姝媚。　　剑影遥天飘复坠，肠断都昙，一曲悲秋泪。双照银釭樽酒对，合欢应带愁滋味。（樊家树）

侠情早被柔丝绾。日日关心，日日萧郎面。不道光阴容易换，为人压尽鸳鸯线。　　脱难荒祠行夜半，季芈为郎，侬却为钟建。缕发遗君君莫恋，隔窗从此天涯远。（关秀姑）

生小娇憨携画鼓。歌籍题名，哪识飘零苦。一霎酸风兼妒雨，是谁羔酒将人误。　　飞罣青蚨痴未悟，白棓无情，断送沾泥絮。罗帐书空呜咽语，惜花人在花无主。（沈凤喜）

商略云衣兼绣幪。斗画长眉，笑语神飞动。一样寒簧双影共，璇闺枉作迷离梦。　　掩泪登车巾袖拥，舞罢傲傲，却馔伊蒲供。别墅重逢寒夜永，画楼终见双栖凤。（何丽娜）

【附2】严独鹤序

我和张恨水先生初次会面，是在去年五月间，而脑海中印着“小说家张恨水”六个字的影子，却差不多已有六七年了。在六七年前（实在是那一年已记不清楚），某书社出版了一册短篇小说集，内中有恨水先生的一篇著作，虽是短短的几百个字，而描写甚为深刻，措词也十分隽妙，从此以后，我虽不知道“恨水”到底是什么人，甚至也不知道他姓什么，而对于他的小说，却已有相当的认识了。在近几年来，恨水先生所作的长篇小说，散见于北方各日报；《上海画报》中，也不断的载着先生的佳作。我虽忙于职务，未能一一遍读，但就已经阅读者而论，总觉得恨水先生的作品，至少可以当得“不同凡俗”四个字。去年我到北平，由钱芥尘先生介绍，始和恨水先生由文字神交结为友谊，并承恨水先生答应我的请求，担任为《快活林》撰著长篇小说，我自然表示十二分的欣幸。在《啼笑因缘》刊登在《快活林》之第一日起，便引起了无数读者的欢迎了；至今书虽登完，这种欢迎的热度，始终没有减退，一时文坛中竟有“啼笑因缘迷”的口号。一部小说，能使阅者对于它发生迷恋，这在近人著作中，实在可以说是创造小说界的新纪录。恨水先生对于读者，固然要表示知己之感；就以我个人而论，也觉得异常高兴，因为我忝任《快活林》的编者。《快活林》中，有了一个好作家，说句笑话，譬如戏班中来了个超等名角，似乎我这个邀角的，也还邀得不错哩。

以上说的话，并非对于恨水先生“虚恭维”一番，更非对于《啼笑因缘》瞎吹一阵，恨水先生的自序中说，要讲切实的话；而我所讲的，也确是切实的话。不过关于此书，我在编辑《快活林》

的时候，既逐日阅稿发稿，目前刊印单行本，又担任校订之责，就这部书的本身上讲，也还有许多话可说。话太多了，不能不分几个层次，现在且分作三层来讲：一、描写的艺术；二、著作的方法；三、全书的结局和背景。

描写的艺术

小说首重描写，这是大家所知道的。因为一部小说，假令没有良好的描写，或者是著书的人不会描写，那么据事直书，简直是“记账式”的叙述，或“起居注式”的纪录罢了，试问还成何格局，有何趣味？所以要分别小说的好坏，须先看作者有无描写的艺术。讲到这部《啼笑因缘》，我可以说是恨水先生在此书上，已充分运用了他的艺术，也充分表显着他的艺术。现在且从全书中摘出几点来，以研究其描写的特长。

甲、能表现个性。中国的旧小说，脍炙人口的，总要先数着《红楼梦》《水浒》《儒林外史》这几部书。而《红楼梦》《水浒》《儒林外史》的第一优点，就是描写书中人的个性，各有不同，才觉得有作用，才觉得有情趣。假令《红楼梦》上的小姐丫鬟，《水浒》上的一百另八位好汉，《儒林外史》上的许多人物，都和惠泉山上的泥人一般，铸成一副模型，看的人便觉得讨厌。不但不能成为好小说，也简直不成其为小说了。《啼笑因缘》中的主角，除樊家树自有其特点外；如沈凤喜，如关秀姑，如何丽娜，其言语动作思想，完全各别，毫不相犯；乃至重要配角，如关寿峰，如刘将军，如陶伯和夫妇，如樊端本，也各有特殊的个性，在文字中直显出来，遂使阅者如亲眼见着这许多人的行为，如亲耳听得这许多人的说话，便感觉着有无穷的妙趣。

乙、能深合情理。小说是描写人生的。既然描写人生，那么笔下所叙述的，就该是人生所应有之事，不当出乎情理之外（神怪小说及一切理想小说，又当别论）。常见近今有许多小说，著者因为要想将情节写得奇特一点，色彩描得浓厚一点，便弄得书中所举的人物，不像世上所应有的人物；书中所叙的事情，也不像世上所应有的事情——《啼笑因缘》却完全没有这个弊病。全书自首至尾，虽然奇文迭起，不作一直笔，不作一平笔，往往使人看了上一回，猜不到下一回；看了前文，料不定后文。但事实上的变化，与文字上的曲折，细想起来，却件件都深合情理，丝毫不荒唐，也丝毫不勉强。因此之故，能令读者如入真境，以至于着迷。

丙、能于小动作中传神。近来谈电影者，都讲究“小动作”。名导演家刘别谦他就是最注意于小动作的。因为一部影片中，单用说明书或对白来表现一切思想或情绪，那是呆的；于“小动作”中传神，那才是活的。小说和电影，论其性质，也是一样；电影中最好少“对白”而多“动作”，小说中也最好少写“说话”而多写“动作”，尤其是“小动作”。若能于各人的“小动作”中，将各人的心事透露出来，便格外耐人寻味。试就本书中举几个例子：如第三回凤喜之缠手帕与数砖走路；第六回秀姑之修指甲；第二十二回樊家树之两次跌跤；又同回何丽娜之掩窗帘，与家树之以手指抡菊花干，俱为神来之笔。全书似此等处甚多，未遑列举，阅者能细心体会，自有隽味。恨水先生，素有电影癖，我想他这种做法，也许有几分电影化。

著作的方法

有了描写的艺术，还须有著作的方法。所谓著作的方法，就是全书的结构和布局，须于未动笔之前，先定出一种整个的办法来。何者须剪裁，何者须呼应，何者须渲染，乃至于何者须顺写，何者须倒叙，何者写反面，何者写正面，都有了确定不移的计划，然后可以挥写自如。《啼笑因缘》全书二十二回，一气呵成，没有一处松懈，没有一处散乱，更没有一处自相矛盾，这就是在“结构”和“布局”方面，很费了一番心力的。也可以说是“著作的方法”，特别来得精妙。此外还有两种特殊的优点，也不可不说。

甲、暗示。全书常用暗示，使细心人读之，不待终篇，而对于书中人物的将来，已可有相当的感觉、相当的领会。如凤喜之贪慕虚荣，在第五回上学以后，要樊家树购买眼镜和自来水笔，已有了暗示。如家树和秀姑之不能结合，在第十九回看戏，批评十三妹一段，已有了暗示。而第廿二回樊、何结合，也仍不明说，只用桌上一对红烛，作为暗示。这明是洞房花烛，却依然含意未露，留待读者之体会。

乙、虚写。小说中的情节，若笔笔明写，便觉太麻烦，太呆笨。艺术家论作画，说必须“画中有画”，将一部分的佳景隐藏在里面，方有意味。讲到作小说，却须“书外有书”。有许多妙文，都用虚写，不必和盘托出，才有佳趣。《啼笑因缘》中有三段大文章，都用虚写：一、第十二回凤喜“还珠却惠”以后，沈三玄分明与刘将军方面，协谋坑陷凤喜，而书中却不著一语。只有警察调查户口时，沈三玄抢着报明是唱大鼓的这一点，略露其意，而阅者自然明白。二、第十九回“山寺锄奸”，不从正面铺排，只借报纸写出，用笔甚简而妙。三、第二十二回关寿峰对樊家树说：“可惜我对你两分心力，只尽了一分。”只此一语，便知关氏父女不仅欲使樊、何结合，并欲使凤喜与家树亦重圆旧好。此中许多情节，全用虚写，论意境是十分空灵，论文境也省却了不少的累赘。若在俗手为之，单就以上三段文字，至少又可以铺张三五回。这就是“冲酱油汤”的办法——汤越多，味却越薄了。

全书的结局和背景

读小说者自然很注意于全书的结局和背景。关于《啼笑因缘》的结局，在恨水先生自己所作的《作完〈啼笑因缘〉后的说话》中，已讲得很明白，很详尽，我也不用再说什么了。总之就我个人的意见，以及多数善读小说者的批评，都以为除了如此结局而外，不能再有别的写法，比这个来得有余味可寻。至于书中的背景，照恨水先生的自序，说是完全出于虚构。但我当面问他时，他却笑道：“像刘将军这种人，在军阀时代，不知能找出多少；像书中所叙的情节，在现代社会中，也不知能找出多少，何必定要寻根究底，说是有所专指呢？”言外之意，可以想见。总之天下事无真非幻，无幻非真，到底书中人、书中事，有无背景，为读者计，也自无庸求之过深，暂且留着一个哑谜罢。

我的话说得太多了，就此作一结束。末了我还有两件事要报告读者：一、《啼笑因缘》小说，已由明星影片公司摄制影片，大约单行本刊印而后，不多时书中人物又可以在银幕上涌现出来。二、恨水先生已决定此后仍不断的为《新闻报·快活林》撰著长篇小说。此事在嗜读小说，而尤其欢迎恨水先生作品者闻之，必更有异常的快慰。

中华民国十九年十二月十九日严独鹤序于玉雪簃

【注】1930年3月17日至11月27日，《啼笑因缘》在上海《新闻报》副刊《快活林》连载，共22回，约24万字。小说通过出身封建官僚家庭的青年樊家树与唱大鼓书的姑娘沈凤喜的爱情悲剧，揭露军阀罪行。1930年12月，上海三友书社出版单行本，再版30多次。《啼笑因缘》发表后，在市民阶层中引起了很大反响，是张恨水最具影响力的作品之一。

为时不久，《啼笑因缘》就被上海文艺界改编成了话剧、电影和弹曲。为取得电影摄制权，上海明星影片公司和大华电影社还打了“啼笑”官司。

上海明星影片公司邀请严独鹤担任编剧，由胡蝶、郑小秋主演，拍成同名电影六集，1932年上映，这是我国第一部部分彩色、部分有声电影。以后该小说又多次被拍成电影或电视剧。中华人民共和国成立后，此书亦多次再版。

《啼笑因缘》在《新闻报》副刊《快活林》连载之时，在北平还有另一个版本，即《世界日报》副刊《明珠》上于9月24日开始连载的《啼笑因缘》。围绕这一版本，发生了关于《啼笑因缘》的第一次版权纠纷，参见石娟所著《〈啼笑因缘〉的两个版本——〈新闻报〉与〈世界日报〉之间的一段公案》。

1930年12月，上海三友书社出版的单行本中，有插图8幅（其中作者像、手迹各1幅，明星影片公司摄制啼笑因缘影片6幅），李浩然题词（《蝶恋花》并序），严独鹤序、作者撰写的自序以及作完《啼笑因缘》后的说话。续集由三友书社1933年1月出版。

之后，较典型的版本有：1955年10月，通俗文艺出版社出版的《啼笑因缘》；1981年7月，北京出版社出版的插图本《啼笑因缘》；1987年7月，浙江文艺出版社出版的《啼笑因缘》；2009年4月，人民文学出版社出版的由张恨水女儿绘图的插图本《啼笑因缘》；1943年11月，日本株式会社生活社出版的日文版《啼笑因缘》（上下册），译者饭冢郎。

《落霞孤鹜》

自　序

吾人做事，理智常有与感情冲突之日，而一涉儿女私情，尤所不免。当此时，苟非圣贤，恒踌躇无以救其穷，能决其趋向者，私人之利害而已。然即此利害趋避，人亦多取快于一时，而忘其将来，弥缝不善，终于身败名裂者，盖比比是。故求超人难，求完人难，求明于利害之人，亦无不难也。

或问如何可谓之可人？则吾书所举数主角，庶几近之。至其结果不同，则由于各人之个性者半，由于各人之环境者亦半。有甲乙二人于此，甲逞才，乙藏拙，甲贪功，乙守成，甲投机，乙率真，则成败之分，自乙多而甲少。然有人明知才不可逞，而环境逼之不能不逞；功不可贪，而环境诱之不能不贪；机不可投，而环境逆之不能不投，盖利害当前，即可儿亦无从别辨之矣。此老子所谓，造化不仁，以万物为刍狗者也，岂仅社会之罪恶而已哉！吾于是乎作《落霞孤鹜》。

民国二十年五月十日张恨水序于旧都

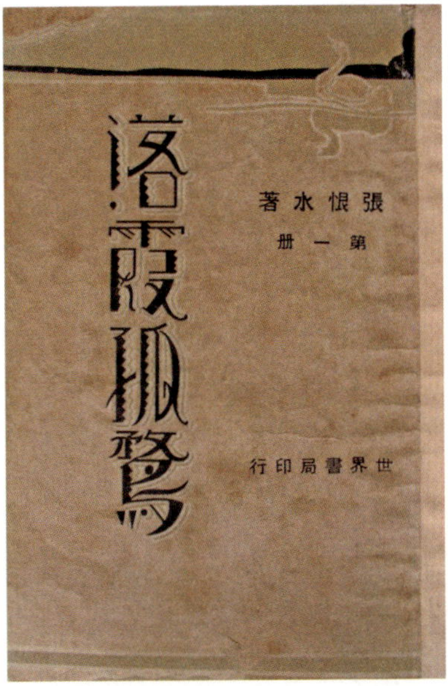

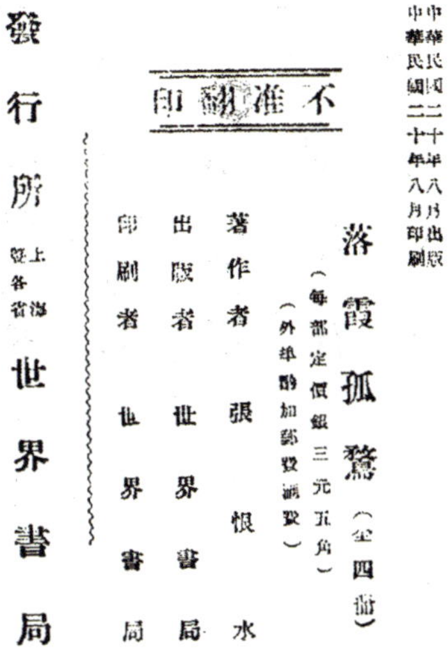
中華民國二十年八月出版
中華民國二十年八月印刷

不准翻印

落霞孤鶩（全四冊）
（每部定價銀三元五角）
（外埠酌加郵費滙費）

著作者 張恨水
出版者 世界書局
印刷者 世界書局

發行所 上海暨各省 世界書局

1931 年 8 月，上海世界书局初版《落霞孤鹜》（全四册）

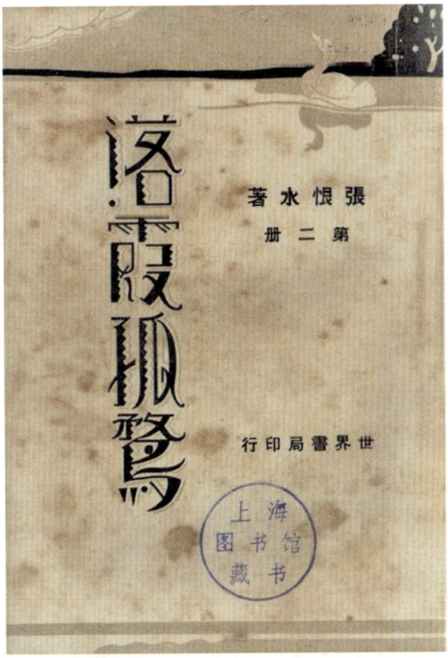

1932 年 10 月，上海世界书局再版插图本《落霞孤鹜》（全四册）

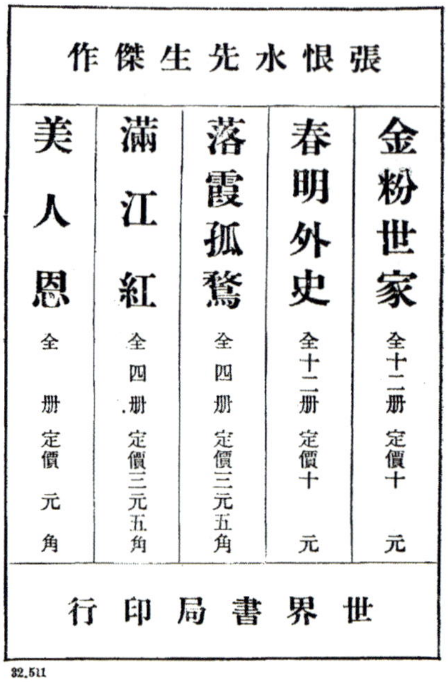

上海世界书局发布的张恨水五部小说发行广告

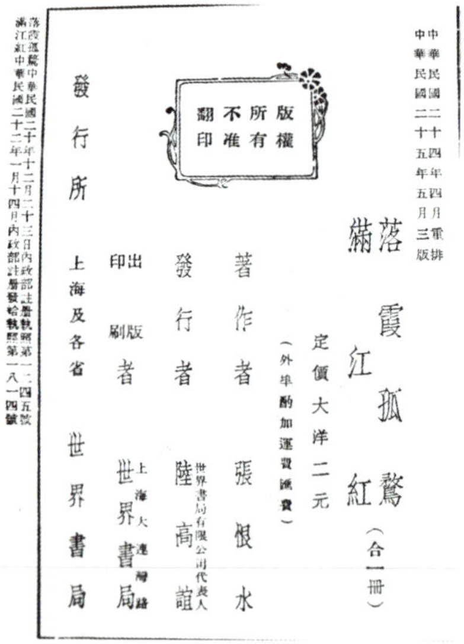

中華民國二十四年四月重排
中華民國二十五年五月三版

落霞孤鶩
滿江紅（合一冊）

定價大洋二元
（外埠酌加運費匯費）

版權所有 不准翻印

著作者 張恨水
發行者 陸高誼 世界書局有限公司代表人
印刷者 出版者 世界書局 上海大連灣路
發行所 上海及各省 世界書局

落霞孤鶩中華民國二十年十二月二十三日內政部註冊執照第一二四五號
滿江紅中華民國二十二年一月十四日內政部註冊發給執照第一八一四號

1935 年 4 月，上海世界书局出版《落霞孤鹜》《满江红》重排本合集

【注】《落霞孤鹜》是张恨水为上海世界书局撰写的4部单行本小说之一（合同约定4部，张恨水仅完成《落霞孤鹜》《满江红》《美人恩》3部），4册，共36回。1931年8月初版，1932年10月再版。小说通过中学教员江秋鹜帮助孤女落霞并与之结婚的故事，表现了为富者的不仁、穷苦者的不幸，还描写了所谓慈善机构的种种内幕及孤儿们的悲惨生活。1932年由上海明星影片公司拍摄成同名电影。郑逸梅《艺林散叶》第253条载："张恨水有一姬，人名秋霞，张喜宠之。所著说部《落霞孤鹜》，其中即有秋霞影事。"

《满江红》

自　序

《满江红》何为而作也？为艺术家悲愤无所依托而作也。韩愈有言：文以穷而后工。扩而充之，以言于艺术界，又何莫不尔？盖身怀一艺者，衣食以迫之，社会以刺之，血气以激之，日积而月累焉，固不自知其为何而工也。虽然，穷而工，为情理之所许，工而仍穷，则情理之所不通。而衡之事实，以文艺名世，绰然而无物质上之困苦，与精神上之烦恼者，又千百而不得一二焉，于是迫之，刺之，激之者，亦弥觉其利锐。物不得其平则鸣，世之艺术家，而贫，而病，而卒至佯狂玩世，为社会疾病而无所树立，岂无故哉？此艺术界之所以多穷人也，亦艺术界之所以多异人也，亦即穷人异人之多奇遇也。

夫同此手足耳目鼻口焉，同此思想焉，同此衣食读书焉，然而以言习吏治，则荣高官，受重禄，威福如天者有人矣。以言习经济，则拥金山，居大厦，心广体胖者有人矣。而以言习文艺，

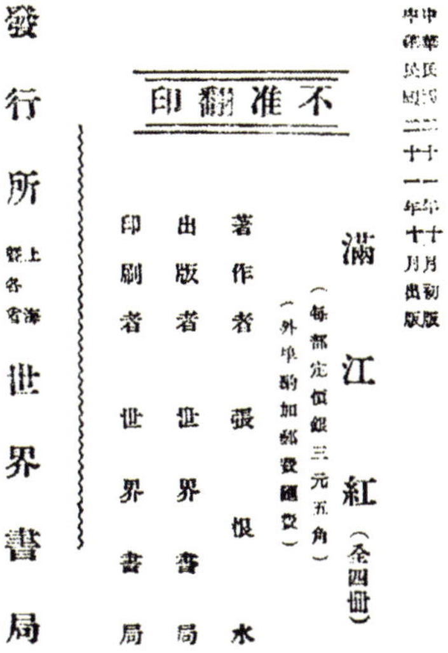
中華民國二十一年十月初版
中華民國二十一年十月出版

不准翻印

滿江紅（全四冊）
（每部定價銀三元五角）
（外埠酌加郵費匯費）

著作者 張恨水
出版者 世界書局
印刷者 世界書局
發行所 上海各省 世界書局

1932 年 10 月，上海世界书局初版《满江红》（全四册）

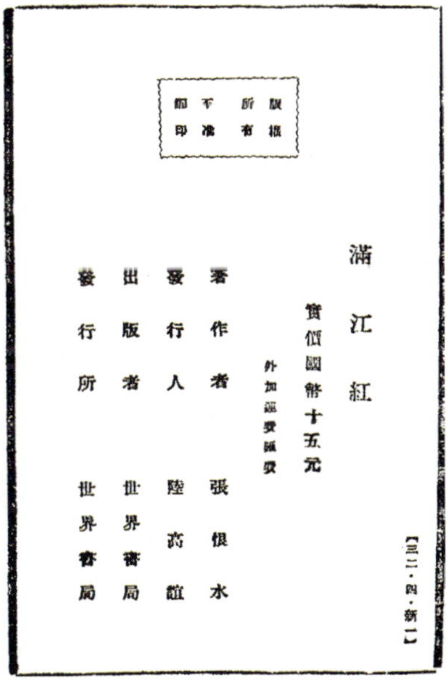
版權所有 不准翻印

滿江紅
實價國幣十五元
外加運費匯費

著作者 張恨水
發行人 陸高誼
出版者 世界書局
發行所 世界書局

【三二·四·新一】

1943 年 4 月，上海世界书局出版《满江红》新一版则终其身能泰然运其耳目口鼻手足与思想者，即为幸运之儿，不亦不平之甚耶？而习文艺者，依然前仆后继以赴之，不少辍焉，是又何哉？意者，殆为求精神安慰之一点而已乎？

夫既求精神安慰之一点而已。而此一点，果何所寄托？于是有寄托于山水者，有寄托于花月者，有寄托于诗酒者，有寄托于男女爱情者，其结果所至，若为侠客，若为高僧，若为隐士，若为风流情侣，又各异矣。以言品级，侠士为上，高僧、隐士次之，风流情侣，斯下矣。而吾书数艺术家，皆取法乎下者也，不亦悲乎？吾不能使之取法乎上，亦不能禁之取法乎下，则亦书之，述之，与社会中人共掬一把同情之泪而已。

中华民国二十年十一月八日，小住北平西郊温泉，夜幕高张，繁星满天，疏林落叶，瑟瑟有声；闲步池畔，则见妙峰山，黑隐沉沉，微露屋下，大野如墨，时有犬吠。十年来所未见之乡井夜景，恍然如梦，有不胜感触者。继而念《满江红》一书，于焉将毕，而明星影片公司，今日又适来摄吾另一说部《落霞孤鹜》之一幕，盖是书固以温泉收场也。是亦足纪念之矣。于是亟入户掩扉，疾书于一双白烛之下。

张恨水序

【附】赵（苕狂）序

余所读恨水之说部，夥矣！而中有数种，当其锲板之际，更为余所校核；一稿也，时且复读至数遍以上。故嗜读恨水之著作者，虽随其盛名而遍布于天下；第对之有深切之认识者，恐舍余外，初亦无多人耳！

今请举其作品上之特点以言之：则其为文，横惊别离，汪洋大肆，而变幻复如之。故一书之精神，一书有一书之特长，不复能拘于一格。如《春明外史》则以雄伟胜，近于《左氏》；《金粉世家》则以瑰奇胜，近于《史记》；《落霞孤鹜》之雅洁，则胎息于《汉书》；而《啼笑因缘》之峭丽，又俨然楚骚之遗风。虽然，谓此数作，已能尽恨水之所长乎？则犹未也！于是，生而别开，町畦独辟，乃复有此《满江红》一书之作。观其放笔直书，有如长江大河之一泻千里，不复能自范其止境；譬之于文章，殆又唐之昌黎，宋之东坡乎？

至书中人物，无不具有一艺之长。盖即今世所称为圣神之艺术家者。当其神与艺会，有得于心；则嘻嘻然而笑，只知有小我，不复知有世界！迨夫为世所弃，遭尽白眼；则又蛰伏牖下，几不能自保其一身！昔何其豪而今又何其衰，本书均能叙之历历如绘！其笔又抑何神耶？

意者：恨水固为一艺术家；而所往还者，亦强半为艺术界中人；久经耳濡目染，其取材乃俯拾皆是，遂不觉其神肖一至于是耳！

虽然，自有本书出，而艺术家之本来面目，乃得豁然呈露于世人之前；亦足为一般不得志之艺术家，一吐其气矣！是为序。

民国二十一夏日茗狂序于海上

【注】《满江红》原名《旧时月》，取唐朝诗人刘禹锡组诗《金

陵五题》的第一首《石头城》“淮水东边旧时月，夜深还过女墙来”诗句之意，40回，近21万字。小说通过画家于水村与歌女李桃枝的爱情悲剧，为不得志的艺术家抒悲愤、鸣不平。1933年由上海明星影片公司拍摄成同名电影，王乾白担任编剧。

《银汉双星》

提　要

本书系当代名小说家张恨水先生著作，他的作风与文思，自《新闻报》上介绍了一遍《啼笑因缘》后，可说没有人不为之颠倒。一个驰誉平津的名小说家，我们要看他的作品，机会实在不多。本局为餍读者忮求起见，特商请张先生将此稿归本局专刊酬世，想为读过张先生的作品者爱读的。兹将本书内容提要记录一二：

本书是写一个诗人兼音乐家的一颗最小偏怜的掌上明珠，她是一个天真活泼、聪明伶俐、雅好音乐、酷嗜电影、娇憨可爱的少女。她因在故乡的北平校中时，缓歌曼舞的表演了一曲她父亲编的《无愁仙子》的舞蹈曲子以后，芳名鹊起，传诵南北。

后随父至沪读书，因应银汉制片公司要求，始上镜头，表演《无愁仙子》歌剧。缘是银汉明星杨倚云，得识这天真未凿之少女。后被邀加入公司，与杨因同事而发生情感。

杨素奢侈，识李后，因益感穷困，致爱李的一片真诚，被几个肯花钱的妓女用金钱引诱而征服了。初犹敷衍李，最后因细故而遗弃了她。

李原本是个无愁女儿，为了电影热，平白的惹了一场烦恼。尝此世故，就辞职与伊父隐居于绿柳成阴的徐家汇路一个极端小楼一角，深居读书，闲来一阕清歌，排遣积闷。一天，杨挟妓过此，聆《秋风歌》，知为伤心人的传心曲，不忍卒听，自恧遁逸。

张先生曲折写来，绘声绘色；尤其是能够体贴书中人的身份，描写出各人的个性。写到细腻处，一些不以词碍情；写到简略处，最逗人耐味寻思。卓绝一时，的是名手。凡读过张先生作品的，尤宜人手一篇。

【附】朱石麟序

自来以说部改编影剧者，多著非常成绩，然必作者与演者并为世重，斯能相得益彰，如今之《银汉双星》者亦其一也。《银汉双星》本属说部，出当代大小说家张恨水先生之手。先生诗词文章，卓绝一时，说部尤为世所推崇。盖先生足迹遍中国，阅世甚深，始能胸有丘壑，于社会人情风物，俯拾即是，天才卓越，富于学问，故信手拈来，悉成妙谛。其能名垂南北者，非偶然也。《银汉双星》一书，成于民十八。时不佞方主《华北画报》笔政，乞稿于先生。先生固亦嗜影成癖者，因慨然为著此稿，逐期刊载，年余而毕。书中状影界轶事，绘声绘色，栩栩如生，读者皆不忍释。《华北画报》之能薄负时誉，脍炙人口者，得先生此稿之力为多。书既成，先生复笑谓不佞，予业影有年，他日苟制片，曷

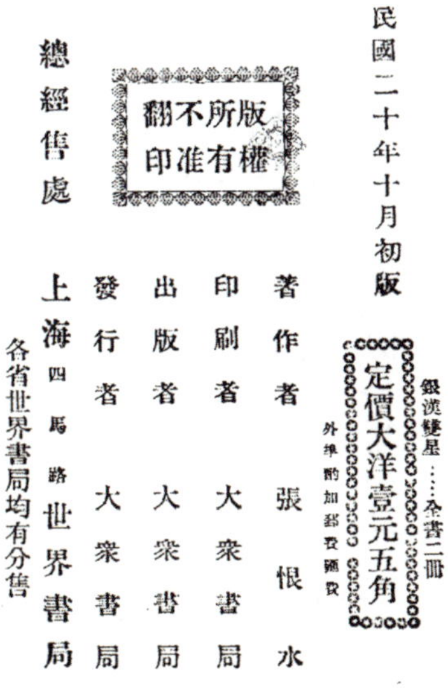
民國二十年十月初版

銀漢雙星……全書二冊

定價大洋壹元五角

外埠酌加郵費匯費

版權所有 不准翻印

著作者 張恨水

印刷者 大衆書局

出版者 大衆書局

發行者 大衆書局

總經售處 上海四馬路世界書局

各省世界書局均有分售

1931 年 10 月，上海大众书局初版《银汉双星》（全二册）

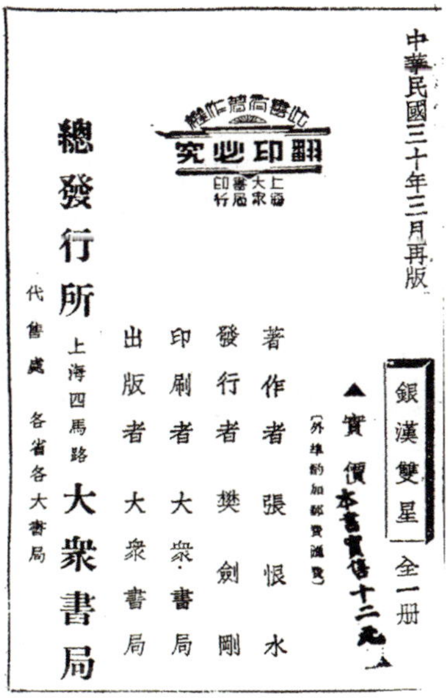
中華民國三十年三月再版

銀漢雙星 全一冊

實價 本書實售十二元

（外埠酌加郵費匯費）

此書有著作權 翻印必究 上海大衆書局印行

著作者 張恨水

發行者 樊劍剛

印刷者 大衆書局

出版者 大衆書局

總發行所 上海四馬路大衆書局

代售處 各省各大書局

1941 年 3 月，上海大众书局再版《银汉双星》（全一册）

以此稿一试如何？明年罗明佑先生创联华影业总公司于香港，设分处于上海，努力于国片复兴运动，召不佞司其事。时有声电影，风靡南北，而联华独以默片雄于时。顾联华非不能制声片，徒以声片重歌舞，必其歌舞能人所不能，斯为难能而可贵。然环顾电影，其能以歌舞胜人而又色艺双绝者，有几人哉？今年春，紫罗兰女士自南洋归国，谒罗先生于港寓。紫女士惊才绝艳，天赋歌喉，其能名震国内，誉播海外者，盖亦非偶然也。罗先生因遽然而起曰："吾欲制声片，必如紫罗兰女士者，始可以一试乎？"紫女士固亦早有志于银幕者，闻言欣诺，因与订约，并嘱不佞为编一声剧，而不佞乃以张恨水先生之《银汉双星》进。《银汉双星》中状一活泼天真之少女，以擅歌舞而获誉于时，与紫罗兰女士性格条件，无一不恰相符合。然则谁谓张先生此书为紫女士而写，亦无不可矣。稿成经罗先生审定后，乃聘名导演史东山先生任导演，复以当代最负盛名之明星金焰先生为之合演。片中歌舞与情节兼重，服装布景亦务求美善。惨淡经营，六月而成。公演之后，果著非常之成绩，得世人赞赏。是则非但张先生所望不虚，紫女士有志竟成，而不佞之贱名，亦将附骥以传，幸何如之。今大众书局刊发《银汉双星》单行本，嘱不佞一言以为介绍，因述其缘起如右。

中华民国二十年九月五日朱石麟谨识

【注】中篇小说《银汉双星》1929 年完成于北平，同期连载于北平、天津《华北画报》，时间自 1928 年 4 月 29 日第 18

期北平《华北画报》至1929年7月14日第81期天津《华北画报》(署名“恨水”)。1931年10月由上海大众书局出单行本，2册，10回，6万余字，内有电影《银汉双星》剧照，书名与著者名均为书画家蒙寿芝题写，朱石麟作序。1941年3月，上海大众书局再版，同年由联华影业公司拍成同名电影。

为使读者全面了解《银汉双星》早期版本情况，特将上海大众书局版《银汉双星》提要收入本书。

《天上人间》（又名《金碧争辉》）

自　序

沈阳失陷后之若干日，《天上人间》上半部，将于上海出版。芥尘先生索序于予。予闻之，感且愧。吾侪书生，暇则笔墨飞舞，纵横议论宇宙间事。今国难临头，丝毫无所表见，而犹腻语缠绵，日为人间说儿女相思，人纵不责我为隔江商女，我能不自叹急其所不急乎？虽然，吾另有说，盖《天上人间》之作，开端于四五年前，而予则托迹旧京，时举国酣嬉，极纸醉金迷之能事。而一部分知识阶级，为社会恶习所熏陶，亦渐渐为金钱女色所麻醉。予于是感觉女子之爱不但易为外物所变更，即在男子，又何所能免。且更叹无产阶级之痛苦，不仅在物质之缺陷，而精神上之安慰，亦往往受更重大之创痕。吾既知之，吾又有所感，吾方日为稗官家言，遂不觉其兴到他捧，而一写此中情态矣。此一书既已下笔于先，在我能力之不受阻碍之间，我自当努力完毕此书，方为人之天职。顾以人事多艰，而迁延复迁延，至今书方成三分之

民國二十年十月二十四日

上海畫報

天上人間自序　（張恨水）

瀋陽失陷後之若干日、天上人間上半部、將於上海出版、芥塵先生索序於予、予聞之、感且愧、吾儕書生、暇則筆墨飛舞、縱橫議論宇宙間事、今國難臨頭、絲毫無所表見、而猶賦語纏綿、日爲人間說兒女相思、人縱不我責爲隔江商女、我能不自歎急其所不急乎、雖然、吾另有說、蓋天上人間之作、開端於四五年前、而予則託跡舊京、時舉國酣嬉、極紙醉金迷之能事、而一部分知識階級、爲社會惡習所薰淘、亦漸漸爲金錢女色所麻醉、予於是感覺女子之愛不但易爲外物所變更、即在男子、又何所能免、且更歎無產階級之痛苦、不僅在物質之缺陷、而精神上之安慰、亦往往受更重大之創痕、吾既知之、吾又有所感、吾方日爲稗官家言、遂不覺其興到而[illegible]、而一寫此中情態矣、此一書既已下筆於先、在我能力之不受阻礙之間、我自當努力完畢此書、方爲人之天職、顧以人事多艱、而遷延復遷延、至今書方成三分之二、故今日而猶作天上人間、非好爲之、不得已也、吾亦非不能易兒女之私、而言英雄之業、然如此、則三四年之筆墨經營、一旦廢却、亦殊可惜、無已、則惟有在以後紅情綠意中、稍稍爲痛苦者呼籲一二、或可補吾過於萬一耳、或有作慰藉之詞者、謂歐戰方酣、西人初不拋業言情、時有三W主義、即War戰爭、Wine酒與Woman女人是也、然則天上人間之作、在三W主義之間、亦可聽之矣、此種戲謔、吾不敢假之以自遁、然吾之爲天上人間、尚不肯自視爲肉感之作、究或不至於若何頹廢讀者志氣耳、如是、則刊印之以博讀者酒酣耳熱、稍稍調劑感情之助、當亦無防之事也、而亦即謝芥塵先生藝壇鼓吹之感意云耳、

二十年十月十九日張恨水序於舊都

1931 年 10 月 24 日，《上海画报》第 754 期刊登张恨水《天上人间》自序

二。故今日而犹作《天上人间》，非好为之，不得已也。吾亦非不能易儿女之私，而言英雄之业。然如此，则三四年至笔墨经营，一旦废却，亦殊可惜。无已，则唯有在以后红情绿意中，稍稍为痛苦者呼吁一二，或可补吾过于万一耳。或有作慰藉之词者，谓欧战方酣，西人初不抛业言情，时有三 W 主义，即 War 战争，Wine 酒与 Woman 女人是也。然则《天上人间》之作，在三 W 主义之间，亦可听之矣。此种戏谑，吾不敢假之以自遁，然吾之为《天上人间》，尚不肯自视为肉感之作，究或不至于若何颓废读者志气耳。如是，则刊印之以博读者酒酣耳热，稍稍调剂感情之助，当亦无防之事也，而亦即谢芥尘先生艺坛鼓吹之感意云耳。

二十年十月十九日张恨水序于旧都

【附】无锡《锡报》吴观蠡《金碧争辉》序

乙丑之春，恨石自燕归里闬，晤余于观蠡室，盛称北平大晚报张恨水君所著《春明新史》，笔墨激射，刻画细腻，文势如满

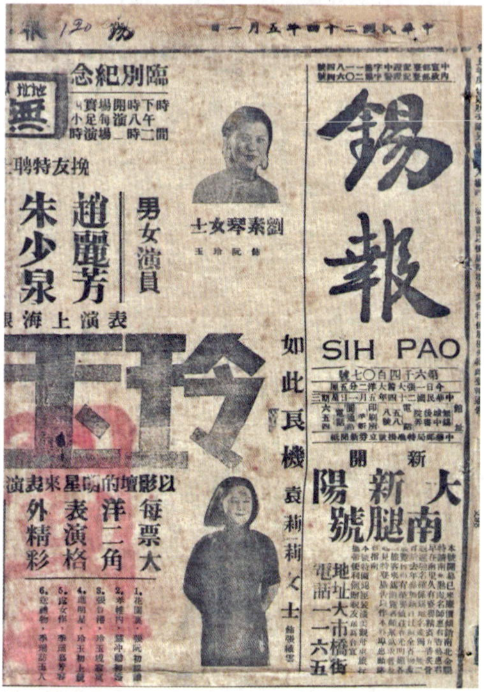

中華民國二十四年五月一日

錫報

SIH PAO

1935年5月1日，无锡《锡报》刊发吴观蠡《金碧争辉》序并配发张恨水签名照片，预告自5月3日起开始连载

金碧爭輝序

乙丑之春。恨石自燕歸里門。晤余於觀蠡室。盛稱北平士……
水君所著春明新史。筆飛激射。刻畫細膩。文勢如潮盤旋……
石在輿論翰海作人海藏身記。筆無定影。紙非一文。平山……
二恨。洎張君恨水之啼笑因緣。刊諸新聞報快活林。余讀……
每爲擊節。力言壓倒海秋。嬈美小鳳。後果譽者日益衆。……
。風行海內外。家絃戶誦。人手一編。浸假而攝製影片。……
。編成彈詞。歌唱書壇。數百年未有之名著。僅有之盛事……
樹。沈鳳喜。關秀姑。何麗娜等姓氏。騷人韻士。津津樂……
牧豎。亦皆言之。世人與余同具心眼。自張君……

。絲絲入扣。筆調風趣。尤勝啼笑因緣。……
官僚劉子厚。劉之比國夫人西餐之耗。不啻麗娜舞場之……
影院中子厚介紹秀峯之女友。珠圍翠繞。眩耀人眼。絕……
麗娜。秀峯於浣衣婦陳大娘之長女玉子。手製襪套。以……
開展情史。又如家樹在天橋聽大鼓與鳳喜之情境。然而……
別闢蹊徑。無一相似之處。施耐庵之水滸。寫打虎殺虎……
皆不止一次。情境同蹊徑不同。余於張君之啼笑因緣。金……
作如是觀。而恨石適有阮玲玉彈詞之作。北平人稱爲二……
會合於本報。洵佳話也。是爲序。

（金碧爭輝自三日起按日刊於本……

盘珠迸。而恨石在舆论瀚海作《人海藏身记》，笔无定墨，纸非一文，平中读者赞为二恨。洎张君恨水之《啼笑因缘》，刊诸《新闻报·快活林》，余排日欣赏，每为击节，力言压倒涵秋，媲美小凤，后果誉者日益众。单行本出，风行海内外，家弦户诵，人手一编。浸假而摄制影片，映现银幕，编成弹词，歌唱书坛。数百年未有之名著，仅有之盛事也。樊家树、沈凤喜、关秀姑、何丽娜等姓氏，骚人韵士，津津乐道。贩夫牧竖，亦皆言之。世人与余同具心眼，自无疑焉。远近南北有名之报纸，以刊恨水先生之文为荣。余寓请张君，约为本报撰长篇说部，一年有余，潜心著述，乃成《金碧争辉》一部，描写人情风景，丝丝入扣，笔调风趣，尤胜《啼笑因缘》，书中之穷教员周秀群、新官僚刘子厚，刘之比国夫人西餐之耗，不啻丽娜舞场之阔。平安电影院中子厚介绍秀群之女友，珠围翠绕，炫耀人眼，绝似家树之于丽娜。秀群于浣衣妇陈大娘之长女玉子，首制袜套，以一元为报，开展情史，又如家树在天桥听大鼓与凤喜之情境。然而笔踪墨线，别开蹊径，无一相似之处。施耐庵之《水浒》，写打虎杀虎，劫法场，皆不止一次，情境同蹊径不同。余于张君之《啼笑因缘》《金碧争辉》，亦作如是观。而恨石适有《阮玲玉弹词》之作，北平人称为二恨者，因缘会合于本报，洵佳语也。是为序。

原载中华民国二十四年五月一日《锡报》

【注】《天上人间》首发于 1928 年 3 月 6 日北京《晨报》，因报纸停刊，仅在该报连载至第三回第 92 节即结束。1928 年 8

月27日起在《上海画报》（三日刊）连载；1928年9月20日起在沈阳《新民晚报》连载；1935年5月3日起（改名《金碧争辉》）在无锡《锡报》连载。据1931年10月24日发表于《上海画报》的张恨水《天上人间》自序叙述，该小说应为上下两部，已连载的部分系上半部，并由上海画报社1931年11月出版单行本。全书共9回。小说以对比手法描写了贫苦人家姑娘玉子与南洋华侨巨商千金黄丽华的故事。

在此引用四则史料说明当时《天上人间》的连载情况：

一是1928年3月北京《晨报》预告：明日起本版刊登张恨水先生近著《天上人间》，内容系写下流社会之痛苦，与上流社会之奢侈，两相对照，洵属社会小说之杰作，特此预告，杂纂部。

二是北京《晨报》6月5日第2版刊登的《本报停刊启事》：本报创刊倏届十稔，日处不满意环境中，委曲求全，冀有所自献于社会，聊尽匹夫有责之义，乃为事实所限，所欲言者，既未及之十一，而所言者，又未为各方所了解，徒求苟存，毫无意义，用是决自本日起停刊，与吾爱护本报之读者告别！

三是1928年8月27日《上海画报》发表署名“记者”的《介绍〈天上人间〉长篇小说》推介文章：《红楼梦》是人人爱读的，可是《红楼梦》写林黛玉，我们总还觉得他有“超人”的毛病，过于做作。现在张恨水先生撰有《天上人间》的言情小说，取“流水落花春去也，天上人间”之意，哀感顽艳，可称与《红楼梦》异曲同工，实在是一部不可多得的小说。从今天起登入本报后幅，愿看官们细细地咀嚼一下，看在下的话对也不对。

四是1936年12月6日上海《铁报》刊发的一则消息：名小说家张恨水，有所作《金碧争辉》长篇，每日在《吴县日报》《锡报》《武进商报》三报，同时刊载。此一说部，本张之旧作，即曩时发表于《上海画报》之《天上人间》也。现全书已刊竣，三报以此一部小说甚受读者欢迎，乃联名函商张恨水，请赓续撰写，以飨读者。而月致六十金为酬，此六十金即由三报分担，每家二十元。现张已允诺，即以续稿邮寄无锡《锡报》，由《锡报》打小样分寄《吴县日报》《武进商报》，仍同时发表。此在张恨水，可谓一举三得矣。参见桃叶所著《〈金碧争辉〉三报同刊载》。

《似水流年》

自　序

尝闻老辈言，希望可达，奢望不可达。希望与奢望之分别，吾不知其意何在。然私意揣之，不外二义：一曰人当知足，一曰人当悬一可达之目标而求之而已。大凡少年人，干黄口，脱乳牙，而其所希冀者，必三事同时起，则为求学求业求恋。顾此三事，不能并得，必有所先后。而少年人昧之，恒颠倒其本末。乃先求恋，求恋必有所立，于是求业。求业非有本能不可，始乃求学。于是始也纷然，继而茫然，其结果必至不可收拾而后已。此犹为平常人而言也。乃若学问既有根基，事业无需恐惧，而爱情之伴侣，亦复相得而相亲。此则凡百满足，为人生之黄金时代。而常事着反不觉悟，自撤藩篱，足而思更足，遂登高跌重，自陷绝境，可怜亦复可叹矣。是书一少年人，欲三者得之，结果乃三者失之。事在人情之常，要非耸听之说。少年人功业少暇，展卷一读，或亦有所借镜，较胜于风花雪月、神鬼怪异之文乎。是为序。

民国二十一年十二月一日张恨水识于旧都

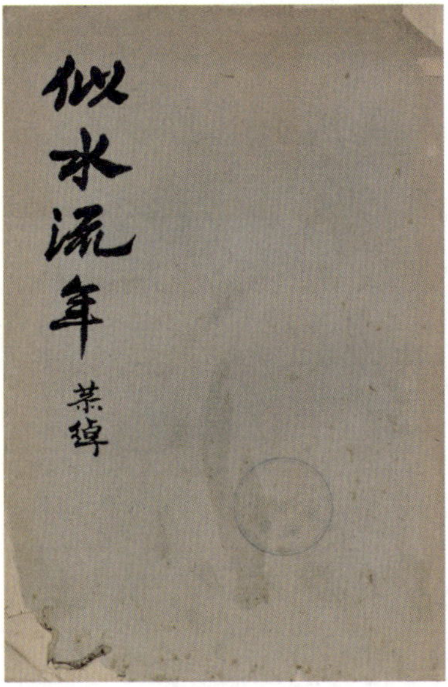

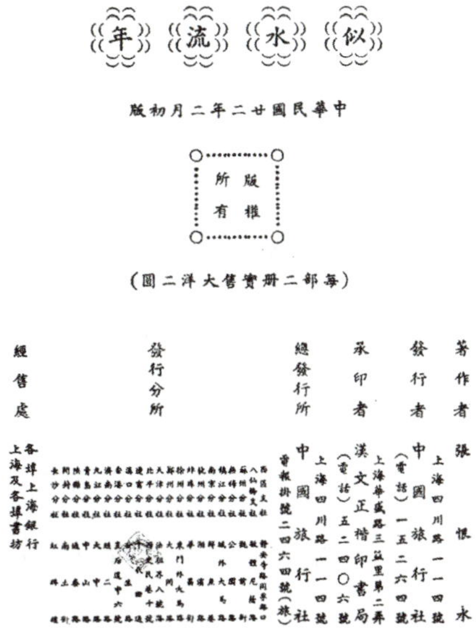

似水流年

中華民國廿二年二月初版

版權所有

（每部二冊實售大洋二圓）

著作者 張恨水

發行者 中國旅行社 上海四川路一一四號 （電話）一五二六四號

承印者 漢文正楷印書局 上海華盛路三益里第二弄 （電話）五二四〇六號

總發行所 中國旅行社 上海四川路一一四號 電報掛號二四六四號（旅）

發行分所 西區支社 八仙橋支社 蘇州分社 無錫分社 鎮江分社 南京分社 杭州分社 蚌埠分社 徐州分社 鄭州分社 天津分社 北平分社 漢口分社 香港分社 濟南分社 九江分社 青島分社 開封分社 長沙分社

經售處 各埠上海銀行 上海及各埠書坊

1933 年 2 月，上海中国旅行社初版《似水流年》（两册）

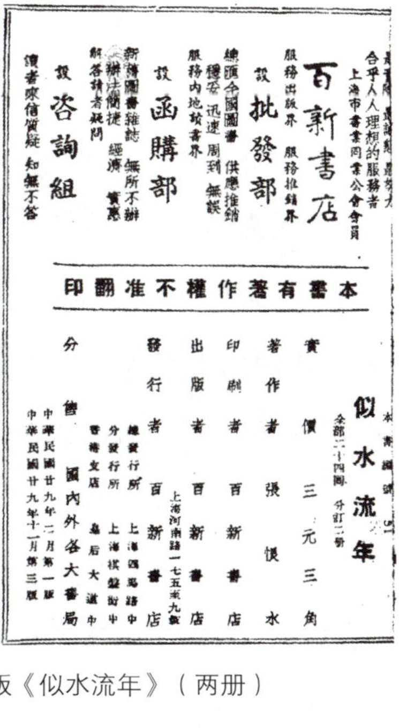

合乎人人理想的服務者
上海市書業同業公會會員

百新書店

服務出版界 服務推銷界

設批發部

總匯全國圖書 供應推銷

穩妥 迅速 周到 無誤

服務內地埠書界

設函購部

新舊圖書雜誌 無所不辦

辦法簡捷 經濟 實惠

解答讀者疑問

設咨詢組

讀者來信質疑 知無不答

本書有著作權不准翻印

似水流年 全部二十四回 分訂二冊

實價 三元三角

著作者 張恨水

印刷者 百新書店

出版者 百新書店 上海河南路一七五至九號

發行者 百新書店

總發行所 上海四馬路中

分發行所 上海棋盤街中

香港支店 皇后大道中

分售 國內外各大書局

中華民國廿九年二月第一版

中華民國廿九年十一月第三版

1940 年 2 月，上海百新书店出版《似水流年》（两册）

后 序

予去春来申，正值衢头卖天竹腊梅时。而《似水流年》，于焉出版，不啻为我作一纪念。光阴不再也。今春来申，又是卖天竹腊梅时，而《似水流年》再版。光阴匆匆，转瞬便是三百六十五日。人生百年，其不禁几次回顾，正复如是。因是书之名，而值此事之巧，皆愈足增人之怆感矣。赵子君豪为《旅行杂志》编者，予书由《旅行杂志》发刊，而再制单行本，皆君董其事。予既来申，君乃告以再版之故，令予再作一序。且以此故事，已由天一公司制为影片，更欲知予之感想如何。影片予尚未及见，不能有所言，但导演此片之高梨痕君，为予二十年来老友，对予必有较深切之认识。如花美眷，似水流年，其出典已尽告之吾人。而八字又为世所称道，则赵君高君读者观者，均可莫逆于心。余亦不必赘言矣。

夜阑人静，爆竹声喧。回思燕地家人，围炉煮酒，将何以消遣此日？而我则衣食驱人，岁暮天寒，作漂泊江湖之客，进德无方，日向中年，而入半老之途。则为此书作序，更不胜其枨触矣。努力爱朝华，予愿敬以赠之读予书者。

民国廿三年二月九日古历将及岁除之夜，张恨水序于上海

【注】《似水流年》原名《黄金时代》，最初发表在沈阳《新民晚报》上，《旅行杂志》1931年1月第5卷第1期转载时易名《似水流年》，至1932年12月第6卷第12期结束，共24回。1933

年 2 月，上海中国旅行社出版单行本，上下册，各 12 回，书画家叶恭绰封面题签。1940 年，上海百新书店出版《似水流年》，24 回，27 万字。

小说叙述了一位农家子弟黄惜时被父亲送往北京求学，却不思进取，先后与女同学白行素、交际花米锦华谈恋爱，学业荒废，并和父亲断绝关系，最后患上花柳病，一贫如洗才幡然醒悟的故事。

1934 年，该小说由作者自己改编、天一影片公司拍摄成同名电影。

《热血之花》

自　序

这本书，寥寥七八万言，在我许多长篇小说里，算是最短的了。我作此书的动机，有两种意思。一来是看到小说界里，在抗日声中，硬性作品很少，我要作一两篇，抛砖引玉。二来“九一八”以后，日本电影界，风起云涌的，制造战时影片，而中国电影界，除了两三部类似新闻之军事影片而外，并没有什么有意味的片子，因之我在此书之外，又编一个《热血之花》的电影剧本，希望有人排演。下笔的时候，去“九一八”未久，为了顾全各方面起见，还不能畅所欲言，所以对方的主角，只能说他是海盗罢了。为了这些原故，书尽管曲折，却不能长，以便早早出版。然而直迟到现在出书，这是我始料所不及了。有人说，我这书，未免提倡窄狭的国家主义。当然的，我是如此。但是我看现在的中国，李自成、吴三桂一路人物，未免太多了，国家主义，尽管是窄狭，对

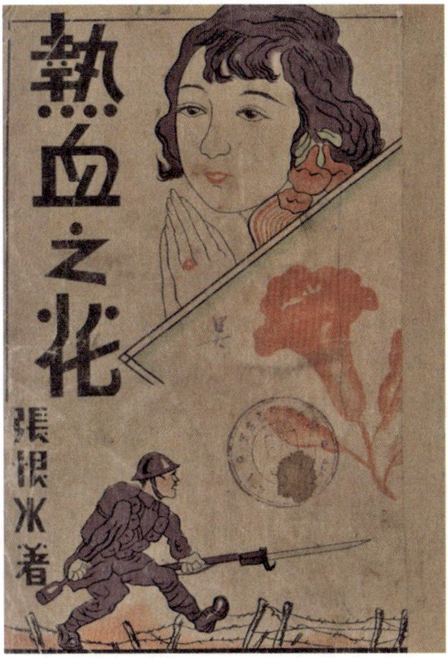

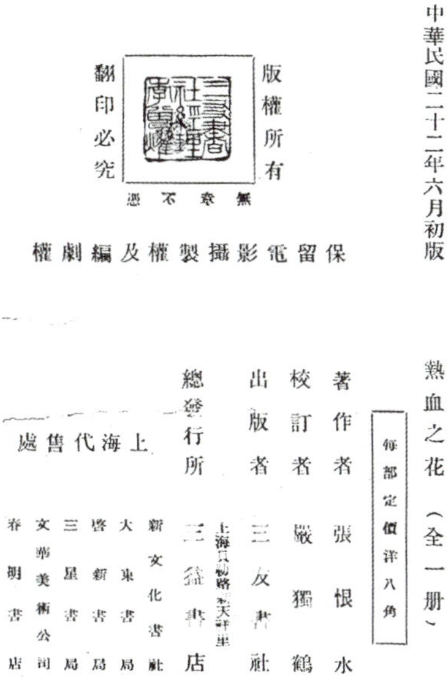

中華民國二十二年六月初版

版權所有 翻印必究

無章不憑

保留電影攝製權及編劇權

熱血之花（全一冊）

每部定價洋八角

著作者 張恨水
校訂者 嚴獨鶴
出版者 上海貝勒路天祥里 三友書社
總發行所 三益書店
上海代售處 新文化書社 大東書局 啓新書局 三星書局 文華美術公司 春明書店

1933 年 6 月，上海三友书社初版《热血之花》

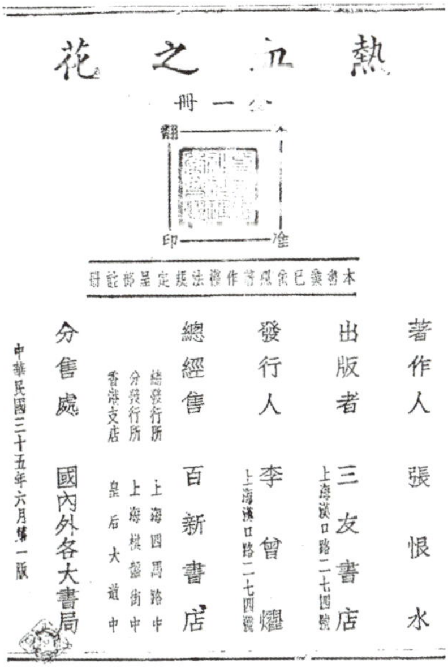

熱血之花

全一冊

翻印 必究

本書業已依照著作權法規定呈部註冊

著作人 張恨水
出版者 三友書店 上海漢口路二七四號
發行人 李曾耀 上海漢口路二七四號
總經售 百新書店 總發行所 上海四馬路中 分發行所 上海棋盤街中 香港支店 皇后大道中
分售處 國內外各大書局

中華民國三十五年六月第一版

1945 年 6 月，上海三友书店（社）再版《热血之花》

这班人还很用得着呢。我向来是自居卑之毋甚高论的。至于普通的社会主义，伟大的世界主义，提倡者大有人在，我也就无须乎去摇旗呐喊了。

民国二十二年五月二十二日张恨水序于南京珍珠桥畔

【注】《热血之花》系张恨水根据同名电影剧本改写而成。剧本连载于1932年初的《上海画报》，1932年3月收入北平远恒书社出版的《弯弓集》。小说《热血之花》脱稿后，连载于《北平日报》。1933年6月，上海三友书社出版《热血之花》单行本。1945年6月，上海三友书店将《热血之花》更换封面再版(无序言)。

《太平花》

三友书社初版自序

当《啼笑因缘》在《新闻报》结束之后，同仁不弃，复以作第二部小说相商。愚之初意，拟以爱情而兼社会者相报。顾念牡丹之后，继以芍药，长笛之后，继以洞箫，物虽稍异，而声色依然焉，读者或将报之以厌倦乎？适愚慨内战频仍，国事日非，有一描写内战说部之拟作，其间再叙述同室操戈之惨酷，与夫苛捐杂税之暴虐。乃以是商之丁严独鹤、李浩然两先生。两先生皆颔之曰："可，且以愚民九以来，历在内战区域讨余生，愚果能道其实者，不妨尽量叙述之。"余欣然受命，布局成篇，遂名之曰《太平花》。太平花者，国家之瑞征，将以此物反映国家之不太平也。乃书成七回，而"九一八"难作。举国方盛唱秣马厉兵，与敌人一决。乃愚书发表于报端者，则仍未有炮火凄惨之言。读者疑之，群以责难，盖不知文成于国难之前，而发表在国难之后也。然愚以是故，自八回起，辄改其非战之说，而为主战之论。

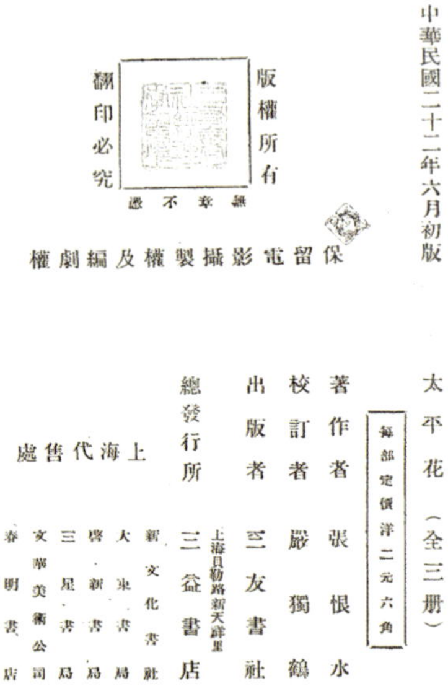
中華民國二十二年六月初版

版權所有
翻印必究

保留電影攝製權及編劇權

太平花（全三冊）

每部定價洋二元六角

著作者 張恨水
校訂者 嚴獨鶴
出版者 三友書社
總發行所 上海貝勒路新天祥里 三益書店
上海代售處 新文化書社 大東書局 啓新書局 三星書局 文華美術公司 春明書店

1933 年 6 月，上海三友书社初版《太平花》（全三册）

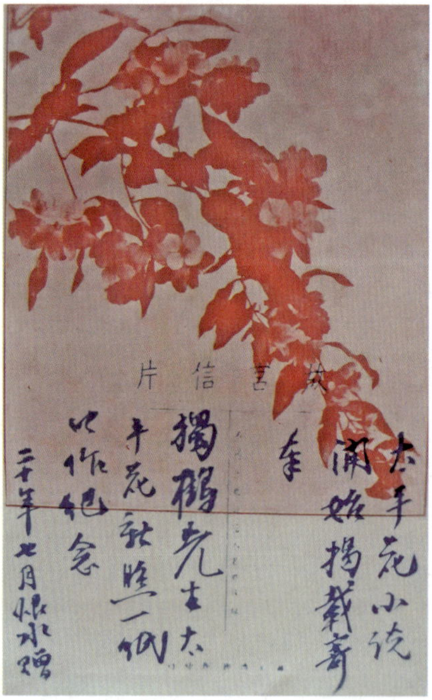

扉页所印太平花照片并张恨水亲笔题签：“《太平花》小说开始揭载，寄奉独鹤先生太平花新照一纸以作纪念。二十年七月恨水赠。”

争城争地之人物，尽易为执戈卫国之健儿。苛捐杂税之穿插，亦改为外人铁蹄蹂躏之事实。终愚书之成，国难有加无已，愚正不必顾虑作书原意之失却也。书既脱稿，愚因事来沪，更遵读者意，将原书删润一过，缩三十六回而为三十回，中间又改删数回，为在《新闻报》刊载时所未有者，俾前后一气贯串，而有以自圆其说。至于原来主张之全盘推翻，因所不惜矣。文字略长，而自问尚无拖沓冗衍之弊，至全书末节，仍归到非战。盖从消极的人道言之，积极的推翻帝国主义言之，吾人苟有世界远大之眼光，非战终必有此一日。且欧战时，列强互哄，而各国非战之文人，初不顾责骂而改辙，吾人又岂独乏此见识？然此言殊非所论于今日之中国，盖中国非侵略国家，且非与人对抗国家，乃被侵略国家也。譬之人，明知流血斗殴，实非善行，然被人殴辱践踏，喘息

太平花

全一冊

有著作權 不准翻印

著作人 張恨水
出版者 三友書社 上海漢口路二七四號
發行人 李曾熠
總經售處 百新書店
總發行所 上海四馬路中
分發行所 上海棋盤街中
香港支店 皇后大道中
分售處 國內外各大書局
中華民國三十五年九月改作後初版

1946 年 9 月，上海三友书社初版改后《太平花》（全一册）

不宁，犹劝其勿事争斗，则是告之束手待毙而已，是乌可乎？此则今日《太平花》如是出版之由来也。至于书中爱情穿插，虽曰为全书纲领，免结构之散漫，然愚亦略有寓意于其中，即今日对男女问题，苟执不新不旧之态度时，恒抱一种难言之苦闷，吾人欲如何免除此苦闷，亦殊可讨论之一事也。忆愚为《啼笑因缘》作序时，适过首都，草于寓楼中。时国民党三中全会方开，张学良膺海陆空军总司令之名义而南来，风云际会，国事蓬勃一时。今愚由沪北返，路过金陵。友朋以平津多事，愚无官守言责，群泥之勿行，乃暂止于珍珠桥秦墨哂先生家。野马失途，心绪惶然。因思书将出版，序不可无，乃于客馆托足，方寸缭乱之时，勉为一文，其风景不殊之感想，则在愚各人尤不胜其悲惋者也。

民国二十二年五月二十二日张恨水语于南京珍珠桥畔

三友书社初版改后自序

民国二十年，我和上海《新闻报》写第二部长篇小说《太平花》。书的内容是以当年的内战为背景。搜罗材料，布置局面，自信是费了一点力气。可是书成七回，“九一八”事件发生了。那个时候，全国人心一反往日厌恶内战、不愿谈兵的态度，大家急起救亡，恨不得全国皆兵。觉得我在报上发表的小说，不断形容内战痛苦，充满了非战意味，简直违反舆情。自然，报社里的人有这个感觉，我也有这个感觉，于是把原来的意思完全推翻。从第八回起，改为抗日的写作。由内战变到御侮，这一个大转变，不是易事，我整整的想了一个礼拜，才能动笔，而以往搜罗的材料，都没有用了。这是第一阶段。

到了民国二十二年春，该书全部完毕，共三十六回。我觉得形容内战的那一阶段，仍无必要，前后删去了八回，补写两回，共缩为三十回，在上海出版。这是第二阶段。

去年百新书店主人，由上海内来，说是这部书，为了反日，是被伪方禁止的，将书交给我，请我审查一过，准备在内地印行。我无事之时，把自己的书重新看过一遍，每为之哈哈大笑起来。因为书里所写抗战的军事，幼稚得太可笑了。当民国二十二年的时候，不但我们书生没有对外战事经验，就是国内的军事专家，也不见得个个有现代化军事经验，我当时所写，自然百分之百是外行。于今看起来，把书原封不动出版，让那有抗战八年经验的国民看了，岂不笑掉人家大牙？因此我决定计划再修改一次。但因文债苦多，一时无从着手。样本搁在手边，几乎有一年不曾动手。

最近，百新方面，催促得很勤，我就破除了一个月工夫，把本书做个第三次整理。我觉得那成为笑话的对外战事，既不是事实，也太觉外行，干脆，都把它删掉了吧。这样，可以把意义着重在停止阋墙，一致对外，仍回到当年内战削弱国本的场面。又因为事隔十几年，当年内战时代的民生疾苦，也浮光掠影，不大记得，只好不复写了，内容就让它成为主角故事的发展。主意既定，把回体改成章体，将三十回删去了十回，又重新写六章，共变成二十六章，就是现在和读者相见的书了。这是第三阶段。

最后，我得赘述几句。抗战已接近全盘胜利的阶段，国家也早有复员的计划。旧金山会议，更在谋全世界的永久和平。所以在将来战后，我们一方面要追叙全国将士和武装人民无数的可歌可泣的故事，而一方面我也不可太忘记了当年内战的祸害。不是长期的内战，国家元气不过分削弱，抗战时代，也许是另一个局面的。因此，我这样修改《太平花》，虽是未能十分完善，也许不是毫无意义可取的吧？书成，叙其实在的经过如此。

民国三十四年五月十八日张恨水记于南温泉

【注】1931年9月1日，继小说《啼笑因缘》在上海《新闻报》连载成功后，张恨水又一部小说《太平花》开始在《快活林》连载。小说连载的同时，还刊发了严独鹤《说话：一个重要的报告》："这（《太平花》）是一部描写社会和爱情的巨著，收集着许多富于情感饶有兴趣的情节，而融化于'非战主义'之中。近之可以说是和《啼笑因缘》异曲同工，远之可以说是和《西线无战事》彼此抗衡。这不是我故意为恨水大吹大擂，好在恨水的著作……"对这部小说作了介绍。

为何创作这部小说？张恨水本人在1931年11月15日《快活林》上撰文作了具体说明："我之作《太平花》，立意远在二年以前，直待去年到上海去，在天津住了一宿。旅馆无聊，以构思为消遣，才突然捉住了这'太平花'三个字。

"我到了上海，承《新闻报》看得起我，约我于《啼笑因缘》而后，再作第二篇小说。我把这个书名，告诉了独鹤先生，而且表明是叙述军阀时代的内战，独鹤先生很赞成，约了就等这篇。一个约会席上，有许多新闻界同人在坐，那位敦厚可亲的李浩然先生也在一处。李先生在新闻界当然可以说是老成持重的人，趁此机会，我又请教这种叙述内战的小说，可不可以登。李先生慨然的说可以，于是这件事就决定了。

“实在的说，我这篇小说，是要用热烈的炮火作背景，陪衬出人民所受苛捐杂税以及室家飘零的痛苦。至于国家之必须有兵，人民之服役与纳税之义务，我并不反对。本来世界非战主义者，有两种看法：一种是人道主义；一种是反对帝国主义者之穷兵黩武。我这篇《太平花》，大概这两种意义，都含有一点。由前言之，自然是弭兵；由后言之，还是要预备去以兵止兵，就是巩固国防，抵御外侮，即是如此。所以《太平花》预备作两本。前半写维持人道，后半写反抗帝国主义的侵略和压迫。

“然而事实不幸得很。中国的环境，突然变了。不但是作小说，一切的建设，都要跳过一个阶段去，专门去对外。因之我作到第八回（以前七回是早写好的了），我的笔锋，也就不能不跟着一转。而预备在后半部写的，提前到前半部。同时，我并以此意，报告了独鹤先生。距今也快一个月了，好在我这篇小说，是以一个新闻记者的情史，穿插在里面作主干的。只要主人公的悲欢离合不变更，背景的掉换却也不碍及全部的组织。这是《太平花》内容的转变，值得向读者报告的一件事。

“我为什么有这样一段报告呢？因为有许多友人探问，在举国主张对日宣战的时候，我何以还作非战小说？我原想，我是反对内乱，并不是主张盲目的弭兵。在读小说的人，当然可以看得出来。既而又一想，也许是我太主观了，我不声明，恐怕人家总要误会的。不然，何以有人来问呢？所以我为了要使大家更明了起见，再赘上这一笔。我想独鹤先生贵恙痊愈之后，他或者会以客观的态度发表一篇谈话的。第八回快到了，第九回、第十回，我由温泉回京之后，即赶撰寄沪。我希望爱护《快活林》的读者，那时再给我一种指示。”

1933 年 3 月 26 日，全书完毕，共 36 回。后来作者把描写内战部分删去 8 回，补写 2 回，全书缩为 30 回，约 30 万字，于 1933 年 6 月由上海三友书社出版。1945 年，作者又把关于抗战部分的描写删去 10 回，再重写 6 章，改回体为章体，共 26 章，近 21 万字，于 1946 年 9 月由上海三友书社出版。

《美人恩》

自　序

予读言情小说夥矣，而所作亦为数非鲜。经验所之，觉此中乃有一公例，即内容不外三角与多角恋爱，而结局非结婚即生离死别而已。予尝焦思，如何作小说，可逃出此公例？且不得语涉怪诞，以至离开现代社会，思之思之，乃无上策。盖小说结构，必须有一交错点，言情而非多角，此点何由而至生？至一事结束，亦无非聚散两途，果欲舍此，又何以结束之？无已，则于此公例中，于可闪避处力闪避之，或稍稍一新阅者耳目乎？有此一念，予乃有此《美人恩》小说之作。《美人恩》中言情，初不写情敌角斗之事，而其结局，一方似结婚而非结婚，一方亦似离别而非离别。如斯作法，乃差有新意。但谓尽脱窠臼，则自病未能。此中甘苦，或为同道所默许欤？然而读者茶余酒后，以消遣物视之，固无暇考量及此也。则作者之惨淡经营，亦如书中主人翁洪士毅，处处作茧自缚矣！

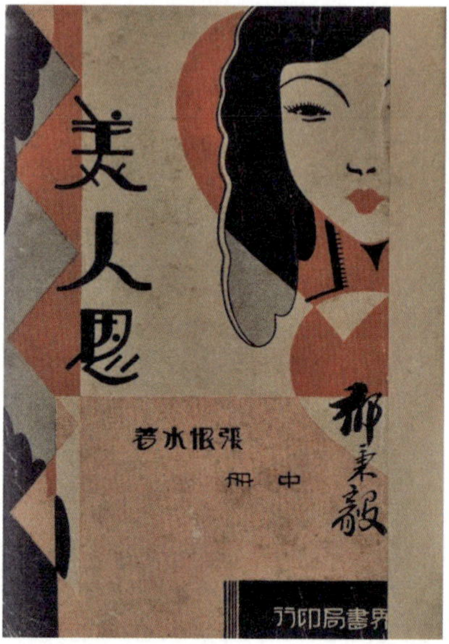

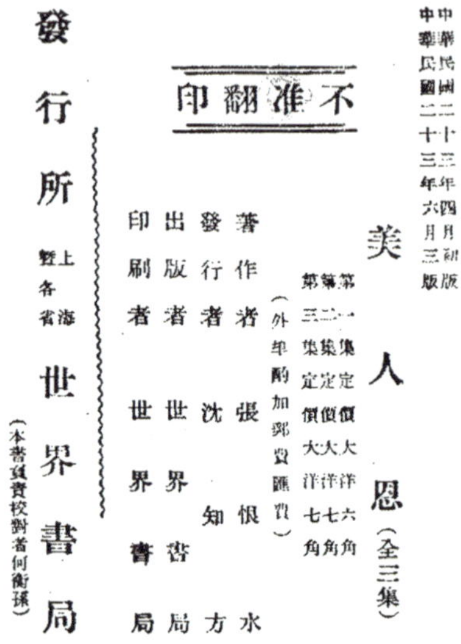
中華民國二十三年四月初版
中華民國二十三年六月三版

美人恩（全三集）

第一集定價大洋六角
第二集定價大洋七角
第三集定價大洋七角
（外埠酌加郵費匯費）

不准翻印

著作者 張恨水
發行者 沈知方
出版者 世界書局
印刷者 世界書局

發行所 上海暨各省 世界書局
（本書負責校對者何衡孫）

1934 年 4 月，上海世界书局初版《美人恩》（全三集）

版權所有 翻印必究

中華民國二十八年十二月新一版

美人恩（全一册）

實價國幣一元二角
外埠酌加運費匯費

著作者 張恨水
發行人 陸高誼
出版者 世界書局
印刷者 世界書局

發行所 上海及各省 世界書局

1939 年 12 月，上海世界书局新一版《美人恩》（全一册）

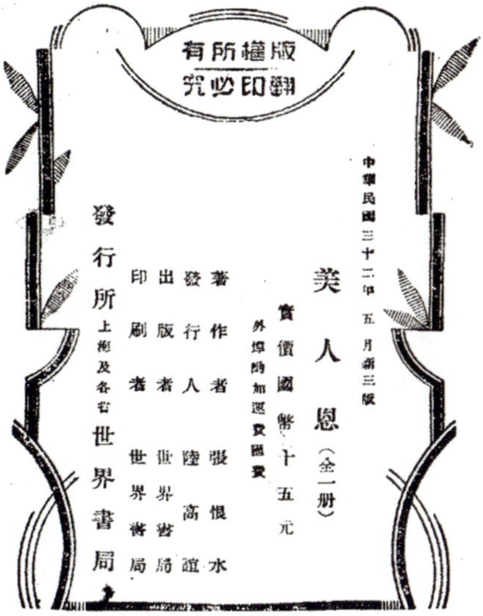

1943 年 5 月，上海世界书局新三版《美人恩》（全一册）

此书命意在二十一年之冬，本与世界书局约，数月成之。乃国家多故，因而搁置者一。作者佣书教读，南北奔走，过于俗冗，因而搁置者二。半年来忽生胃病，好逸恶劳，因而搁置者三。然最近一月，念岁月之悠悠，将爽约于何及，于是努力为之，将未尽之稿十一回，一气呵成。稿既毕，乃二十二年十二月二十七日，终未及二十三年也。束卷付邮，烹苦茗坐寒窗下饮之，得片时暇，其愉快之态，亦殊南面王不易矣。时则雪下已一日夜，院中瘦竹一丛，盘松三株，立粉墙雪地之中，静穆无动，略见苍绿，尤倍觉可爱也。金圣叹曰：不亦快哉！乃以殿吾序。

二十二年十二月二十八日张恨水序于北平东城美术专门学校

【注】《美人恩》是张恨水与上海世界书局约定创作完成的单行本小说。1934 年 4 月由上海世界书局出版。全书分上、中、

下三册，24 回，21 万字。此后，世界书局又出版《美人恩》多种版本。

小说叙述了底层少女常小南与失业潦倒的男主人公洪士毅的故事，两人偶遇，日久萌生感情，后常小南被杨柳歌舞团领班看中，从此见异思迁，背弃真情，最终落入纨绔子弟陈四爷之手，导致家破人亡。

1935 年，天一影片公司拍摄了同名电影，于定勋担任编剧。

《现代青年》

自　序

吾作品中以青年读书不成为主题者，除此篇外，尚有一《似水流年》。《似水流年》说部已成，为电影公司稍改其情节，播于银幕。公映之第一日，余适客上海，曾拨冗往观。当映至一青年于爱人前，不认老农为父时，座后有客喟然曰：此非虚想，吾乡实有类此之事。余闻之，心窃慰，以余所描写，幸尚未超过事实也。《现代青年》一书，予不敢谓佳，然下笔时，不敢超出社会实况，则较之作《似水流年》，有过之而无不及。读者而疑吾言，则在青年驰逐之场，稍加研究，必可发现不少之西装革履，皆父兄血汗之资所易也。吾人极不赞成养儿防老，积谷防饥之旧观念，但见若干青年，耗其父兄血汗挣来之钱，如泥沙掷去，劳逸相悬，亦良为不平。而此等人则尚高谈主义，以现代青年自命。然则所谓不现代者，其程度又当如何乎？作小说者，理不应自置批评于书中。故余亦唯有出之以叹息之态，而名此书曰《现代青年》！

民国二十三年七月廿七日张恨水序于上海新亚二楼

中華民國二十三年九月出版

社會哀艷小說 現代青年 全書三鉅册

每部定價銀壹元伍角（外埠酌加郵費滙費）

著作者 張恨水
校訂者 嚴獨鶴
出版者 上海攝影社
發行者 香港 五桂堂書局 荷里活道十二號A 電話二一八一九號
代售處 各省各埠大書局

版權所有 不許翻印

1934 年 9 月，上海摄影社初版《现代青年》（全三册）

中華民國二十四年元月初版

版權所有 翻印必究

無章不憑

№ 01429

保留電影攝製權及編劇權

現代青年（全三册）

每部定價洋二元八角

著作者 張恨水
校訂者 嚴獨鶴
出版者 三友書社
印刷所 協興印局
發行者 上海漢口路二七四號 三友書社
經售處 上海貝勒路新天祥里 三益書店 上海河南路 啟新書局
代售處 各大書坊
南京代售處 南洋圖書局

1935 年 1 月，上海三友书社初版《现代青年》（全三册）

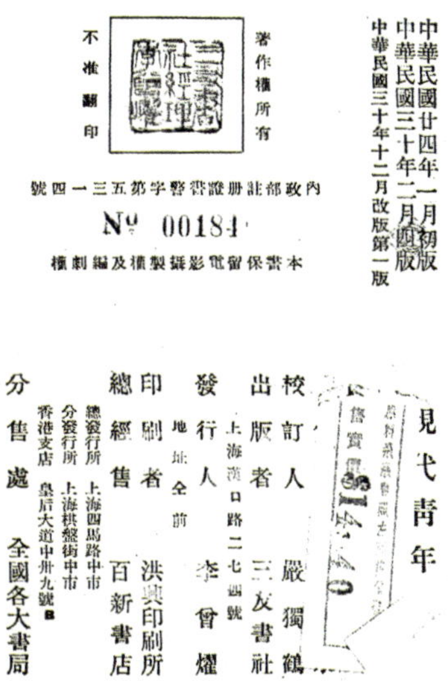
中華民國廿四年一月初版
中華民國三十年二月四版
中華民國三十年十二月改版第一版

著作權所有
不准翻印

內政部註册證書警字第五三一四號
№ 00184
本書保留電影攝製權及編劇權

現代青年

校訂人 嚴獨鶴
出版者 三友書社
上海漢口路二七四號
發行人 李曾燿
地址仝前
印刷者 洪興印刷所
總經售 百新書店
總發行所 上海四馬路中市
分發行所 上海棋盤街中市
香港支店 皇后大道中卅九號
分售處 全國各大書局

1941 年 12 月，上海三友书社改版《现代青年》

【注】《现代青年》于 1933 年 3 月 27 日至 1934 年 7 月 30 日在上海《新闻报》副刊《新园林》连载。1934 年 9 月，上海摄影社出版，无序言；1935 年 1 月，上海三友书社加序言出版，全书 3 册，36 回，约 30 万字；1941 年 12 月，上海三友书社改版后出版。以上三个版本均为严独鹤校订。该书亦名《青年时代》，与《过渡时代》《黄金时代》（后改名《似水流年》）合称“三大时代”。1941 年，该书由上海艺华影片公司拍成同名电影，马徐维邦编导，李绮年、严化、杨志卿、文逸民主演。小说通过农家子弟周计春入北京求学，受恶劣环境影响，在金钱、女人诱惑下逐渐堕落，气死老父的故事，谴责某些耗其父兄血汗，一事无成，却以“现代青年”自居的年轻人。

《疯狂》

前奏（序）

（一）本篇是描写一个没有出路的战时青年，无所指，亦不必有所指。

（二）笔者向来不在小说内谈什么主义。但各个人的思想，是有的。以往作小说，限于环境，自己的意思，往往是不能充分说出来。在这种大时代里，言论是自由得多了。我想，这篇《疯狂》，或能发泄我一点苦闷。

（三）以往，我差不多是为吃饭而作小说。所以小说的内容，要迁就买稿人。这篇小说，是我自己要写的，不为吃饭。于是合了金圣叹那句话："字字由我脑中爬剔而出。"并非钱在纸上说话。

（四）这篇小说，本拟用章体。而许多朋友，坚决的要我用回体，回到我的老本行。意思是：这样更适合于大众的口味。于是我就用回体。

（五）因为时代不同，这篇小说，是我生平长篇里最短的一

中華民國二十七年一月十五日

新民報

重慶

最後消息

我軍威脅南京

我軍包圍兗州城

敵艦過不了荻港

沈鴻烈士持魯省政

最後關頭

這一關

恨水

長篇小說

瘋狂

（一）

前奏

恨水

最後勝利

1938 年 1 月 15 日，重庆《新民报》副刊刊登张恨水《疯狂》前奏（序）

篇，大概两三月可以登完。

（六）希望文艺界，读后，予我以不客气的批评，这厢有礼了。

原载 1938 年 1 月 15 日重庆《新民报》副刊《最后关头》

跋

入川后所写的唯一长篇《疯狂》，现在作完了。这也和我终年在报上发表的其他长篇一样，完了就算完了一项工作，另无他话可说。可是在工作的过程里，是我生平第二次失败，我不得不叙述一声。

我第一次失败，是为上海《新闻报》写《太平花》。那书前半部，是描写北京政府时代的内战，我正写到老百姓对战争抱着什么感想的当儿，晴天一个霹雳，“九一八”事起。这让我不得不推翻前论，鼓吹民众奋起抗敌。然而一部长篇小说，所含的意义是全书的灵魂，一切事物都由冰点变到沸点，实在不是一件易事，就是作到了，也把原意丧失。那次，费尽九牛二虎之力，总算我转个大弯，能自圆其说，并且后来出版单行本，还曾翻印四版，然而我自己总觉得是个太勉强而欲罢不能的工作。

回头说到《疯狂》，开始就说抗战，本没有写《太平花》那种环境。只是我穷措大的脾气，却与年龄加长。也许是无论怎样忙，每日总要看几页书的原故。处事接物，让社会磨得我一点棱角没有。可是我的意志，是我自己的事，我却诚心和自己别扭。因之《疯狂》前半部把主人翁写得极堕落，而后半部想强调着写成一个爱国少年的时候，这何以让他心理变态的条件上，我无法写出。还有，主人翁因为爱国而发疯了，那个致病之源，

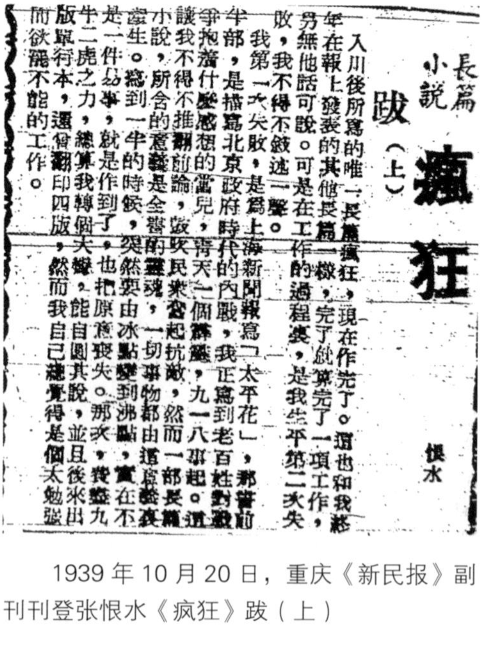
長篇小說
瘋狂
跋（上）
恨水

入川後所寫的唯一長篇瘋狂，現在作完了。這也和我幾年在報上發表的其他長篇一樣，完了就算完了一項工作，另無他話可說。可是在工作的過程裏，是我生平第二次失敗，我不得不敘述一聲。

我第一次失敗，是為上海新聞報寫「太平花」，那書前半部，是描寫北京政府時代的內戰，我正寫到老百姓對戰爭抱着什麼感想的當兒，晴天一個霹靂，九一八事起。這讓我不得不推翻前論，鼓吹民衆奮起抗敵，然而一部長篇小說，所含的意義是全書的靈魂，一切事物都由這意義裏產生。總到一半的時候，突然要由冰點變到沸點，實在不是一件易事，就是作到了，也把原意喪失。那次，費盡九牛二虎之力，總算我轉個大彎，能自圓其說，並且後來出版單行本，還曾翻印四版，然而我自己總覺得是個太勉強而欲罷不能的工作。

1939 年 10 月 20 日，重庆《新民报》副刊刊登张恨水《疯狂》跋（上）

我不是个医生，我也无法写出。自然，在我考虑布局的时候，我早已把一切都安排了的，但是……我上面说了，我是自己别扭自己的，咬着牙齿，终于我把主人翁写得发了疯。

印刷纸张这样贵，根本无意印单行本。但若干年之后，一切困难，总会消除的。那时，我把这书痛自修改一番，总可发行单行本的。因此，在书完了之后，怕逃不过明眼读者的指责，略微跋上两句。至于详细情形，留着将来序文里再说罢。

原载1939年10月20、21日重庆《新民报》副刊《最后关头》

【注】《疯狂》是张恨水到重庆后发表的首部小说，1938年1月15日至1939年10月21日连载于他自己主编的重庆《新民报》副刊《最后关头》，10回。小说选取南京大屠杀事件前后为背景，以大学生王小二的人生经历为核心，揭露了战乱年代社会众生相，是张恨水迄今为止尚未出版单行本的连载小说之一。“前奏”部分，本书将其作为“序”收入，便于读者加深对这部小说的理解。

《水浒新传》

连载自序

予以稗官为业，将及二十年，虽社会有人嗜痂，而予未尝自厕于著作之林。何则？糊口之技，文在易米，卑之毋甚高论也。然予抱有一义，始终不渝者，则力求无损害于社会。即以在本报发表者而论，由《啼笑因缘》以至最近所刊之《秦淮世家》，读者当能辨其微意所在，而不以为诳。昔人谓罗贯中之后人，三世犹哑，荒唐之言，自不足信。然中国旧社会对小说作者之观念不良，仍复如此，不亦可戒欤？予读中国旧小说多矣，统括其意义言之，则不外劝忠孝，志游侠，重礼教，写爱情，慕荣华，信仙佛。一方面沿袭封建社会之习惯，一方面又抨击封建社会而解放之。矛盾复矛盾，起作者而问之，实亦无可相对。予未知读者对予拙作亦作此想否？予所可自信者，则二十年来，无时不述其生活之反映，而未尝坠诸玄幻之意境。现在如此，将来亦无不然也。

予何为而发此言云？则为对于新作之《水浒新传》，不能不先有所申述是已。盖当前所可描写之事物甚多，初不见其题穷，而予乃好读千年以前之故事，此令人不解者一。予生平反对赓续他人著作，予亦不欲他人对拙著更有所发挥。今则续他人数续之《水浒》，令人不解者二。苟予不于新作发表之始有所申述，则无以释读者之疑，故就半生笔墨经营，略道其甘苦焉。

至就《水浒》本书而言，宋江三十六人横行河朔，为张叔夜所击降，载在《宋史》，不难考证。古本《水浒》，大概搜罗宋元时代传说，编串百十故事，凑合成书。故言遇合有时极为牵强，言地理有时极为脱节。但经多人之修饰，更反映其时代之背景，在文艺上遂为成功之著作。而于原来传说，更参以笔记如《宣和遗事》等，其去事实尚不甚远。至明代而加进平辽一段，虽作者之意未可厚非，而书之后半乃益感芜杂。清人金圣叹目睹流寇祸乱之惨，以盗为不可诲。且伤书之尾大不掉，芟治非易，乃断然割除招安以后事迹，而结之以卢俊义之梦。且于书中叙述宋江吴用处，故多入微词，以状其奸。火候深到，书诚如芋之烂熟，然已成为清代金圣叹之《水浒》，而非宋元明以来各文人所述之《水浒》。且仅见宋江等反封建之义侠，而未见宋江等对国家之忠贞，此大伤古人意处。吾家圣叹（圣叹原姓张）竟未能梦见也。明逸民陈忱，身经忧患，心在汉室，曾借书聊以解嘲，根据古本《水浒》，作后传四十回，将《水浒》未死之人，胥以置诸海外。命意超脱胜于圣叹，顾事过奇异，文亦草率，未能恰到好处。其后俞仲华为金圣叹所欺，变本加厉，续七十回本而作《荡寇志》，

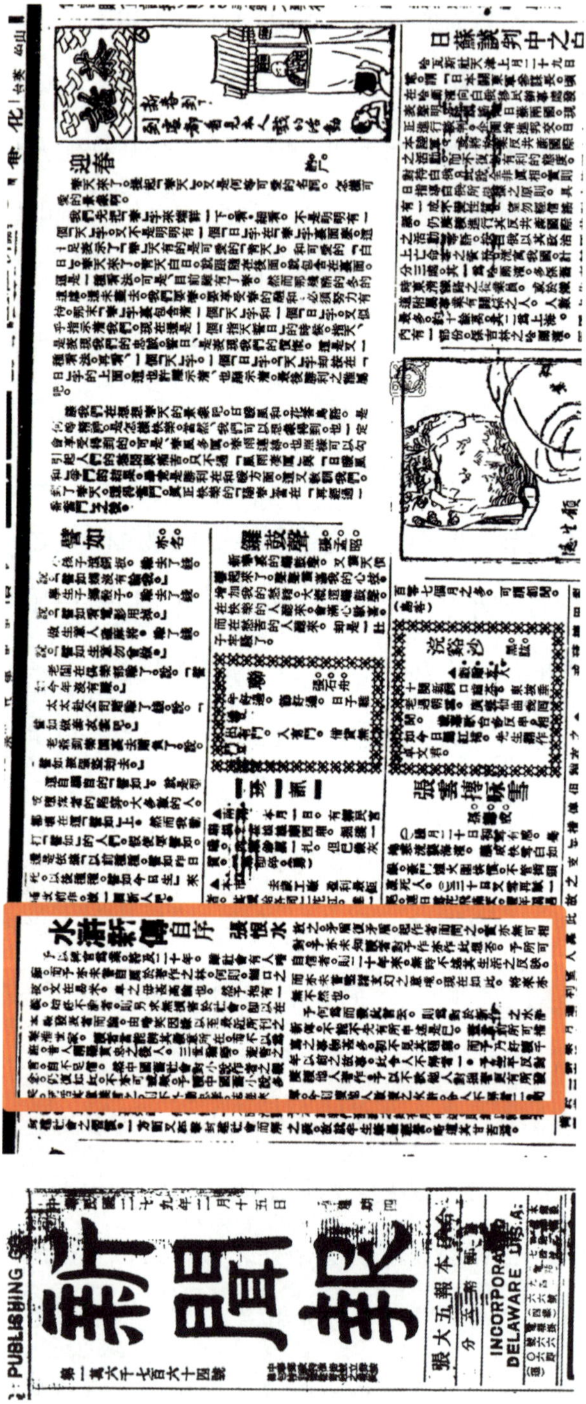

新聞報

水滸新傳自序

張恨水

1940年2月11日至13日，《水浒新传》自序连载于上海《新闻报》副刊《茶话》

不但文意毫无可取，且令人读之每增不快。俞曾参军幕，从征南粤，其为文殆亦有作敲门砖之意义。《水浒》作者为罗贯中乎？为金圣叹所虚构之施耐庵乎？抑另有其人乎？予意其在九泉与俞相遇，当数掴其颊以责其不肖也。于是予意境中乃有新传生焉。

尝读《宋史》，是吾家叔夜，随二帝北狩，羞入异国，在白沟扼亢而死。予辄推书而起，肃然致敬。以是知其父子率三万人进援东京，未能解除倒悬，实大势已去，非战之罪也。史书所言，宋江等不已降张叔夜乎？宋降张之后二月，童贯执方腊以归，史虽言侯蒙上书，令宋平方腊以自赎，按之时日，宋等当未及前往。且讨方腊奸阉童贯主其事，宋亦未必屑往。古本《水浒》叙一百零八人因平方腊而大有死伤，是用史而又为史所误也。以予度之，良禽择木而栖，水浒诸人，既降张，必乐为张用。张后由知海州升任南道都总管，部曲云屯，纳水浒诸人于其营中，事属易举。宋降张为宣和三年二月，张奉召勤王，则为靖康二年二月，相去不过八年，水浒诸雄，自然未老。则又安知其不相率奋起，随张而卫帝阙乎？故用《宋史》为线索而作《水浒》，则当从张叔夜之击降。从张叔夜之击降，则与其信宋等之随童贯平方腊，则不如信宋等之随张勤王。予惜古本未能及此，因遂另起炉灶，而以勤王一役结之。自信与事理稍合，而于《水浒》所标榜之忠义二字，亦能自圆其说也。

新传若《荡寇志》，亦紧接七十回本之一梦。因是书为通行本联接处，易为人知。且由招安前述起，实以此为天然之下笔处，其圣叹所割裂者，予亦无法检起矣。至不曰续传而曰新传者，则不敢步伍前贤，以示乃自造其局面。用《水浒》人物，写予理想中情事，盖借花献佛之意云尔。若必更问借何花献何佛，是则予唯有拈花微笑答之。究非作史，不必凿凿究其因果也。

中华民国二十九年元月张恨水序于巴山之览

原载 1940 年 2 月 11 日、12 日、13 日上海《新闻报》

新　序

作《水浒新传》的用意，以及下笔的手法，在原序和凡例里，我已有交代了。但作这部书的起因和经过，我还得另有所声明。

我自民国十九年起，就给上海《新闻报》写长篇小说。抗战以后，因为交通的阻隔，和我自己生活的变化，中断了一年多。而且那时上海成为了孤岛，《新闻报》虽是挂了美国国旗，但主持报务的人，非常谨慎，关乎时代性的小说，很难在报上发表，所以我也无心继续写下去。后来《新闻报》同人，再三地函商，表示略有抗战意思，而不明白表示出来的，总可以登。于是在民国二十八年我就写了一篇《秦淮世家》，讽刺南京汉奸。但因用笔隐晦，不能畅所欲言。我感到要在上海发表小说，又非谈抗战不可，倒是相当困难。到了二十九年，我就改变办法，打算写一本历史小说。而这本历史小说里，我要充分的描写异族欺凌和中国男儿抗战的意思。这样对于上海读者，也许略有影响，并且可以逃避敌伪的麻烦。考量的结果，觉得北宋末年的情形，最合乎

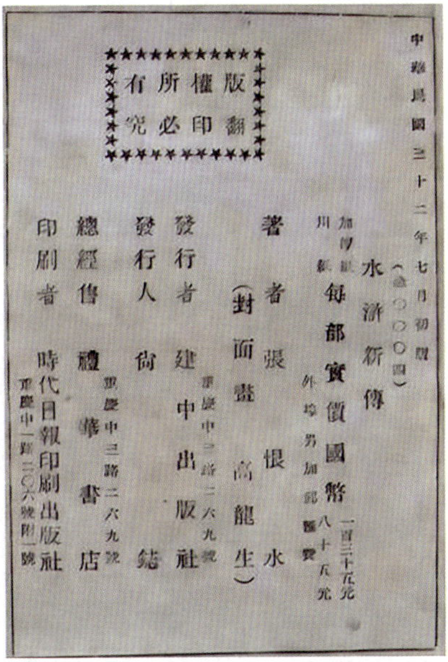
中華民國三十二年七月初版

水滸新傳

每部實價國幣一百三十元

版權所有
翻印必究

著者 張恨水
（封面畫 高龍生）

發行者 建中出版社
重慶中三路二六九號

發行人 尙 鍅

總經售 禮華書店
重慶中三路二六九號

印刷者 時代日報印刷出版社

1943 年 7 月，重庆建中出版社初版《水浒新传》（全二册）

选用。其初，我想选岳飞、韩世忠两个作为主角，作一部长篇，却以手边缺乏参考书，而又以《说岳》一书在前，又重复而不易讨好，未敢下笔。后来将两本《宋史》胡乱翻了一翻，翻到《张叔夜传》，灵机一动，觉得大可利用此人做线索，将梁山一百八人参与勤王之战来做结束。宋江是张叔夜部下，随张抗战，在逻辑上也很讲得通。《水浒传》又是深入民间的文学作品，描写宋江抗战，既可引起读者的兴趣，而现成的故事，也不怕敌伪向报馆挑眼。这个主意决定了，我就写信和《新闻报》编辑人商量。他们正有欲言不敢的痛苦，对我这种写法，非常满意，复信快写快寄。不久，我就在重庆开始写《水浒新传》了。

也许上海的读者对我特别有好感，也许这《水浒新传》能够略解上海人的苦闷，当这篇小说在《新闻报》发表之后，很引起读者的注意。竟有人为了书上极小的问题，写航空信到重庆来和我讨论。这样，颇给予我不少的鼓励，我就陆续地写下去。直到三十年代年底，上海全境沦于敌手，我才停止撰寄。然而已经寄出四十六回，写到四十七回了。朋友们有看过我这篇小说的，多怂恿我把它写完。说是便在抗战后，这书也还有可读的趣味存在。自然，朋友阿私所好，总不免虚奖我一番的。我自己也觉得写了五分之三，弃之可惜，正打算找个机会续写，到了三十一年夏季，却接到上海朋友来信，说是上海的小报，已请人接了我的稿子向下写，而且用原名公然登载。我虽无法向他们谈什么侵害著作权，可是在敌人控制下的文字，不能强调梁山人物民族思想，那是当然。我不能猜想他们会怎样歪曲我的原意，但以他们这种行为而

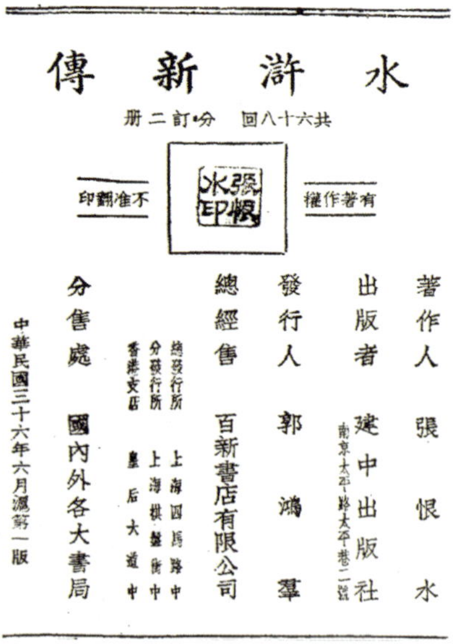
水滸新傳

共六十八回　分訂二冊

有著作權　張恨水印　不准翻印

著作人　張恨水
出版者　建中出版社　南京太平路太平巷二號
發行人　郭鴻羣
總經售　百新書店有限公司
總發行所　上海四馬路中
分發行所　上海棋盤街中
香港支店　皇后大道中
分售處　國內外各大書局

中華民國三十六年六月滬第一版

1947年6月，重庆建中出版社沪版第一版《水浒新传》（两册）

论，甚至写得宋江等都投降了金人，也有可能。我不敢说敝帚自珍，而这种事实的表现，到战后，也许会教社会对我发生一种误解。因此在一气之下，于三十一年冬季，我又从四十七回再向下写，把这部书写完。当这书与大后方读者相见的时候，读者也许只说个原来如此。可是假使这书得在上海登完，又在上海出单行本，那就有点儿不同的观感了。

完成这部书的经过，大概如此。笔者虽不无冒犯罗贯中、施耐庵、金圣叹之处，但那是大可以原谅的了。

民国三十二年三月张恨水序于南温泉

【注】《水浒新传》作于重庆，仿《水浒传》口吻、笔法，保存《水浒传》气氛，描写梁山泊一百零八将招安后，在各个战场奋起抗金、为国捐躯的故事，借古讽今，宣扬民族气节。1940年2月15日至1941年12月27日，小说连载于上海《新闻报》，1941年年底连载至第46回即中止。上海小报《吉报》请人续写，且用张恨水之名登载。1942年冬，张恨水又从第47回冉向下写，至第68回结束。

1943年7月，此书由重庆建中出版社出版。1944年，在中外记者代表团访问延安时，毛泽东曾对赵超构（当时重庆《新民报》主笔）说："《水浒新传》这本小说写得好，梁山泊英雄抗金，我们八路军抗日。"1947年6月，重庆建中出版社出版沪版第一版。

《八十一梦》

自　序

不佞治小说为业，二十余年于兹矣。毕生除半部分精力为新闻记者外，胥消磨于构思书写之间。此虽不得云业近专门，然尚能力守见异思迁之戒。其必写小说与当记者并兼者，则以中国文人卖文，计字论钱，辄曰千字若干元，专写小说，势不能糊口。而专事新闻，既不堪久为夜间工作，且弃去少小之所嗜好，又非所愿。蹉跎半生，毫无成就，遂依然措大，有如今日。但读书略获进益，差知富贵如浮云，苟吾心之所安，初亦不必他求。故韩愈所云，而发苍苍，而视茫茫，而齿牙动摇，窃犹乐此不疲也。抗战军兴，文人曾一度等诸废物，而不佞则以身为记者，犹得托迹后方。至一章一回之经营，本欲搁笔，乃战局稍定，社会颇感需此。吾本家山念破，行李萧然，苟可稍益得钱，略解困苦，又何乐不为？于是来渝之次岁，又稍稍以小说稿，发表沪汉港渝数地。论其动机，至为鄙陋可笑。但苟利国家，于字里行间，自当勉为之。盖吾为中国人，自当有以报中国，报国而又在吾职业中为之，未另有所耗于血汗，此最便宜事，奈何不为乎？以此，四年以来，吾未尝敢言有何运动，亦未尝敢言有何贡献，且亦不必云曾如何如何紧守岗位，徒令人齿冷肤栗。但社会不厌我，拙作能在报端日日发表下去，斯亦足矣。

吾既立此一准则，故发表于汉港沪者，其小说题材，多为抵抗横强不甘屈服的人物。发表于渝者，则略转笔锋，思有以排解后方人士之苦闷。夫治苦闷之良剂，莫过于愉快。吾虽不能日言前方毙寇若干，然使人读之启齿一哂者，则尚优为之，于是吾乃有以取材于《儒林外史》与《西游》《封神》之间矣。此《八十一梦》所由作也。

民国二十一年一月张恨水序于重庆之南温泉

通俗文艺版前记

《八十一梦》这本小说，是抗日战争期间我在重庆所写。当时，一面写，一面逐日在报上连载。写完后，曾印过单册。

我为什么要写这本小说呢？说起来原也简单，只因为那个时候重庆的一片乌烟瘴气，实在让人看不下去。实行消极抗战、积极反共反人民的“将军”们，压在人民头上无恶不作的豪门，不顾死活只知道抢钱的贪官污吏，在官僚资本豢养下的囤积居奇、跑“滇缅路线”、发“国难财”的商人，无耻下作的文化特务，

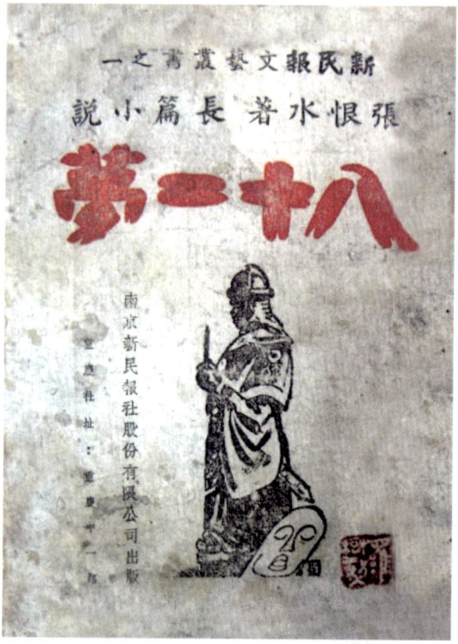

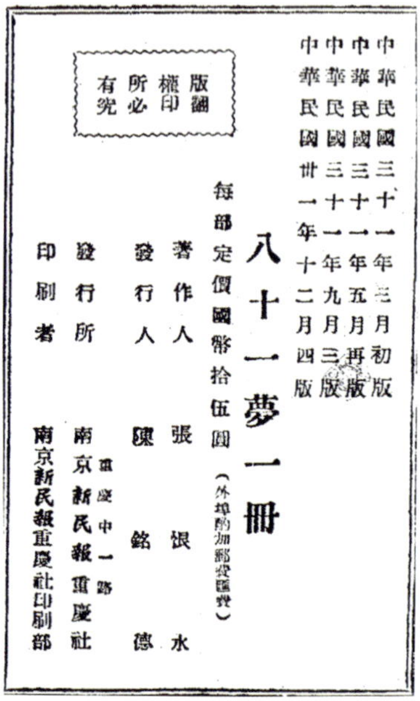
中華民國三十一年三月初版
中華民國三十一年五月再版
中華民國三十一年九月三版
中華民國卅一年十二月四版

八十一夢一冊

每部定價國幣拾伍圓（外埠酌加郵費匯費）

版權所有 翻印必究

著作人 張恨水
發行人 陳銘德
發行所 南京新民報重慶社（重慶中一路）
印刷者 南京新民報重慶社印刷部

1942 年 3 月，新民报文艺丛书之一《八十一梦》初版

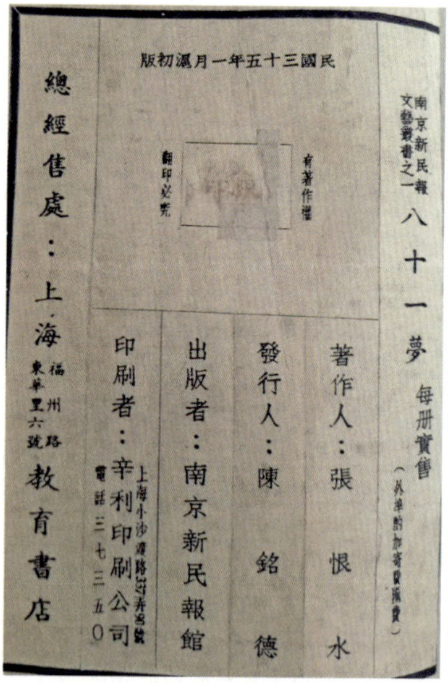
南京新民報文藝叢書之一 八十一夢 每冊實售（外埠酌加寄費匯費）

民國三十五年一月滬初版

有著作權 翻印必究

著作人：張恨水
發行人：陳銘德
出版者：南京新民報館
印刷者：辛利印刷公司 電話三七三五〇
總經售處：上海福州路東華里六號 教育書店

1946 年 1 月，南京新民报文艺丛书之一《八十一梦》沪初版

地主型的房东，大大小小的“裙带官”，“拳头也是外国的好”的美国生活崇拜者……这些家伙，集结在重庆，隐身“抗战”的旗帜之下，进行五颜六色的卑鄙、恶毒的勾当。

任何一个稍有良心的人，对于这些家伙和这些家伙的活动，没有不满怀极大忿怒的。

忿怒的火焰燃烧着我，我就写。一个、两个……我最初准备把所看到的都写了出来，无如丑恶的人和丑恶的形象太多了，是写不完的。我所写的，只是比较典型一点的，是那个时候走到每一个角落都会遇到的人和事。

在报纸上连载之中，完全可以意料得到：新闻特务机关是会给我不断的麻烦的。小说写了他们的主子，又写了他们自己。“勒令报纸停刊”，这么一副武器攥在他们手里，他们可以随时“便把令来行”的。或者是书面文字，或者是口头言语，尽量地使用那卑鄙的威胁。

这些威胁总算没有吓倒我；随着这些威胁而来的，反而是增加了我更大的忿怒。同时，我还感觉到有一股很大的力量在支持我、鼓励我。这股力量是从群众中来的：许多正义的读者，他们告诉我，《八十一梦》写得对，骂得好；再写得深刻些，再骂得痛快些！使我理解到，小说是应该和群众打成一片的，《八十一梦》使我得到写作的新方向。

方向是如此，我写得够不够呢？——不但不够，而且差得很远。

根据我今天自己能够检查出来的，写《八十一梦》的当时，我的思想是模糊、混乱的。我把自己看作“超然”的人，我认为我的“正义感”足以挽救一切人间灾难。对于那一片“乌烟瘴气”，我不去考虑如何用杀虫方法去消灭它，而只是幻想着能够一口气把它吹散；再不然，就躲开它。因之，这篇小说虽然暴露了一些东西，却完全没有指出如何把所暴露的东西予以摧毁。尤其软弱的是躲开它，避免作正面的斗争，某一些地方，我用着“薰犹不同器”的看法主张退让，“天堂之游”里的墨翟就是具体的例子。从墨翟向那些徒弟说话之中可以看出，我没有让墨翟对当前恶势力作正面的斗争，只把墨翟往“西天”一送就完事，当然更不会要求墨翟再从“西天”打回来。这样的“善恶分明”有什么用？这不是“善善而不能用，恶恶而不能去”吗？而且，我只说墨翟深恨被“虾头鳖甲”所侮辱，却把“虾头鳖甲”的头脑“四大天王”之类放在一旁，不加重视。连这个“擒贼先擒王”的道理都不知道，又怎么说得上从现象去看本质呢？因此《八十一梦》的目的性就十分不明确：我是想从这样的讽刺之中得到什么呢？我又能从这样的讽刺之中得到什么呢？“超然”的人是悬空站不起来的，“正义感”不粘合实际斗争是一点用处也没有的。因此，《八十一梦》成了我自己的一个大梦——一个小资产阶级知识分子毫无气力地在发他的“牢骚”！

应该更严厉批判的，是我自命“超然”其实并不超然的立场。抗战期间，我对国民党反动派，一方面是十分憎恨；另一方面却

八十一夢
張恨水著
*
通俗文藝出版社出版
北京市書刊出版業營業許可證 067 號
（北京香餌胡同 73 號）
外文印刷廠印刷　新華書店發行
*
書號：(文)0003·787×1092 1/32·5 3/16 印張·122 千字
1955 年 1 月第一版
1955 年 1 月第一次印刷
印數：1—39,000　定價 4,100 元

1955 年 1 月，北京通俗文艺出版社删节本《八十一梦》

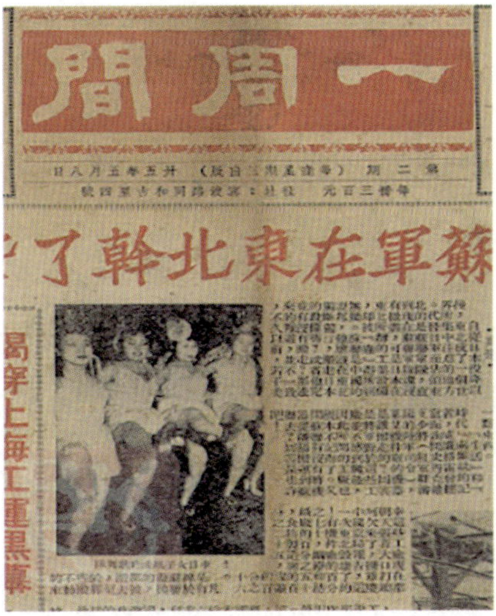

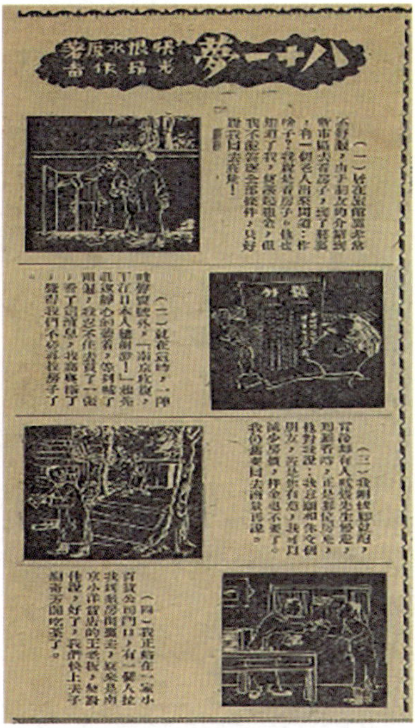

1946 年第 2 期至第 15 期《一周间》杂志配图转载《八十一梦》

因它掌握政权，意识上总觉着它是“正统”。这个观念之所以存在，是由于自己落后地在运用着封建的历史眼光看待眼前的历史。譬如说：《八十一梦》里面原先就有“未完的戏”这么一章，我写了一个家庭，长子和次子吃、喝、嫖、赌，勾结着无知的妈妈和无耻的舅舅，去压迫那个十分善良、进取的幼子。所有看戏的人都同情幼子，而幼子在戏里面总抬不起头来，为什么？——幼子非嫡出。虽然现在重印的时候我自己删去了这一章，我还是应该指出在那一阶段我思想上的糊涂。由这一例子，也就说明了：当时群众之所以同意我的《八十一梦》，是因那里面有一些反抗性，而决不是因我承认那个“正统”；新闻特务之所以阻止我发表《八十一梦》而终于又让我发表出来，当然决不是因为那里面的有一些反抗性，恰恰因我承认那个“正统”。问题不仅仅在于认识的错误，重要的乃是由此所发生的危害性；于是我看不出它从腐朽到崩溃的必然规律，将由我的文字中给人以暗示，说它掌握政权乃是“天经地义”，我就会反对阶级斗争而成社会改良主义者。这样的结果，我在小说中所进行的“讽刺”，不但是没有什么意义的“牢骚”，反而能造成一种维护反动统治的影响。我不应说自己写作动机并非如此，因而就原谅了自己；我实在需要在这里检查一下当时自己错误的立场和观点。

我所能对自己进行批判的，不过如此。自己完全知道这是很不够的。主要原因，是新中国成立后四五年，我由于脑充血一直没有恢复正常健康，个人学习政治理论，是关了门在屋子里看书，这是不可能让我有更多的进步的。现在，我十分诚恳的希望读者能够给我以帮助和批评。

虽然我对抗战中国民党反动派的丑恶罪行暴露还很不够，究竟读者是可以从这里面知道一些。这就是今天重印这本小说的理由了。

张恨水 1954 年 8 月 30 日于北京

【附】新民报文艺丛书之一《八十一梦》初版陈铭德序

恨水先生的小说，不仅在中国文坛上早负盛名，即在世界文艺著作林中，也有他相当地位，这是用不着介绍的事实。

恨水先生在本报发表小说，《八十一梦》是第三篇，在前面是《疯狂》，更前面一篇，在南京时发表的是《市井列传》，以后是更多，譬如现在正在报上刊登的《牛马走》和《偶像》。每一篇小说，都包含着一个人生的理想境界。当然不仅是在本报的发表小说为然，从《春明外史》起，他对于任何一篇小说，从未随意下笔，许多读者，都诧异恨水先生写作之富，有几人知道他构思之苦呢？

有些读者们，最爱问每一作者的代表作是什么。这是使作者最难解答的一个难题，譬如恨水先生的代表作，是《春明外史》吗？是《啼笑因缘》吗？抑或是这篇《八十一梦》呢？假如依我个人的看法，要说《八十一梦》是恨水先生一切杰作中的杰作。

我为什么要这么说？我决不能因为《八十一梦》而抹煞恨水先生其他作品的成功，我们只是应该明白，《春明外史》和《啼笑因缘》是恨水先生成名的作品，而这篇《八十一梦》却是恨水先生成名以后的作品。《春明外史》和《啼笑因缘》是恨水先生于承平之日写的，而这篇《八十一梦》却是写作于国破家离的今日。我们先须了解作者的心情和环境，然后才可以批评他的作品。

记得二十六年的冬天，恨水先生以抱病之身，坐在一条拥满了人头的小船上，从几千里外来到重庆。他抛弃了他所经营的事业和家庭，《南京人报》的印刷机器装了箱，老太太和一家人回到了故乡山上，他只身西来，他的愿望是什么呢？愿意贴紧在这抗战司令台下，不辞任何艰苦，尽他所尽的一分力量。可是，环境给他的印象又是什么呢？愤慨，感触，还有说不出的一些情绪。

我们时常谈起：抗战胜利以后是什么情状呢？恨水先生用他最强的联想，说出了种种的境界，说了之后，他就下笔去写。一年的工夫，完成这一部《八十一梦》。梦，永远做不完的梦，岂止“八十一”,何况又被“鼠咬虫齿”去了一大半呢？然而这《八十一梦》，足可以概括所有的梦，当在《新民报》逐日发表的时候，好多读者都受了影响，使《八十一梦》中的人物，一齐认真的到了读者的梦中。不用说，这些梦是包含他的愤慨、感触，还有其他的一些情绪。

《新民报》在重庆复刊，恨水先生主持副刊，担任主笔，我个人与恨水先生的往还既多，于是认识得也更不同于昔日。恨水先生对于古圣先贤的言论文章，润育至富，然而他决不是一个掉书袋的书呆子。恨水先生对于社会人情，透辟表里，然而他决不是一个浪荡的风花雪月式女人。恨水先生的爽亢豪慨、道义潇洒，是朋友中的“老大哥”。如果我们看到他作品中描写的精细入微，最初觉得奇怪。为什么他会这样深刻呢？及至相交既久，我们就又会想到，除了他，谁还能写得这样深刻！

所以说，只有恨水先生才能写得出《八十一梦》，只有《八十一梦》才是恨水先生杰作中的杰作。

《八十一梦》是恨水先生作品中一个新阶段。这个新阶段，冲破了旧时代旧小说之藩篱，展开了一个新局面。寓意之深远，含蓄之蕴藉，寄情之豪迈，每一个读者，必当和我一样，起了共鸣，起了同感。这是抗战声中的砭石，也是建国途上的南针。这种表现，还应该说，恨水先生不是“有所为而为”，乃是他学养人格自然反映的结果。一个学养人格的作家，是不会与大时代脱节的。杜甫是千古诗宗，入蜀以后，才愈显其大气磅礴。我们对于恨水先生的小说也就是这样看法。在这大时代中当然要有这一部作品产生，这个责任当然应由恨水先生担负。我们欣赏《八十一梦》的成功，因为如此，“就不可说这是什么奇迹”。

恨水先生担负了他写作的责任，理想境界已达到极端圆熟之点。《新民报》过去以得发表这篇小说为荣幸，到今天，自然更以印刷这一个单行本为荣幸。读者自有批评，我个人是不能“阿私所好”。然而我个人对于这篇小说的由来，这篇小说的成功，是应该有所记述的。

恨水先生和我们共同事业的前途，想来是无穷尽的。《八十一梦》算做我们的“第一站”吧！

中华民国三十年冬尽陈铭德于陪都《新民报》总经理室

【注】《八十一梦》于1939年12月1日至1941年4月25日在重庆《新民报》副刊《最后关头》连载。1942年3月由重庆新民报社出版（“新民报文艺丛书之一”），简称“新民报社十四梦本”。小说很畅销，仅1942年在重庆便印了四版，即3月的初版、5月的再版、9月的三版及12月的四版。1944年4月印了第五版。延安曾翻印过，周恩来也称赞过这部小说。1955年1月，北京通俗文艺出版社经作者删节后再版，简称“通俗文艺版删节本”。

关于1955年通俗文艺版删节本《八十一梦》前记，张伍在《忆友鸾叔与父亲张恨水的交往》(《人物》2000年第9期)中有如此叙述：“1954年，父亲的旧作(八十一梦)要再版发行，这是父亲旧作在新中国成立后的第一次再版，出版社希望父亲自己写一篇序。因为父亲大病缠绵有五年，对于新的理论有些生疏，就请友鸾叔代笔。友鸾叔义不容辞地写了序，这就是大家所熟知的1954年(应为1955年1月——辑者注)由北京通俗文艺出版社出版的《八十一梦》张恨水‘自序’。”可知，此“前记”系张恨水委托张友鸾代作并经张恨水审阅认可的。

小说有十七八万字，以散文体形式，采取“寓言十九，托之于梦”的手法，对国民党统治下的“陪都”腐败的官场和社会上的种种黑暗现象进行了无情的揭露和有力的鞭挞。由于书中人事均有所指，所以受到了进步人士的欢迎，也引起了国民党特务的注意。小说还在连载过程中，张恨水的来往信件就受到了检查，行动也受到监视。他被迫草草结束全书。在书前的楔子里，作者把此书称为“鼠齿下的残余”，表达了对国民党反动派迫害的不满。

《大江东去》

自　　序

民国二十八年冬，友人陈君，将有东战场之行，予小饯之于一酒楼。杯匙之间，畅谈大时代友朋之聚散，更及于男女之离合，甚为喟然。旋陈君更述一故事，以助余兴，则为一军人困于失陷之南京，虽得生还，而有破镜难圆之叹。予曰：此故事良好，然以之配合京沪线战争之烈，及南京屠城之惨，将不失为一时兴之小说。陈曰：然则君竟为之如何？予虽笑诺之，然以未有火线经验，固置之未用也。半年后，有两军人为邻，暑夜于星光中移榻纳凉，闲话天下事，亦尝问及战争。耳食之余，颇能补常识之不及。时《国民日报》出版于香港，约予为长篇，并望故事能在抗战言情上兼有者。此项要求，正与予准备之小说材料若相符合。乃更加以三分之渲染，与四分之穿插，并所有之材料为三分，融合而成为一篇二十万言之章回小说，名之曰《大江东去》。书零碎书于业余，凡积一年而成。香港人读之作何批评，予初无闻知，后

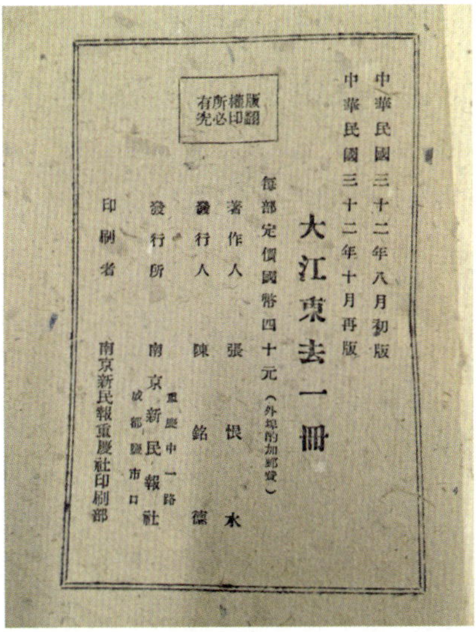
中華民國三十二年八月初版
中華民國三十二年十月再版

大江東去一冊

每部定價國幣四十元（外埠酌加郵費）

版權所有 翻印必究

著作人 張恨水
發行人 陳銘德
發行所 南京新民報社 重慶中一路 成都營市口
印刷者 南京新民報重慶社印刷部

1943 年 10 月，南京新民报社再版《大江东去》

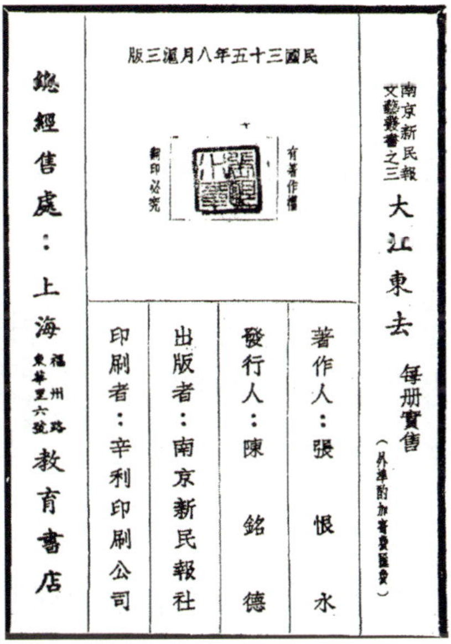
南京新民報文藝叢書之三

大江東去

每冊實售

（外埠酌加寄費匯費）

民國三十五年八月滬三版

有著作權 翻印必究

著作人：張恨水
發行人：陳銘德
出版者：南京新民報社
印刷者：辛利印刷公司

總經售處：上海福州路東華里六號 教育書店

1946 年 8 月，南京新民报文艺丛书之三《大江东去》沪三版以内地有转载者，予乃相信当可一读。然以是时英日国交未曾决裂，港报文字，例不得斥责日寇，予所谓京沪线之战及南京之被屠，固未能畅所欲言，意实未尽惬也。

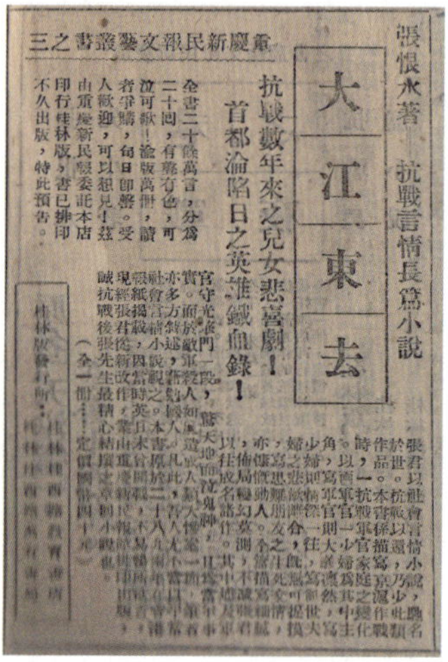

《大江东去》发行广告

三十年冬，友人刘君召饮于酒楼，先二日以函约，告以当有奇遇。予闻之，及时欣然往。至则座上有一少年军人，风姿英爽，侃侃而谈。刘君笑曰：此君与君所书《大江东去》主角，正二而一，而其在南京守城之战时，且参与光华门之役，此君若以材料相告，则不啻使君入火线矣。此君闻言，初无难色，乃慷慨唏嘘述南京失陷惨状。及予询及光华门之役，彼则告以某班长一手榴弹挽救危城之壮举，绘声绘影，令人兴奋。至于男女问题，此君似存忠厚，少所谈述。且曰：予今固有美满眷属，且生子矣。予虽对故事本身无所收获，而于屠城及光华门两事，乃证实较多。乃告某君，予果将《大江东去》出版者，必增入此二事。某君亦首肯。一席之会，又一年矣。近新民报社促予以此稿出书，予将存稿校阅一过，乃割去原稿十三至十六回及十七回之半回，而易之以今稿。原文盖写京沪线战争，及略述屠城消息，自视固不如今稿之能现实也。至书中主角陪客，其人物姓名，固尽虚构，而新写一段，则其地名人名，即虚构亦不写出。因吾人尚未回南京之前，此等地名人名，或亦有未便写出者。纪念某班长之壮烈，国家将来自有恤典在，彼决不与草木同腐，此间不实亦无妨。更就整个小说言，正如舞台上之戏剧，自不同于社会事实。若必一一加以索隐，则如伦敦小儿向某街索福尔摩斯而访之矣，不亦可笑乎？校稿之时，予初欲改写章体，以白话作题。及检查原来回目，文题尚切，亦不隐晦，乃概存其旧，并新稿亦以新题领之。书成之经过如此，盖纪实也。

三十一年岁除前五日张恨水序于重庆南温泉桃子沟茅屋油灯之下

【注】1940 年，《大江东去》在香港《国民日报》首次连载发表。小说约 20 万字，写一个朝秦暮楚的女子与两个抗战军人的感情纠葛，抗战、言情兼而有之。1943 年 8 月，南京新民报社出版单行本时，删去原稿十三至十六回及十七回的一部分，增加了有关南京日寇大屠杀和中华门战斗的片段。全书 1 册，20 回，近 15 万字。1946 年 8 月，南京新民报社将此书作为新民报文艺丛书之三出版。小说多次再版并被拍成电影。

1947 年 1 月 24 日至次年 7 月 21 日，《大江东去》被北平《新民报》副刊《北海》转载。后附：“《大江东去》小说，本日已经刊载完毕，过去曾荷读者纷纷来函询问一切，兹特总复如后：（一）此书为恨水先生抗战期间所写，并无所指。（二）绘图者为佳山先生，亦即绘制《塔先生》及《五子登科》插图者。”

《巷战之夜》

自　序

这部书的稿子，放在故纸堆中，是有相当的遥远日子了。民国二十七年，友人编《时事新报》的《青光》，要我写小说，我就写了这个长篇，题目原来是《冲锋》。次年上饶的《前线日报》转载，我又改名为《天津卫》。前者是说故事里的冲杀一节；后者是说保卫天津，而北方人叫天津，根据历史的习惯，是叫天津卫的，略有双关之意。

抗战以来，我虽写了几篇战事小说，但我不肯以茅屋草窗下的幻想去下笔，必定有事实的根据，等于目睹差不多，我才取用为题材，因为不如此，书生写战事，会弄成过分的笑话。这篇小说的故事，是我一个极关切者的经历。他告诉我，这是天津将陷落时那一角落的现状。我觉得颇有点懦夫立的意味，就把故事略加点染，成了一个长篇。生平对写稿，因为是每日的工作，由于十分烦腻而变到不甚爱惜，向来在报上杂志上发表的东西，无论

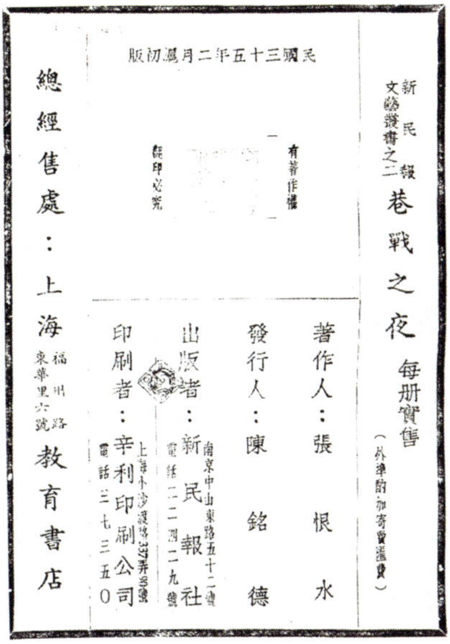
新民報文藝叢書之二
巷戰之夜
每册實售
（外埠酌加寄費匯費）
民國三十五年二月滬初版
有著作權
翻印必究
著作人：張恨水
發行人：陳銘德
出版者：新民報社 南京中山東路五十二號 電話二二四一九號
印刷者：辛利印刷公司 上海小沙渡路337弄90號 電話三七三五〇
總經售處：上海福州路東華里六號 教育書店

1946 年 2 月，新民报文艺丛书之二《巷战之夜》沪初版

多少字，如无人主张出单行本，我就扔了不管。这篇小说，也未能例外。只因三年来，几次有人要转载这篇小说，竟把这书全文，托人在报上抄了一份保存着。我原来是没有出单行本的计划的。

近来后方朋友，鼓励我多拿旧稿出书。我因此篇手边现成，拿出来校阅一遍，觉得也还可用，便改名为《巷战之夜》，以便出版。但因这一改，又感觉篇中故事，于巷战，于夜，未能发挥尽致。而结构平铺直叙，生平很少这样写法。思量过几遍，就在全文之上，加了第一章与第十四章，安个一头一尾。我不敢说是画龙点睛，仿佛这就多了一点曲折。正如画山水的人，添一个归樵，添一段暮云远山，或者可令看书的人，多有一点兴趣吧！

“七七”五周纪念，张恨水序于重庆南温泉

【注】中篇小说《巷战之夜》，最初以《冲锋》之名连载于1938年4月27日至8月22日重庆《时事新报》副刊《青光》，描写了天津沦陷前夕，自发组织起来的天津市民在教员张竞存的领导下与日寇浴血奋战的故事。张竞存原型是张恨水四弟张牧野。

1939年5月1日至8月15日，小说《冲锋》更名为《天津卫》，被上饶《前线日报》副刊《战地》转载。

1942年12月，小说由重庆新民报社作为新民报文艺丛书出版单行本，易名《巷战之夜》，增加了第一章（张竞存回故乡潜山的抗日斗争）和第十四章（张竞存到重庆所见到的种种奇闻怪事，揭露大后方腐朽黑暗的现实），约6万字。1946年2月，南京新民报社将此书作为新民报文艺丛书之二出版。

《丹凤街》

自　　序

民国二十三四年间，予住南京丹凤街不远之住宅区。每夜半自报社工作归，见受训市民，于街灯尚明中，辄束装裹腿，成群赴夜校操练，心窃慕之，因特于一二清晨往观其下操情态。至则灰色服帽之壮丁，束戴简洁，队形整齐，群集场上。每一口令下，持枪上刀，动作敏捷，宛如军人。且悉知其数，将达二十万名。私念一城之壮丁如此，全国可知。即此一事，将不患与倭人一战矣。及晨操即毕，壮丁散队回家，陆续互去其武装，一一验之，则其人也，非商店中持筹码算盘者，即街头肩挑负贩之流。平日视其行为，趋逐蝇头之利，若不足取。而其一旦受军事训练，则精神奋发，俨然干城之寄，人之贤不肖，孰谓为一定不移之局乎？有此一念，当日便欲取其若干人物以描写之，借以示士大夫阶级。特以人事冗杂，未能如愿，而心固未忘其人也。二十七年予入川，而首都已失。闻倭寇入城之际，屠我同胞达二十余万，壮年男子

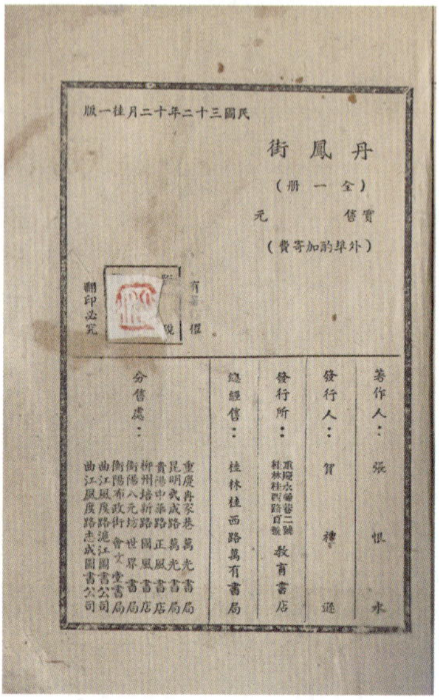
民國三十二年十二月桂一版

丹鳳街
（全一册）
實售　元
（外埠酌加寄費）

有著作權
翻印必究

著作人：張恨水
發行人：賀禮遜
發行所：教育書店
總經售：桂林桂西路萬有書局
分售處：重慶丹家巷萬光書局　昆明正義路光風書局　貴陽中華路國風書店　柳州培成路正中書局　衡陽八元坊世界書局　曲江風度路會文堂書局　曲江風采路進化書局　衡陽布政街江南書局

1943 年 12 月，重庆教育书店《丹凤街》初版

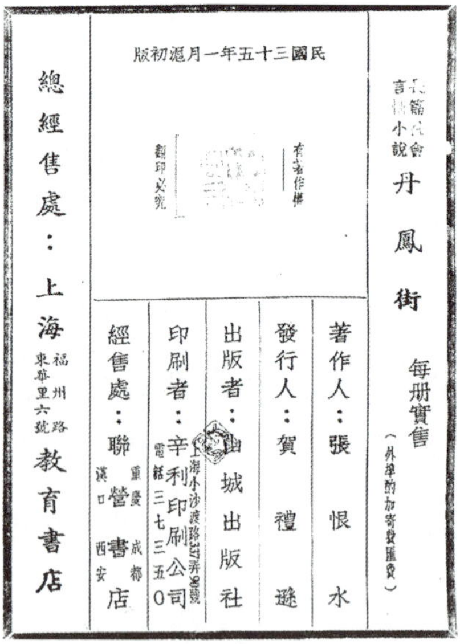
長篇社會言情小說
丹鳳街
每册實售
（外埠酌加寄費匯費）

民國三十五年一月滬初版

有著作權
翻印必究

著作人：張恨水
發行人：賀禮遜
出版者：山城出版社
印刷者：辛利印刷公司 上海小沙渡路337弄90號 電話三七三五〇
經售處：聯營書店 重慶 成都 漢口 西安

總經售處：上海福州路東華里六號教育書店

1946 年 1 月，山城出版社《丹凤街》沪初版

被杀居多。则我当日所见去其扁杖竹箩束装裹腿以受训者，有若干恐不免于难矣！一念至此，心辄凄然。顾予又知此辈受下层社会传统习惯，大半有血气，重信义，今既受军训，更必明国家大义，未可一一屈服，若再令其有机会与武器，则其杀贼复仇，直意中事耳。云天东望，予固深深寄其祷祝焉。予何以知其然也？予于彼等平日私人行为，有以知之，此私人行为，即本书中所述之故事也。读者试思之，舍己救人，慷慨赴义，非士大夫阶级所不能亦所不敢者乎？友朋之难，死以赴之，国家民族之难，其必溅血洗耻，可断言也。此书故事虽十九为予所虚构，而其每个人之性格与姿态，则予当年住丹凤街畔，有以摄印于脑中，今特融化为故事中之角色以使其逼真。是固写小说者之故技，大抵如此，非予独为之也。当予之有意写此故事时，实为怀念丹凤街人，初意欲分为两大部：一部写肩挑负贩者之战前生活，一部则为战时景况。继予念南京屠城之惨，及市民郊外作游击战之起，不容以传闻幻想写之，遂决定先完成上部，每月写书一章，付上海发行之杂志发表。又以上海虽为孤岛，敌人犹得干涉之，则名书曰《负贩列传》，初不欲敌人知为抗战之作也。写书将二年，未能毕事，而太平洋战起，上海既完全沦陷，予亦因之而搁笔。去冬清理残稿，友人取而读之，则喜甚。且曰：此较君一般著述者别有风格，何不卒成之乎？书若在大后方印行，可畅所欲言也。予闻而意动，将陈稿校阅一过，自觉亦颇可用，乃更续书数章，使主角故事告一段落，并结束之于壮丁受训，而更名曰《丹凤街》。以地名者，特重其地，盖犹欲能他日回归丹凤街头，访其人面谈之，更写有声有色之一页也。抗战而后，予所写小说，恒不欲其与时代脱节，此书开端，初若与抗战无关，予今先说明其背景，更证以其人其地，则读者于其最后之一结也，亦复许其有所贡献于将来乎？

民国三十二年三月张恨水序于重庆之南温泉

【注】《丹凤街》最初以《负贩列传》之名连载于上海《旅行》杂志第 14 卷第 1 号至第 16 卷第 1 号，因太平洋战争起而搁笔，仅连载至第 11 章，未完，时间为 1940 年 1 月 1 日至 1942 年 1 月 1 日。

1942 年冬，张恨水续书数章，易名为《丹凤街》，1943 年由重庆教育书店初版，1946 年山城出版社、1983 年人民文学出版社再版。小说共 26 章，近 18 万字，以丹凤街贫民姑娘秀姐被迫做妾、朋友们营救失败的故事为中心，描写城市下层人民的日常生活，歌颂他们的高尚品质，同时也揭露了统治阶级的荒淫无耻。

《偶像》

自　序

抗战时代，作文最好与抗战有关，这一个原则，自是不容摇撼，然而抗战文艺，要怎样写出来？似乎到现在，还没有一个结论。

我有一点儿偏见，以为任何文艺品，直率地表现着教训意味，那收效一定很少。甚至人家认为是一种宣传品，根本就不向下看。我们常常在某种协会，看到存堆的刊物，原封不动地在那里长霉，写文字者的心血，固然是付之流水，而印刷与纸张的浪费，却也未免可惜。至于效力，那是更谈不到了。

文艺品与布告有别，与教科书也有别，我们除非在抗战时代，根本不要文艺，若是要的话，我们就得避免了直率地教训读者之手腕。若以为这样做了，就无法使之与抗战有关，那就不是文艺本身问题，而是作者的技巧问题了。

这本小说，是我根据以上的意见写的，是否能写得与抗战有关，是否能表现一点儿用意，我自己是陷于主观的境地，无法知

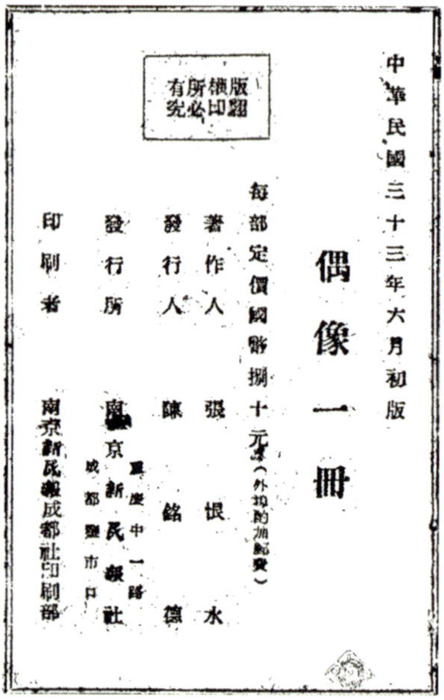
中華民國三十三年六月初版

偶像一冊

每部定價國幣捌十元（外埠酌加郵費）

版權所有 翻印必究

著作人 張恨水

發行人 陳銘德

發行所 南京新民報社 重慶中一路 成都鹽市口

印刷者 南京新民報成都社印刷部

1944 年 6 月，新民报文艺丛书之四《偶像》初版

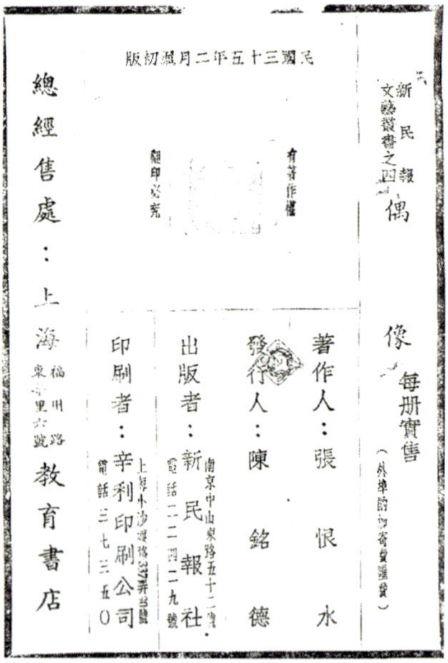
新民報文藝叢書之四

偶像 每册實售（外埠酌加寄費匯費）

民國三十五年二月滬初版

有著作權 翻印必究

著作人：張恨水

發行人：陳銘德

出版者：新民報社 南京中山東路五十二號 電話二二四二九號

印刷者：辛利印刷公司 上海小沙渡路337弄33號 電話三七三五〇

總經售處：上海 福州路東[illegible]里六號 教育書店

1946 年 2 月，新民报文艺丛书之四《偶像》沪初版

晓。还有待于读者的判断了。

民国三十二年九月将尽张恨水序于南温泉

【注】长篇伦理言情小说《偶像》，1941 年 11 月 1 日至 1943 年 3 月 28 日在重庆《新民报晚刊》副刊《西方夜谈》连载。1947 年 3 月 24 日至 11 月 23 日被北平《新民报》副刊《北海》转载。

1944 年 6 月，南京新民报社出版单行本，1946 年 2 月出版沪初版，被列为“新民报文艺丛书之四”。小说 1 册，24 章，15 万多字，讲述了“偶像”专家丁古云中了女骗子兰田玉圈套而假装失踪，以至成了活死人的故事，讽刺了抗战期间陪都重庆少数知识分子的虚伪面孔与堕落的生活。

《中原豪侠传》

自　序

民国二十三年，我曾作了一次西北旅行。到洛阳的时候，自不免去看看龙门石刻。就在半路上，遇到了三五百便衣队伍，各人背了步枪，领队的人挂着手枪。但并无旗帜，军队不像军队，民众不像民众，好生可疑。后来到了西安，遇到一位厅长胡君，曾问及此事。因为胡君是在豫北当过专员的，他说，这是河南的壮丁队。他们原是民间的结合，作为保护治安用的。全河南省境都有，统计起来，有好几百万人。这几年来，官厅已加以组织与利用，只是官方的力量，还没有深入民间。这支壮丁队，不曾予以主义的熏陶，也不曾予以严格的军事训练。他们不能脱离民间传统的封建思想，而且好谈小忠小义，迹近小说上的江湖结交，若想好好地利用，必须灌输民族意识，教以大忠大义，可惜我（胡君自言）已不在河南做官，不能管这事。而且我觉得以毒攻毒，最好就用通俗教育的手腕，在戏剧小说歌唱上，把他们崇拜的江湖英雄，变为民族英雄，让他们容易接受这教训。足下（指笔者）是作章回小说的，你就是治这种病症的医生，我愿供给你材料，足下其有意乎？当时我笑着慷慨答应了。约了由兰州回来，再作长谈。后来我回到西安，却是匆匆小住，没有续谈这件事。只是我再过河南，又看到两回壮丁队，而且听到人说，他们的思想，实在不健全。那时，“九一八”事变已三年之久，国人抗日的意识，也与日俱深，我就深惜着有这样的人力，未能予以利用。虽然那时中日外交尚未翻脸，受着日寇的压力，不能明白在这华北或中原有抗日武力组织，可是暗地的教育与训练是可以留意的，何况这是现成的局面呢？

旅行之后，我回到北平小歇。曾和我四弟牧野谈及此事，他劝我作一部武侠小说，适应此项观众。我笑着说，我虽作过一两部武侠小说，类似唱老生的戏子，反串武生，透着外行。他就介绍我认识他的国术老师孙先生，告诉了我许多武侠故事。又在我亲戚那里，遇到他的国术老师李三爷，也告诉了我一些材料。于是我就有些底子了，但我还没有开始写这类小说。

民国二十五年，为了日寇势力在平津日彰，且盛传他们有黑名单，对付有抗日思想的报人和文艺人，我便移家南下，住在南京，并办了一张小型的《南京人报》。这报副刊有三种，其中一种系我自编的。我特别卖力，同时撰两个长篇，一篇系《鼓角声中》，系社会小说；另一篇就是这篇《中原豪侠传》。我写这篇小说的最大的原因，就为了上述的起意与利用现成的材料。第二，当时公开的写抗日小说是不可能的，我改为写辛亥革命前夕，暗暗地写些民族意识。也是由华北南下的人，所不免要发泄的苦闷。第三，我也觉得武侠小说，在章回体里，占有重要的地位。而原来的武侠小说，十之七八，是对读者有毒害的，应当改良一下，我来试试看。第四，那是生意经了，在下层社会爱读武侠小说的还多，我要吸引一部分观众读《南京人报》。这是我坦白的话。

说到这里，可以扩充来谈谈中国的武侠文字。其由来久矣，周汉社会就有游侠，司马迁为此还在《史记》里特撰一篇《游侠列传》。只是专制时代游侠代表民众说话，是与官方对立的，就有个“侠以武犯禁”的限制。后代史家，思想不如司马迁那样开阔，也就没有人再作《游侠列传》。而能载游侠事迹的，除了私

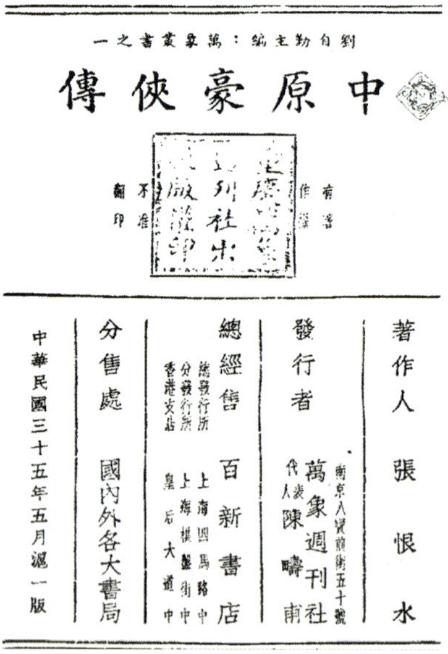
劉自勤主編：萬象叢書之一

中原豪俠傳

有著作權 不准翻印

著作人 張恨水

發行者 萬象週刊社 南京大賢街五十號 代表人 陳疇南

總經售 百新書店 總發行所 上海四馬路中 分發行所 上海棋盤街中 香港支店 皇后大道中

分售處 國內外各大書局

中華民國三十五年五月滬一版

1946年5月，万象丛书之一《中原豪侠传》沪一版

人笔记，就只有章回小说了。我们不要看轻这类小说，由《水浒传》至《彭公案》《施公案》，造成了民间一种极浓厚的侠义思想。但这种小说，限于作者时代的背景，只是提倡小仁小义，甚至杂入奴才思想(如施公案黄天霸之为人)，不合现代潮流。而作小说者，正如笔者，不必个个内行，在叙述技击上，渲染了许多神话，因之故事的叙述，也超现实，以致落入幻想。而这种小说，传布民间，将本来好游侠的民众思想，又涂上一种神怪的色彩，渲染复渲染。其好的影响，不过是教民众扶弱锄强，而不好的影响，却是诲盗。远之如流寇，近之如义和团，少不了都是受这类小说一些毒害。我们既不能将武侠小说以及笔记之类，一举焚毁铲光，那就当加以纠正。我自然不配做这样的大事，但我既是一个章回小说匠，在天职上，我也该尽一分力。所以生平写过几篇武侠小说，也都是这一点意思。

有人说，过去的武侠小说，让它自然受淘汰，干脆我们不谈武侠，不更好吗？这我不敢苟同。因为武侠这一类人物，中国社会上，实在是有的。不用老远举例，笔者的父亲耕圃公，就是一个懂技击、尚侠义的人物。以先父为例，他老人家是将门之子，没有民间那套江湖气，也不闹神怪。所以，武侠中人，其实不是小说中口吐白光的怪物。而且他们重然诺，助贫弱，尊师，敦友，造成社会上一种“顽夫廉，懦夫立”的风尚，也未可厚非。罗马希腊的诗歌，许多颂扬当年武士的，既不必有何功能，也未见毒害，为什么我们不能有？中国是个积弱之邦，鼓动人民尚武精神的文字，在经过时代洗礼之下，似乎只应当提倡，而不应当消灭。

我向来有一种观念，中国人民有几项不必灌输，而自然相传的道德信仰，第一个字是孝，第二个字是侠。孝的信仰，较为普遍，你无论对什么人说他不孝父母，都是极大的侮辱与极严重的指责。侠之一字，却流行于下层阶级，他们每每幻想着有侠客来和他打抱不平，而自己也愿作这样一个人。这种信仰，在现代要囫囵吞枣地应用，当然有商量余地，可是大半是可接受的。《孝经》一书谈孝之意义甚广，就是我们现在也在说着“临阵无勇非孝也”。至于侠的说法，却始终是含糊的传授，含糊的应用，这倒是谈民间思想的人所可考量的。

中国的侠几乎是和技击不可分开的，因为没有技击术，这个人就无法取得人的信仰而作侠客。所以谈游侠，必定谈技击。我们的技击，是世界所独有的东西。虽然口吐白光，飞剑斩人千里之外，绝无其事。然而飞檐走壁，内功、外功、轻功这些技击术，实实在在有的。这种人，就是在当今的重庆，你也不难找到。因之用文字形容侠客，就不能不写些技击。而技击不高明也不能胜任侠客之所为。这篇《中原豪侠传》对于技击有许多叙述，其因在此。

有了以上这些复杂的原因，我就在《南京人报》上，每天撰载一段《中原豪侠传》。虽然与胡君所期，专为河南民众写的小说，意义有点不同了，然而也未尽脱那个立意的范畴。只是在小说发表不久，胡君就逝世了，也就无法再得他要供给的材料，以践我的宿约。这是我一点遗憾。报办到一年多，卢沟桥难作，恰好我也写到了辛亥革命之时。我以一个书生，自己筹资办报，战事一起，便不能维持，加之我又得了一场重病，不能写文章，于是就把这篇小说结束了。战后入川，办报只成了我的回忆，更也不曾想到这篇小说。去冬万象周刊社的编者刘自勤老弟，是《南京人报》同事，居然在朋友那里，翻到几十册该报合订本。他把这篇小说，剪贴成书，劝我交该社出版。我自己校阅之下，觉得也还可用，就把残缺的地方补写若干，成了这二十六回的旧稿新书。

关于写的立意及经过，说得已够了。若问故事的本身，那却完全是虚构，我不过利用许多传说聚合在开封一个地方，用秦平生一个主角表现出来。这也是小说匠故伎，应当表明。至于技巧方面，我不便老王卖瓜，自卖自夸。唯篇中多用倒叙法，以前也有过，却不如这篇几乎全用，却是不得已，用来代替神话的（武术家之传说，有时也不免有神话，未敢引用）。这是一种尝试，附述于末。

民国三十三年二月二十日于重庆南温泉北望斋茅屋下潜山张恨水序

【附1】张友鸾序

恨水的小说，可谓饮井水处皆知，无须他人为作如何的评价。这本《中原豪侠传》，和恨水所著的其他小说一样，有内容，有描写，读者披卷自能领略其中的趣味，亦无须他人的介绍。

然则我为什么要想写几个字在这本小说上面呢？第一，是想告诉读者，恨水这部著作与他种不同，这里多半是谈武侠故事。

谈武侠只是谈武侠，而决非飞剑从嘴里吐出偷取人头那一类神话。恨水虽为书生，不能技击，写的却是剑戟世界，耳闻目睹的事太多，所以他写得奕奕动人。

恨水祖籍是怀远（此处叙述有误——辑者注），他的高祖始迁潜山。那位老太爷，便是一位社会上的人物，深通武术。他的祖父，做武官，参与洪杨之战，出生入死，轰轰烈烈的干了二三十年。他的父亲，既做过武官，又游过幕，是文武全才。当做武官之时，他以善用长矛著名，抖一抖柄子，矛锋就可以旋一个圈，刺在敌人身上，连心肝五脏都给钩了出来。游幕之时，曾因救火，脱掉皮袍子，一跃上房，推倒十几个人推不倒的一座墙，大受官绅民众的崇仰。

在这里我不能给他写更详细的家世，虽然我所知道的比我写出的多得多。我只能做这一点约略的介绍，读者当可明白，恨水的武侠小说，“豪侠传”只是“豪侠传”，不会同于“奇侠传”“异侠传”的。

第二，恨水写这一部书，当初是按日在《南京人报》上发表的，是我怂恿他办的；这篇小说，也是我怂恿他写的。恨水写小说很多，却没有写过武侠的长篇。那时《南京人报》每日连载小说四五种，恨水一人写两篇。我要求他，把一篇专写武侠。也就因为我知道他的家世，知道他写武侠也必和写其他一样的成功。

那张报出版了一年，战事起后，印刷器材运到重庆，为许多客观条件所限制，没有能够继续出版。可是，在有历史的一年，也自有他不可磨灭的声光。我对于这张报，存留于思忆之中的完全像一个梦。仍然在朋友处看到旧报，我说不出我的情绪是怎样。我总觉得歉然的，是不能使这张报能够给恨水以多大的安慰，无论是在出版时还是在停刊以后。今日，这部小说印为单行本了，而且刊行这部单行本的，乃是万象周刊社，这足以为《南京人报》的纪念，也可补足一点予恨水的安慰。自勤是《万象》主编人，原是《南京人报》的一员外勤战将；畴甫是《万象》发行人，原是《南京人报》的一位外围上客。恨水所出小说虽近百种，但对这部单行本的印出，必不能看作与其他诸种一样。至少，他可以从这一部书中去温一遍旧梦。

不一定要说一句“抗战八股”的话，来做序文的结尾；然而事实总很容易让我想到，“希望来年能够回南京去再温这个梦”！

六月二十二日序于重庆

【附 2】编者序

万象周刊社以印行恨水先生这部作品为荣！

万象周刊社印行丛书，编者曾申述过三点：一是培植正义观念，二是充实国民常识，三是提高艺术趣味。在已出版的书中，在计划而尚未出版的书中，都不敢离开这个标准。

因之，万象丛书的选稿是相当慎重，出一部丛书总认为是一件大典。

恨水先生与万象社同人，是有历史的渊源。他是同人的一位老师，一位前辈。他让万象社把这一部小说编入丛书，也就是为了表现这点历史渊源。读其序文，情溢纸面。万象社同人，自然十分欣快而感动。

今年是恨水先生五十大庆，又是他创作三十年的纪念，万象社刊行此书，便转以为恨水先生寿。

此书排竣之日，正当万象社的一周年纪念。我们不敢以“重重见喜”一语去仰攀，至少，我们应该引以为荣的！

刘自勤三十三年六月二十六日万象周刊周年纪念日谨序

【注】《中原豪侠传》《鼓角声中》1936年4月8日连载于张恨水自己创办的《南京人报》副刊《南华经》创刊号，1937年底，因南京陷落，《南京人报》被迫停刊，《鼓角声中》《中原豪侠传》均未连载完毕，抗战后期，在重庆补足。其中，1945年8月4日起，《鼓角声中》又在重庆《万象周刊》（第112期）开始连载。1944年6月，重庆万象周刊社把《中原豪侠传》作为万象丛书之一出版单行本，以庆祝张恨水五十寿辰及创作三十年。小说全一册，26回，24万多字。书前除张恨水自序外，还有张友鸾序与万象丛书主编刘自勤的编者序。

1946年5月，重庆万象周刊社又出版《中原豪侠传》沪一版。小说以秦平生为主人公，把流传在民间和武术界的许多关于辛亥革命前侠客王天纵等人的故事表现出来，借此加强民众的民族意识。作者于1943年4月10日、11日在重庆《新民报》发表《文字被窃》一文，指出：“变质的《晶报》（日伪控制）尤其毒辣，把《南京人报》上的《中原豪侠传》，改一题目，将我的签名，制锌板登出来，说是我的新作。”这里所指即1938年12月15日至1940年5月22日在《晶报》上连载的《新游侠传》。

《天河配》（原名《欢喜冤家》）

上海晨报社版自序

著作之首，往往有序，序何为而作？总其命意，可约而为三，曰：申明文字之命意，撷出内容之优点，而更以叙其文下笔之由来而已。愚作《欢喜冤家》既竟，行将全部刊印，《晨报》总编辑何西亚先生，乃剪集报端零篇，总为一束，邮寄嘱为校订。愚于百务丛集之下，病魔侵袭之余，日校若干页，费时月余，卒毕其事。检点困束，正待邮复，忽忆小说成而无序，何先生或又将索之。吾人无所谓文人架子，又雅不欲一事而拖沓不完，与其待函索而执笔，毋宁先自为之，于是动笔而为序矣。虽然，依以上所绳之例，吾将何说？请先申明《欢喜冤家》之用意，然而《欢喜冤家》无用意可言也。盖呼口号、贴标语，此另为一事，而古人所谓文以载道，又更非稗官所应有。故根本上，只能言作小说已耳，其他殆不容言。即令有用意，吾言白，而黑者非之，言黑，白者亦然，斯亦不必言之为愈欤？譬诸裸体画，在今日固为谋在

1940 年 11 月，上海晨报社整理重印版《欢喜冤家》

1947 年 6 月，重庆建中出版社沪版第一版《天河配》

筋肉之间，而赤裸裸的表现喜怒哀乐之情绪。顾画者不尽能如是，另一方面则以低级趣味之肉感作用，或春画视之矣。又如中国皮黄戏剧，现代艺术家，自认为封建思想之产品。然以研究皮黄而成为艺术家者，亦不乏人。事实如此，一作品而必揭出其命意所在，殆非必要。况《欢喜冤家》之作，愚仅仅搬演一个故事而已乎？其次，当言介绍书中之优点，此亦不必。旧京有卖萝卜者，彻夜间閭深巷高呼，必曰萝卜赛梨，辣了换。然旧京卖梨者，摆小摊于十字衢头，亦吆喝曰：梨比萝卜还贱。设此二人相遇，吆喝相闻，宁不哑然？愚虽至陋，殊亦不欲如此也。无已，则言本书著作之由起乎？斯殆能之。犹忆二十一年之秋，世界书局徐蔚南先生，一函相告：上海《晨报》潘公展先生需愚作小说一篇，体裁以社会言情，而背景以取材于北平者为佳。愚正以家人多病，二女夭殇，困于金钱，更增稿费，足资补救。即报函曰可，而以此《欢喜冤家》寄之，书布局既毕，且亦开始发刊于报端，殊不容中止。于是南北奔波，病苦相乘之际，卒以完篇，此即全书得成之所由起也。卖物者喜撒谎以夸其物之佳，文人尤甚。予为此序，颇欲一矫其弊，遂为文如上。若读者检读一过，认为若未有所言，则愚亦哑然而已。

重庆建中出版社版自序

本书的故事，大部分是有的，只是书中女主角的下半段演变，与事实相反而已。当这故事发生的时候，我还住在北平，见闻逼真。我觉得女子谋职业，实在不易，尤其作伶人，很难逃出社会的黑暗层。而同时又感到青年用非所学，不能吃苦耐劳，虽有学识，也是容易落入陷阱的。这种故事，实在是现成的小说题材，不应该放弃。

就在这时，潘公展先生在上海办《晨报》，约我写部社会长篇，我就以此篇故事报命，取名《欢喜冤家》。载出之后，颇也蒙受社会人士予以不坏的批评。抗战之后，有人将此书盗印，销行沪港。书辗转到了重庆，我取了书再看一遍，觉得对男主角的转变之由，还写得不够，因此我重新增订，改名《天河配》，以便更切合戏剧气氛。事实上，他们也正是天河配。意识方面，对“懦夫立”这点，特地加强。而就人情言，也毋宁说这是应有的了。我们作小说问世，不敢说令读者读之一定有益，至少也让人家读之无害。区区微意，读者于看完全篇之后，当可予以亮察。

至篇中所写年月，比较含混，这是笔者讨巧之处，不过将故事时间缩小，让它紧凑些，并非笔者蟪蛄不知春秋也。附带声明一句。

民国三十三年三月张恨水序于南温泉

【注】《天河配》原名《欢喜冤家》，1932年9月初（因原报残缺，开始连载的具体时间无法查到）至1933年9月23日连载于上海《晨报》副刊《妇女与家庭》，其中，自1932年11月10日起移至《晨报》晚刊《新夜报》连载。

1933年11月，应上海《晨报》总编辑何西亚函请，张恨水为即将出版单行本的小说《欢喜冤家》校订，并撰写序言。小说共32回，约23万字。1940年11月，上海晨报社整理重印。1944年9月，作者增订后，于同年由重庆礼华书店出版；1947年6月，重庆建中出版社出版沪版第一版，均改名《天河配》，2册，32回，约30万字。小说主要描写伶人的痛苦生活，曾被拍成电影。

1933年4月29日，上海《时事新报》刊发出版消息《欢喜冤家单行本》："逐日在《晨报》上披露之《欢喜冤家》长篇说部，系名小说家张恨水先生最新杰作，近日已编为弹词，由光裕社名家周凤文弹唱，每晚在无线电播送。晨报社出版部，应读者要求，特提先赶印每册八回之单行本出版，现已第一至八回、第九至十六回均已出版，每册只售洋三角，山东路二八〇号晨报社二楼发行股发售，外埠函购加二分半。"由此可知当时《欢喜冤家》的出版发行情况。

《夜深沉》

三友书社版自序

平生作了许多长篇小说，我母亲所最爱的是《金粉世家》。远在未出版单行本以前，当初稿在北平《世界日报》发表的时候，家里的儿女们，逐日地把小说念给她老人家听，有时她老人家点头微笑，有时也就立刻给予一个正确的批评。这原因在于她老人家曾在略近富贵的大家庭中生活过一个时期，她知道这富贵大公馆里，会产生一些什么事。可是我内人所爱好的，却是这部《夜深沉》。我们的结合，朋友们捏造了许多罗曼斯，以为媒介物是《金粉世家》或《啼笑因缘》，其实并不尽然。假使《夜深沉》远在我们结婚以前出版，介绍人应该是它。

我为什么引出这两段话？我感到文字是生活的反映，那文字与某种人有关，某种人就会感到兴趣。内子是北平出生长大的，她觉得《夜深沉》里的北平风味颇足，离开北平太久了，昼夜梦着那第二故乡，开卷就像眼见了北平的社会一样。她并且说：她

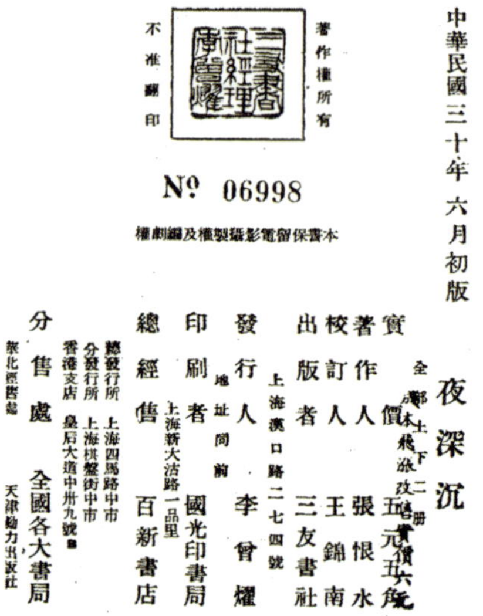

中華民國三十年六月初版

夜深沉

全部上下二冊

實價 五元五角

著作人 張恨水

校訂人 王錦南

出版者 三友書社 上海漢口路二七四號

發行人 李曾耀 地址同前

印刷者 國光印書局 上海新大沽路一品里

總經售 百新書店

總發行所 上海四馬路中市

分發行所 上海棋盤街中市

香港支店 皇后大道中卅九號

分售處 全國各大書局

華北經售 天津勵力出版社

著作權所有 不准翻印

№ 06998

本書保留電影攝製權及編劇權

1941 年 6 月，上海三友书社《夜深沉》（无序言）初版（全二册）

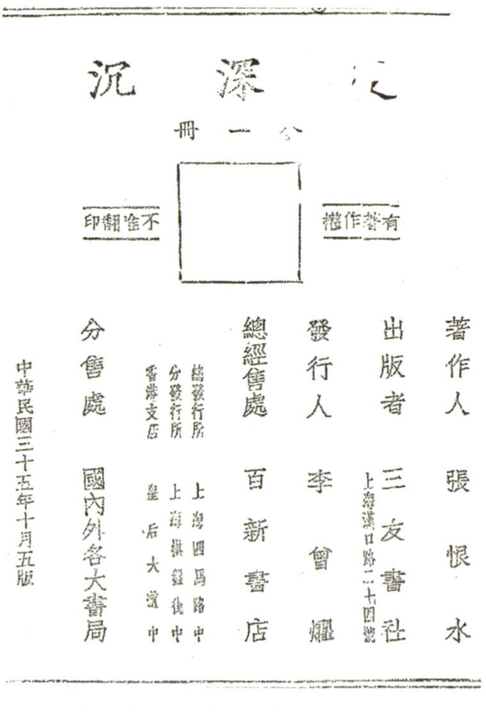

夜深沉

全一冊

不准翻印 有著作權

著作人 張恨水

出版者 三友書社 上海漢口路二七四號

發行人 李曾耀

總經售處 百新書店

總發行所 上海四馬路中

分發行所 上海棋盤街中

香港支店 皇后大道中

分售處 國內外各大書局

中華民國三十五年十月五版

1946 年 10 月，上海三友书社《夜深沉》（有序言）五版（全一册）

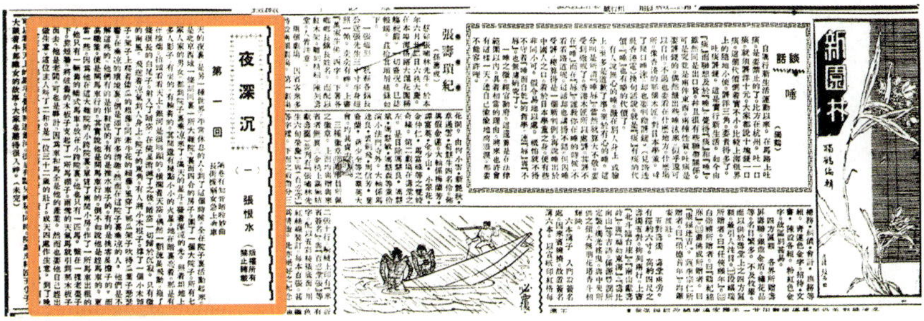
新園林

夜深沉（一） 張恨水

第一回

1936 年 6 月 27 日，《夜深沉》开始在上海《新闻报》副刊《新园林》连载

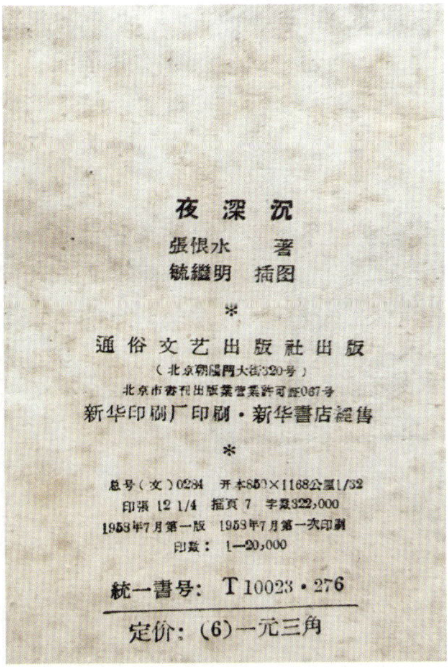
夜 深 沉

張恨水 著

毓繼明 插图

*

通俗文艺出版社出版

（北京朝陽門大街320号）

北京市書刊出版業營業許可証067号

新华印刷厂印刷·新华書店經售

*

总号（文）0234 开本850×1168公厘1/32

印張 12 1/4 插頁 7 字数322,000

1958年7月第一版 1958年7月第一次印刷

印数：1—20,000

統一書号：T 10023·276

定价：（6）一元三角

1958 年 7 月，北京通俗文艺出版社插图本《夜深沉》第一版

看见过丁老太、丁二和这种人物，给她家做针线的一位北平妞儿，几乎就是田家大姑娘。因之内人把百新书店由香港带来的一部《夜深沉》，前后看过七八遍。她说，她如是图书主管机关人物，她一定给我一张褒奖状。她太息七旬老母远隔在故乡，不然，她要给老人家推荐这部书，从头至尾念给老人家听。其实，她太主观了，也不尽对，我就感到这部书有很多漏洞。

这里我必须说这部书写出的经过。二十四五年间，我在南京，开始和上海《新闻报》写这篇特约小说。我的意思，是要写社会一角落的黑暗，而同时也要写底层社会里有不少好人，这与我写的南京故事《丹凤街》，意思相同，我向来喜欢在底层社会找出平凡英雄来。后来大战兴起，我辗转来川，这部书写了一半就中断了。二十七年，上海、重庆间照常通信，《新闻报》一再来信，要我写完这部书，我在情绪极不好的环境下，勉强把书写完了，我并没有得着一度整理的机会，上海方面就出版了，交百新书店发行。去年，百新和我商量，在后方印行，我自无不可，曾把原书修改一番，无如百新是将纸型由上海带到后方来重印的，为了减少印刷费，并不重排，我的修整本，却不能出版。因之有若干漏洞，如丁二和父亲的画像，其初却写成为祖父，田老大家里吃包饺子，变成吃炸酱面之类。虽与整个结构，并无多大关系，然而漏洞究竟是漏洞，这是我应当承认的。

关于书的内容，我向来不肯为自己的东西作自我宣传。而鉴于上文所引，可见我并不是在小书桌上构成的幻想。这也是我一贯的手法，人物全在情理之中，而故事却是出在虚无缥缈间。最后，我所感到的一点缺憾，就是纵然把这部书寄到故乡，推荐给老母，我暂时看不到家人念给老人听，而老人给予我点头微笑之乐。

民国三十三年六月张恨水序于南温泉北望斋

通俗文艺版自序

“夜深沉”，原是一个曲牌的名字。我因为这一部书的故事，它的发芽以及开花结果，都是发生在深夜，因此，就借用了这个名字。

这里所写，就是军阀、财阀以及有钱人的子弟，好事不干，就凭着几个钱，来玩弄女性。而另一方面，写些赶马车的、皮鞋匠以及说戏的，为着挽救一个卖唱女子，受尽了那些军阀、财阀的气。因为如此，所有北京过去三十年的情形，凡笔尖所及，略微描绘了一些。

当然，我这书里所写的北京，已是历史上的陈迹了，并且在暴露社会面上，也感到写的不够深，而且很幼稚的。这里是深望一些老北京，告诉我一切。我打算这书再行重版时，根据读者们的意见，该补充的补充，该删掉的删掉。这就是我唯一的愿望。

不过这书不是一口气写成功的。先是我在南京，做了半部，送到上海《新闻报》发表。因为我从前著书，都是一边刊载，一边写作的。这也不单是我一个人如此，大凡当时做章回小说的人，都是如此。后来抗日战争开始，日寇越逼越近，我就随了逃难的人群，迁到了重庆。这部《夜深沉》，做到了一半，也就停顿了。

其后，《新闻报》同人写信到重庆，说他这个报因受到租界的庇护，未被日本人攫取，希望我继续完成《夜深沉》的后半部。所以耽搁了半年，我又重新写将起来。那个时候，重庆向上海去信，由香港转是很麻烦的。这就是这部书的经过。现在此书，经我自己看过，略微删改，又经重印。这就是此书写作的经过。

张恨水

一九五七年六月

【注】1936 年 6 月 27 日至 1939 年 3 月 7 日，长篇小说《夜深沉》在上海《新闻报》副刊《新园林》连载。1941 年 6 月，上海三友书社出版《夜深沉》（全二册）；1944 年 8 月，上海三友书社出版单行本（全一册），41 回，27 万多字。1958 年 7 月，北京通俗文艺出版社出版第一版，40 回，约 33 万字；1985 年 1 月，安徽文艺出版社出版新一版。两者均为插图本，毓继明绘图。

小说描写马车夫丁二和与卖唱姑娘杨月容的爱情生活及不幸遭遇。1946 年前后，国华影业公司曾拍成电影。

《蜀道难》

自　序

《旅行杂志》约予写小说有年，予苦题穷，屡辞不获所请，而编该杂志者，系友人赵君豪先生，又为多年文字之交，断然拒却，亦属友谊所不许，故每每就旅行所得印象，穿插故事，另成一类小说，自视聊备一格，殊未足登大雅之堂。沪上人对予小说有若嗜痂，苟有成篇，必然出单行本，予自展之，亦复莞然不置也。

是书为予入蜀以后之作，仅就汉口至重庆一段航路，觅一中心人物，随文加以点染，在旅行中读之，或可小解枯寂，以言今古蜀道艰难，此书何能尽其万一？百新书店主人携此书纸型入蜀，亦拟重印，而索序于予，予觉在蜀言蜀，乃有班门弄斧之感，唯当年千万难民徘徊宜汉之间，其情亦有足堪回忆者，或终胜于断烂朝报也，是为序。

民国三十三年六月张恨水记于南温泉北望斋

【注】长篇小说《蜀道难》最初在上海《旅行杂志》1939

年第 13 卷第 5 号至第 12 号连载发表。小说共 12 章，通过一个少女从汉口到重庆寻找未婚夫的经过，表现蜀道的艰难以及沿途的秀丽风光。1944 年 7 月，百新书店出版蓉一版。

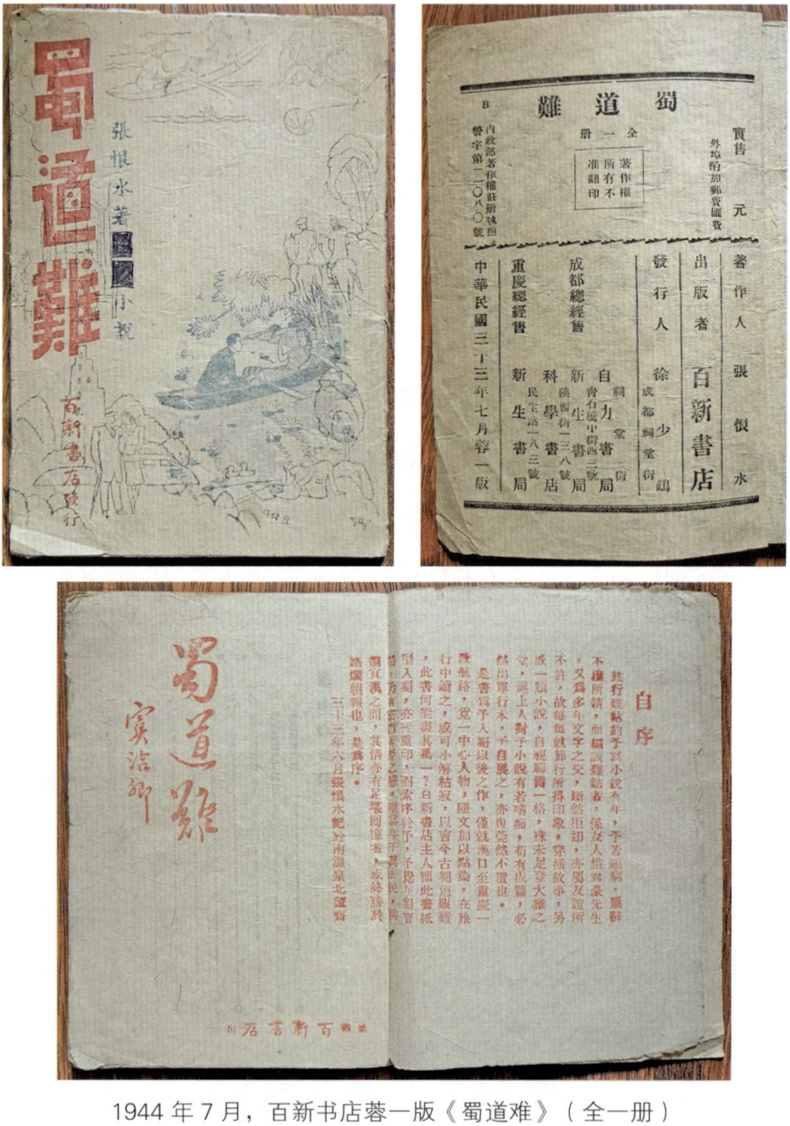

1944 年 7 月，百新书店蓉一版《蜀道难》（全一册）

《平沪通车》

重印后方版序

予观外国剧本，尝有以舟车中局部故事之发展，作为整个题材者，殊喜其生面别开，饶有兴趣，而在吾国文艺场合，尚为鲜见，又思可试为之。当予为《旅行杂志》写第二部长篇时，在民国二十一二年中，予常来往北平上海间，见闻既多，不无可取，因即仿欧美剧本之意，特写此篇，以适于该杂志之需要，而直名之曰《平沪通车》。内容主角不过二人，地点在一列头等车中，为时亦仅三日，徒赖车外风景，随时更换，使全局免于呆板。纤巧之作，诚不足登大雅之堂，然于当时社会某一角落之叙述，亦实有其客观意味之存在，非以作游记性质出之也。

近百新书店将此书在内地重版，索序于予，予因之而回忆乘平沪通车情景，真有恍然一梦之感，把笔神驰，转觉无言可书。读是篇者，当不少曾乘平沪通车者，北驰燕京，东抵吴楚，或亦有所感慨于其间乎？

民国三十三年十月张恨水补序于重庆

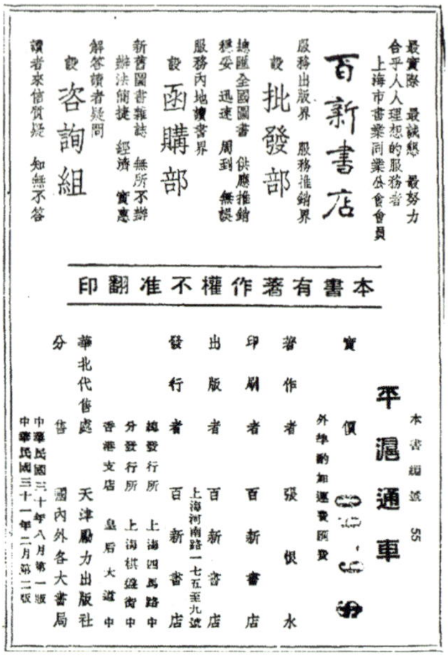
最實際 最誠懇 最努力
合乎人人理想的服務者
上海市書業同業公會會員
百新書店
服務出版界 服務推銷界
設 批發部
總匯全國圖書 供應推銷
穩妥 迅速 周到 無誤
服務內地讀書界
設 函購部
新舊圖書雜誌 無所不辦
辦法簡捷 經濟 實惠
解答讀者疑問
設 咨詢組
讀者來信質疑 知無不答

本書有著作權不准翻印

本書編號 55
平滬通車
實價 [illegible]
外埠酌加運費匯費
著作者 張恨水
印刷者 百新書店
出版者 百新書店 上海河南路一七五至九號
發行者 百新書店
總發行所 上海四馬路中
分發行所 上海棋盤街中
香港支店 皇后大道中
華北代售處 天津勵力出版社
分售 國內外各大書局
中華民國三十年八月第一版
中華民國三十一年二月第二版

1941 年 8 月，上海百新书店插图本《平沪通车》第一版（无序言）

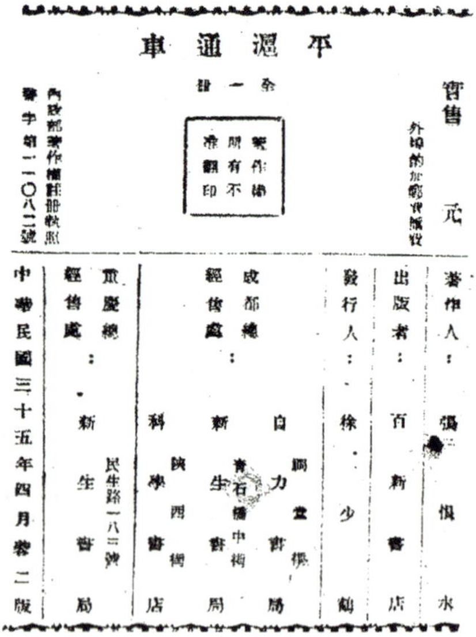
平滬通車
全一冊
著作權所有 不准翻印
實售 元
外埠酌加郵費匯費
內政部著作權註冊執照 警字第一一〇八二號
著作人：張恨水
出版者：百新書店
發行人：徐少鶴
成都總經售處：自力書局 [illegible] 新生書局 青石橋中街 科學書店 陝西街
重慶總經售處：新生書局 民生路一八二號
中華民國三十五年四月[illegible]二版

1946 年 4 月，上海百新书店重印《平沪通车》（有序言）

其他版本封面（无版权页）：（左）上海百新书店版；（右）1997 年，美国夏威夷大学出版社版

【注】《平沪通车》1935 年 1 月 1 日至 12 月 1 日连载于《旅行杂志》第 9 卷第 1 号至第 12 号，并配插图。1941 年 8 月，上海百新书店初版，全一册，14 章，9 万多字。小说通过女拆白党柳系春、余太太行骗的故事，描写从北平开往上海列车的一、二、三等车厢中形形色色的旅客，反映了社会的动乱和贫富悬殊，讽刺了官僚资本家胡子云之流的丑恶灵魂。1946 年 4 月，上海百新书店出版《平沪通车》第二版，加重印后方版序言。1997 年，美国夏威夷大学出版社出版英文版，书名“SHANGHAI EXPRESS”（《上海快车》），William A.Lyel（威廉·莱尔）翻译。

《斯人记》

万象周刊社版自序

这篇《斯人记》，是在我写第一次百万字《春明外史》之后，跟着写的。那个时候，我在北平《世界日报》当编辑，编日刊和晚刊的副刊，一面编一面写，根本谈不上什么著述，只是想法子填空白而已。既是填空白，所以驾轻就熟，就挑这种现成的社会材料写，全篇只要打个模糊的轮廓，以后就可以逐日随意下笔，不费多大手脚。我原序里说，“描写社会琐事，以博朋友笑谑”，那倒是不折不扣的真话。其实更坦白的说一句，就是偷懒。

这种社会章回小说，从最远说，应该是以《儒林外史》为始祖。清朝末年，这类作品，风行一时，直到五四前后，其风未戢，我必须承认，是受了这个影响，并承袭了这个。这种作风，最崇高的境界，是暴露黑暗，意义是消极的，若以近代评衡文字的目光来看，殊不能达到建设或革命的目的。我的《春明外史》，和这篇《斯人记》，以及《春明新史》《新斩鬼传》，甚至最近所作的《牛马走》等篇，都走的是这一条路。我并不是孜孜不倦，好走这一条路，就是上面所说的取巧与偷懒。为什么取巧与偷懒呢？因为一般作编辑的人所写的小说，是没有稿费的（此说以往，现在有点不同），不是腾出另一番工夫来作小说，作小说的工夫，都包括在编稿子里面，他只有图个大体上说得过去，就这样交卷了。

但我一部分小说，虽走的是这一条路，而在生活的反映及环境的条件许可下，作风又略有分别。例如《春明外史》，多少可以写点北京政府的丑态。而《斯人记》就不然，那时所描写的社会，依然是北方政治黑暗的年月，新闻记者随时有遭祸害的可能。我只能写我的朋友，以及我朋友之朋友的故事，俾使大家看了，“以资笑谑而已”。

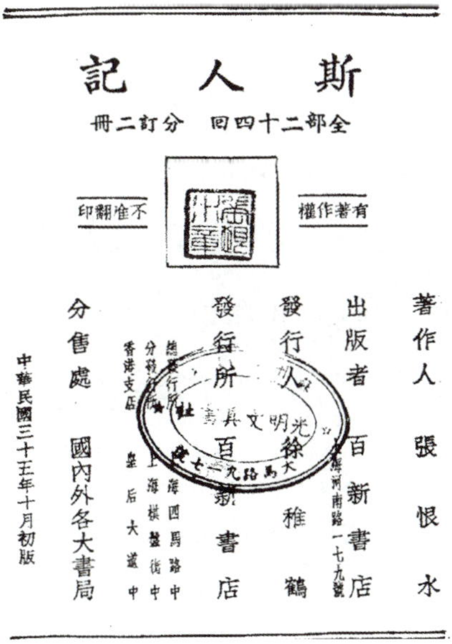
斯人記

全部二十四回 分訂二冊

有著作權 不准翻印

著作人 張恨水

出版者 百新書店 上海河南路一七九號

發行人 徐稚鶴

發行所 百新書店

總發行所 上海四馬路中

分發行所 上海棋盤街中

香港支店 皇后大道中

分售處 國內外各大書局

中華民國三十五年十月初版

1946 年 10 月，上海百新书店初版《斯人记》

这篇《斯人记》开始写的日子我已记不清楚，报上登载约两年多。结束以后，我也就算了。后来到了二十五年，我在南京办《南京人报》，社中朋友怂恿我印单行本。好在自己有印刷，自己有纸，并不费事，我就印了三千本，分送朋友和《南京人报》的读者，还是“以资笑谑”的意味。去年万象周刊社向我商量，翻印这本书，这倒也无所谓，人事的延误，很久没有出书。最近百新书店在西安买到一部署名我作的《京尘影事》，是沦陷区书商盗印的，拿来我看，也要我出书，我那里作过这本书，很疑惑。及至打开来一看，就是把《斯人记》割裂改名出版的。一经割裂，自然是更不成样子，令我啼笑皆非。他们就说了，与其让人出改装品，你们不如把真的拿出来，多少减却你一点盛德之累。我想，盛德是谈不上的，我向来看我是个起码文人。拿真的出来，自然是可以，还是“以资笑谑”吧！这是这书后方重版之由来。

此外，我有点感想。我校阅原书一遍，回想在当年北京政府之下，何以首善之区，生活是这样糜烂，连我自己在内，也没有一丝一毫振作的精神。所谓朋友，所谓朋友之朋友，不是大夫阶级，却是士的阶级。中国立国的精神，向来在士气，《斯人记》对北平士气，虽未完全描写出来，大概只有很少数是例外。大部分士，只是捧戏子、逛窑子、酒食征逐。上焉者，也不过逛公园喝茶，弄弄风月文艺，而娼家和大鼓娘之类，却成了社会趣味的中心，在这一个角度去看政治，那真是中国不亡，是无天理。

这里面所写的朋友，朋友之朋友，不用说，继续糜烂下去的，自然，到了今日，成了沦陷区的人渣。但也不少经过一番磨炼，幡然觉悟的，于今在前方与后方，都对抗战有所尽力。那些人渣，不值得提。这本书，或者有人看到，觉得我也在这种环境下混过，那末，这滋味是不堪回忆了的。我们一同忏悔罢！

民国三十三年十一月初序于南温泉张恨水

【注】长篇小说《斯人记》1929 年 2 月 15 日至 1930 年 11 月 19 日连载于北平《世界晚报》副刊《夜光》。该小说根据“冠盖满京华，斯人独憔悴”的意思，描写了两位爱好文艺、不能追随时代的男女青年，因为思想上的不彻底，陷入苦闷之中，以苦闷结束。小说被称作《春明外史》的姊妹篇，共 24 回。1936 年 10 月，南京人报社出版单行本，列入南京人报社小说丛书之一；1944 年 11 月，重庆万象周刊社以万象丛书之五再版。1946 年 10 月，上海百新书店出版《斯人记》。

《秦淮世家》

重印后方版补序

在上海沦为孤岛的时候，我曾在《新闻报》上发表了两篇暗中宣传的小说。一部是《水浒新传》，借北宋的历史描写《水浒》人物的抗战，只写到一半，太平洋战争就发生了。这书我已在后方足成，现已出版。另一部就是这篇《秦淮世家》。

这书在报上发表之日，正是宁沪汉奸猖獗之时。我见过这群汉奸中，除了原来是不成器的小人之外，竟有许多士大夫阶级，奴颜婢膝，认贼作父，实在是可耻可痛。他们良心丧尽，自然是无法为之招魂，但对于托迹在沦陷区的不屈志士，我们不能不继续加以鼓励，而对于在敌手压迫下意志较薄弱的同胞，更不能不继续予以启示。因之我就选择了妓女、小偷、小贩子这一类角色，作为本书的主人，畅所欲言的描写他们恩怨分明，能不惜生命与恶势力搏斗。这样，对那些自命士大夫阶级的群奸，多少是可以作一个比照而羞辱他们了。

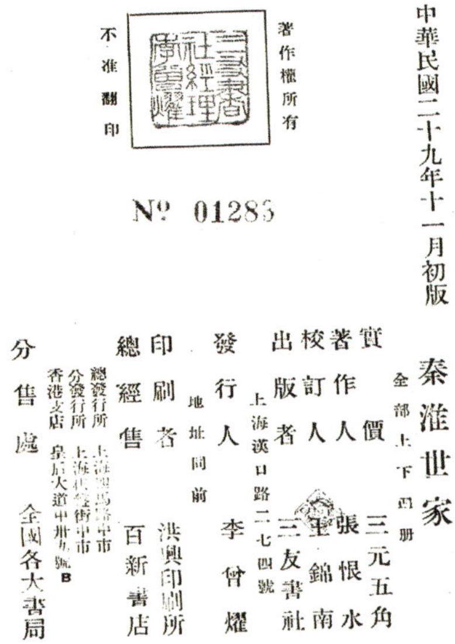
中華民國二十九年十一月初版

秦淮世家 全部上下兩冊

實價 三元五角

著作人 張恨水

校訂人 王錦南

出版者 三友書社 上海漢口路二七四號

發行人 李曾燿 地址同前

印刷者 洪興印刷所

總經售 百新書店

總發行所 上海四馬路中市

分發行所 上海棋盤街中市

香港支店 皇后大道中卅九號B

分售處 全國各大書局

著作權所有 不准翻印

№ 01283

1940 年 11 月，上海三友书社初版《秦淮世家》（无序言）

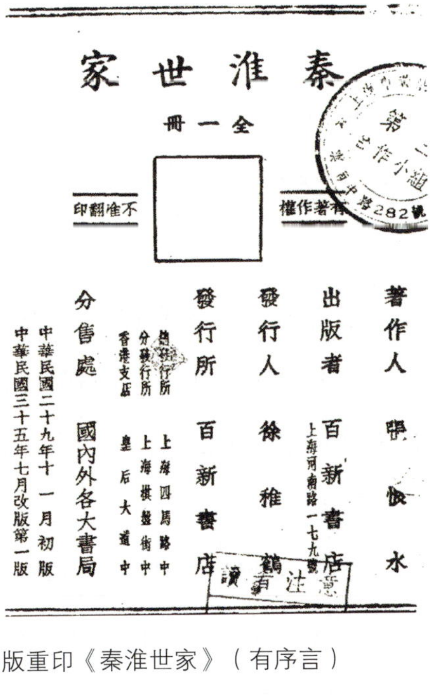
秦淮世家

全一冊

著作權有 不准翻印

著作人 張恨水

出版者 百新書店 上海河南路一七九號

發行人 徐稚鶴

發行所 百新書店

總發行所 上海四馬路中

分發行所 上海棋盤街中

香港支店 皇后大道中

分售處 國內外各大書局

中華民國二十九年十一月初版

中華民國三十五年七月改版第一版

讀者注意

1946 年 7 月，上海百新书店改版重印《秦淮世家》（有序言）

有这样一个命意，所以我于可能的情形之下，又在另一方面暴露着汉奸的丑态，也多少让人知道他们是如何毒辣，又如何无耻。如绑票设密室之类的行动，影射着沪西歹土上的勾当，似乎也算是虽不中不远矣。我不敢说，这样的写法，就能给读者有多少影响。但在上海此书发行单行本后，由二十九年至三十年，共销过五版，觉得书中主人翁对奸徒烧与杀，颇能给孤岛上发泄一些苦闷。于敌伪横行沦陷区之日，要公开的给予打击，像我这辈百无一用的书生，除了如此，也没有更可尽力的了。到三十一年，闻此书之影射作用，已被群奸察出，在沦陷区就无法再事印行。在这一方面，自然是失败，而反过来说，以这种手法诛奸，这实验也不妨夸说是成功吧？

此书现有少数流行后方，颇为人注意，百新书店鼓励我重印，并叫我写一篇序，说明书的本旨。我觉得不重印则已，要重印，这交代倒是少不得的。不然，此时此地，我们破功夫为秦淮歌女作世家，那就太无聊了。

民国三十三年十二月张恨水补序于重庆之南温泉

【注】《秦淮世家》自 1939 年 3 月 8 日至 1940 年 2 月 4 日连载于上海《新闻报》副刊《茶话》。1940 年 11 月，上海三友书社出版单行本，无序言；1946 年 7 月，上海百新书店改版重印《秦淮世家》，并加序言。

全书 24 回，21 万字，通过南京秦淮河畔唐大嫂的两个女儿二春、小春的人生故事，刻画了秦淮河畔一班市井小民的群像，细致入微地描绘了秦淮人家的风俗民情。

《虎贲万岁》

自　序

在我提起笔来，写这篇序文的时候，我首先感到一种欣慰。那原因是：第一，我认为不能写完的这部小说，终于写完了。第二，我开始写这篇小说的时候，是在重庆南温泉的夏季，白天是逼人的阳光，射进草屋檐下，热气蒸人；晚上是在菜油灯下，蚊子像针管一样，在大腿上吸我的血。于今呢，是在东方大城的北平，又在花柳争妍的季春时节。晚间呢？我桌子上已有电灯了。在这个收复的故都，写完这部书，比在战时首都写完这部书，那是更有意思了。欣慰之处，自然不止这一点，让我能引以为荣的，是我能写着八年抗战中最光荣的一页，这光荣是七十四军五十七师的朋友们给我的，我得首先表示感谢。不然，以我一个从未踏脚到战场的书生，不能写出这部三十万言的战事小说。在这里，我必须交代这部小说的材料是怎样得来的。

民国三十三年的一二月间，在南温泉桃子沟，我的草屋里，来了两位不速之客。他们全穿着灰布棉军衣，黑黑的面孔，完全是战士丰彩。我愕然于两个大兵光顾，便忙着招待。通过姓名之后，让我肃然起敬，他们乃是不久以前，死守常德的两位壮士。他们不肯让我写出姓名，就算是甲乙两先生吧。他们说：来此无别事，因为敬惜他们的同胞在常德死得十分壮烈，八千多人，战死百分之九十几。他们这后死者，要把这些壮烈事迹表扬出来。他们是武人，拿惯了枪杆，拿不惯笔杆，要我给他们写一篇小说。我听了，十分感到荣宠，但我婉谢了。我的答复是："是的，七年来（那时是七年）还没有整个描写战事的小说，这是我们文人的耻辱，对不起国家。我们实在也应该写一点，像常德这种战役，尤其该写。本来我也有这个意思，我们战役可以写的，有上海一战，宝山之役；津浦一战，台儿庄之役；晋北一战，平型关之役；桂南一战，昆仑关之役；湘中三次会战，长沙之役。最近湘西一战，就是常德之役了。这都是我们认为光荣的。尤其是昆仑关、长沙和常德。我们终于是把敌人赶跑了。可我是个百分之百的书生，我又没到过战场，我无法下笔，大而在战时的阵地进退，小而每个士兵的生活，我全不知道，我怎么能像写《八十一梦》，凭空幻想呢？"但甲乙两先生，坚定的要我写，并答应充量供给材料。我只好答应从长商议，将来再说，这是第一次接洽。

甲先生住在土桥，到南温泉只六公里路。他公余，常到南温泉来洗澡，偶然也到我家里来谈，我们就成了朋友。到了是年五月，甲先生又旧事重提，那时，我担任《新民报》渝社经理。城

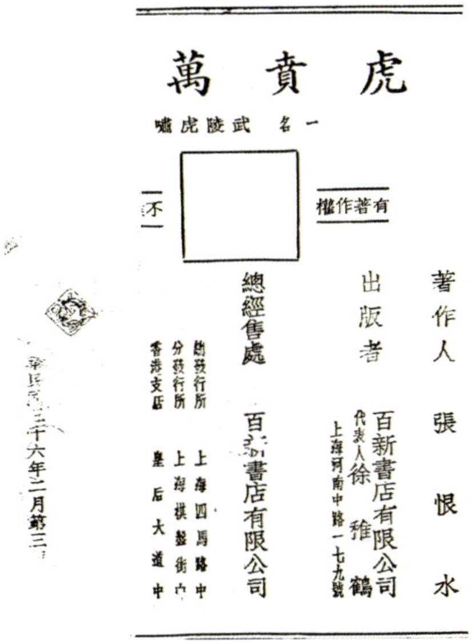
虎賁萬

一名 武陵虎嘯

有著作權 不

著作人 張恨水

出版者 百新書店有限公司 代表人徐稚鶴 上海河南中路一七九號

總經售處 百新書店有限公司

總發行所 上海四馬路中

分發行所 上海棋盤街中

香港支店 皇后大道中

華民國三十六年二月第三

1947 年 2 月，上海百新书店《虎贲万岁》第三版

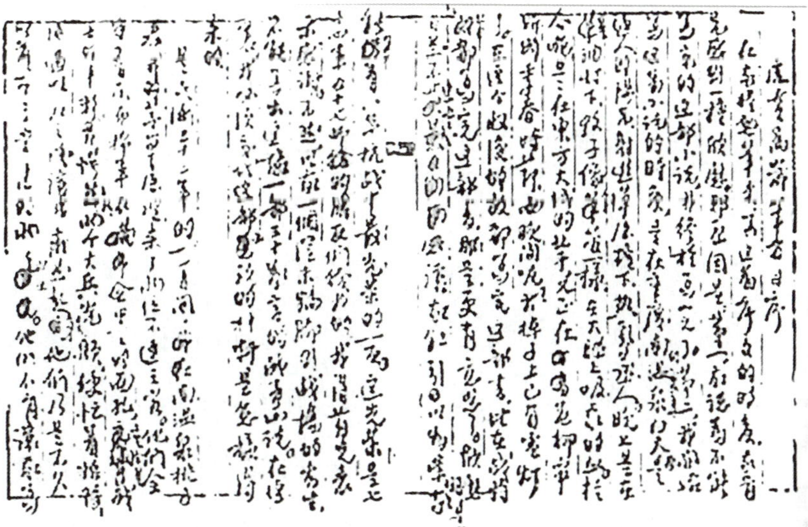

《虎贲万岁》手稿

居日多，乡居日少，我说没有时间写小说。但甲先生说："我为五十七师阵亡将士请命，张先生不能拒绝。"说后他就捆了两个布包袱材料送到我家，里面有地图，有油印品，有贴报册子，有日记本，有相片本，不下三四十种。他笑说："这足够你采用的吧？此外，还有我一张口。"我们友谊已很深了。我于公于私，都不能拒绝，只好先看材料，有工夫再写。这是第二次接洽。

到了三十三年十一月，我已把经理职辞去，重新乡居。把小说材料，真的抽着看了一部分。这时甲先生和乙先生，就轮流的到我家来闲谈，问我把材料看得怎么样。我说看是看了，有好多地方不懂。他二位就问我哪里不懂，我一说出来，他们就给我作详细的解释。往往一个问题，可以解释到两小时。尤其是甲先生口讲指画，在我茅庐里，亲自表演作战的姿势。此外，是哪天刮风，哪天下雨，炮是怎样响，子弹在夜里发什么光，全给说出来。我为他的热忱所感动，就决定不再推诿，答应一定写。这和我们认识之时，已有一年了。这是第三次接洽。

民国三十四年春季，我本来预备写这部书的。恰好有几部旧作，出版家催我整理，我又耽误下来。到了五月间，才算完毕。四川的天气，是热得很早的。当大太阳在天空中晒着的时候，甲先生手上顶了一把纸伞，身上穿的那件白布衬衫，汗浸透得像水洗了似的，胁下夹着一包常德战事的材料，又光顾到茅庐里来了。我见他这样热心，实在不好意思说不写两个字，就在那个日子开始动起笔来。我根据油印品、地图、笔记、照片，逐次翻，逐次写。有不大明白的地方，写个问题记下来，等到甲乙两先生到来，就问清楚了再写。甲乙两先生也就随时看我的原稿，不对的地方，随时予以指正，虽极小的描写也不放过。例如，我写天亮的时候，哨兵还问口令，甲先生说：“错了，天亮了，只问哪一个。”又如，我写太阳山一带的风景，写成冬天的萧条现象，乙先生说：“不对，那里松树成林，冬天还是青郁郁的。”因为如此，所以这一部书三十多万字，虽是有时写一钩月亮，那都是实在的情形。这是第四次接洽。

我们是这样接洽了一年多，所以这部书的取材，尽可能的保留故事的真实性。作小说不是写历史，为什么这样保留真实性?这就由于甲乙两先生的要求，要把他们五十七师的血渍，多流传一些到民间。我当时曾考虑到这问题，小说就是小说，若是像写战史一样写，不但自乱其体例，恐怕也很难引起读者的兴趣。我要求甲乙二位找点软性的罗曼斯穿插在里面。他们始而有难色，后来允许我了，给了我书中程坚忍、鲁婉华、王彪、黄儿妹这几个人的故事。而他们也有一个要求，这罗曼斯以不损害真事为原则。据说，这罗曼斯也是真的，但其人健在，不肯露真姓名，因之，这书内的真实姓名，有点例外，就是涉及罗曼斯的几个角儿姓名，是随便写的。其余却是自师长到伙夫，人是真人，事是真事，时间是真时间，地点是真地点。

我这书里，没有“想当然耳”之词，一切人的动作，物的描写，全由甲乙两先生口述。我还怕不够，又托甲乙两先生，找了两位在重庆的常德老百姓，曾经历过这次战役的人，来作过几次长时间的谈话。因之我这部书的材料充足，只恨笔拙运用不完，却没有一点捏造的英雄事迹。关于每位成仁英雄的故事，我是根据《五十七师将士特殊忠勇事迹》。因为有些士兵的动作，颇为相同，写的时候，避免写法雷同，还漏了百分之五六，这是我对于在天之灵抱歉的。因为后来要补人，我把参考书还了甲乙二先生了。关于战事经过，我是根据《五十七师作战概要》的油印品，再加上报纸记载、私人笔记，可以说没有遗漏。不过驰救常德的援军行动，我没有多写。一来书的体例，不许可跑野马；二来我又没有充分的材料；三来我没有得那些部队许可，我也不敢写。但那战事的主要将领，除了书中曾述及的周庆祥师长外，有王耀武、李钰堂、欧震、杨森、王陵基、王缵绪几位将军，这是报纸曾披露过的。附告于此。

当我写这本书之初，是不无顾虑的。因为常德一战，虽是过去的事，可是我们还在和敌人打。我又是一个书生，不知道哪些事可以直言无隐，哪些事还当保留。到了我写到十几章左右，我军反攻，已收复桂柳。甲乙两先生，也离开重庆，到湘西去了。（那一战是第四方面军的胜利，五十七师又获一次大捷。第四方面军司令长官，就是原七十四军军长王耀武。七十四军五十七师属于第四方面军）我也失了两位顾问，下笔颇觉困难。所幸不久，日本人就已投降。对日本战事完全过去，我才放开手来写。我的大意，写一二十万字就够了。不料一放手之后，就收不住。而且参考材料里面的英勇故事，又美不胜收，我也不能丢开哪一部分。写到四十章左右，我待船东下，已搬到重庆城里来住。我是想写完的，但写到六十一章的时候，是三十四年十一月底，我获得一个机会，可以带家眷坐公路车，经贵阳到湖南衡阳去。于是我把所有的参考材料，托人转送还甲乙两先生。只有他两人私人的日记，轻便易带，我还留着。十二月四日离开重庆，十六日到衡阳，二十四日到汉口。一九四六年一月五日，才到南京。在南京，我是过路，我是要到北平办《新民报》的，不能写稿。其间又回了一次安庆探母，一次到上海接洽旧著出版。最后还在南京候飞机半个月，二月十五日我才到北平。到了北平，我身任经理之职，要筹划出《新民报》北平版，事务烦重，提笔时间很少，但我不愿这部书耽误日子太久，每于夜深无事临睡之前，抽空写千百个字。直到四月十八日晚上，我才写完了最后的一页。在北平也就补写了十九章。这书或因事忙，或因天热，或因小病，或因旅行，停笔的日子，多于提笔的日子，因之三十多万字，我整整写了一年。

写这部书，我由南温泉的草屋里，写到北平东交巷瑞金大楼上（《新民报》社址），由菜油灯下，写到雪亮的电灯下，我自己的变迁，尽管很大，但是把握现实这一点，我决没有动摇。而且我也依然料到，书里一定有不少外行话，还没有被甲乙两先生指出。我诚恳的欢迎武装朋友给我一种指正。我写小说，向来暴露多于颂扬，这部书却有个例外，暴露之处很少。常德之战，守军不能说毫无弱点。但我们知道，这八千人实在也尽了他们可能的力量。一师人守城，战死得只剩八十三人，这是中日战史上难找的一件事，我愿意这书借着五十七师烈士的英灵，流传下去，不再让下一代及后代人稍有不良的印象，所以完全改变了我的作风。

最后我对甲乙两先生，及那几位常德朋友，表示感谢。感谢他们给了我许多宝贵的材料。

民国三十五年四月二十日张恨水序于北平南庐

【注】1946 年 5 月 26 日至 1947 年 3 月 23 日，长篇小说《虎贲万岁》在北平《新民报》第二版连载。1945 年 5 月至 11 月底，张恨水在重庆写完 61 章，因离川东归而中止。1946 年 2 月，他到北平后又续写 19 章，于 4 月 18 日完稿。

《虎贲万岁》亦名《武陵虎啸》，根据国民革命军七十四军五十七师的真人真事写成，歌颂保卫祖国的勇士。这部小说既是一部战史般的纪实性纯军事小说，又是第一部描写抗日战场正面抗战的小说。

1946 年 7 月，上海百新书店初版，全一册，80 章，约 30 万字。

《北雁南飞》

自　序

这部书的命意，很是简单，读者可以一望而知。这不过是写过渡时代一种反封建的男女行为。虽然他们反封建并不彻底，在当时那已是难得的了。我若写他们反封建而成功，读者自然是痛快，但事实决不会那样。

这书里，有些地方，是着重儿女情爱的描写。但笔者自信，无丝毫色情意味。相反的，那正是描写被压迫者的一种呼吁。现在大都市里，婚姻是自由了，可是看看穷乡僻野，像《北雁南飞》这种情节的故事，恐怕还很多。现在做父母的，应该比以前的人开明些，这书当可作为人父母的一种参考。

此书写于民国二十四年，发表于上海《晨报》。这八年中，笔者在后方，平津方面，有人窃版发行。最近笔者才收回交山城出版社出版，附志于此。

民国三十五年四月廿日张恨水序于北平

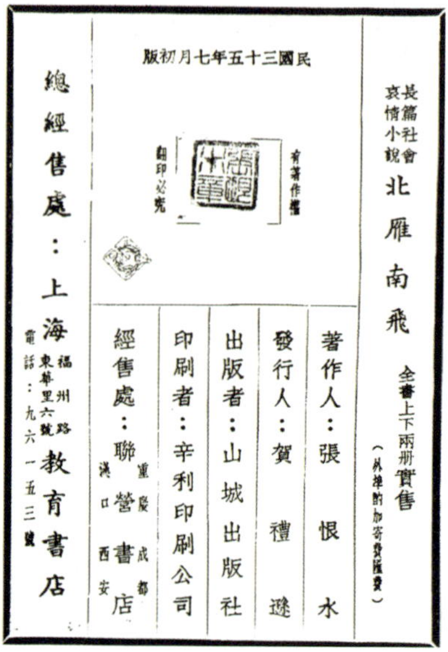

民國三十五年七月初版

有著作權 翻印必究

長篇社會哀情小說 北雁南飛 全書上下兩册實售 (外埠酌加寄費匯費)

著作人：張恨水

發行人：賀禮遜

出版者：山城出版社

印刷者：辛利印刷公司

經售處：聯營書店 重慶 成都 漢口 西安

總經售處：上海福州路東華里六號教育書店 電話：九六一五三號

1946 年 7 月，山城出版社初版《北雁南飞》（全二册）

【注】长篇小说《北雁南飞》于 1934 年 2 月 2 日至 1935 年 10 月 18 日在上海《晨报》第四版连载。1946 年 7 月，山城出版社出版单行本，共 38 回，34 万字。小说描写辛亥革命前至北伐战争时期，女主人公姚春华的一段不自由的婚姻悲剧。

《傲霜花》

自　序

常有许多人问我，我生平写许多小说，有没有背景？我对于这种问话，是很难答复的。因为照理论说，小说的取径有三种：一是幻想人生，一是叙述人生，一是两种兼而有之的。我的小说，大概都是叙述人生，换句话说，就是不超现实。但叙述人生，不一定就是把社会上某一件事情整个写出。而且社会上的事情，也不会发生得像小说构造一样，那么有戏剧性。所以我写小说，只有像《虎贲万岁》那种为民族争光明的故事，我才尽量把握事实，当野史一般写。此外，我只是摄取人海里一种现象，构造出几个角色来扮演。你说书中人物指谁吧，也像张三，也像李四，仔细想来，也不像张三，也不像李四。可是若研究小说里的故事，却不少读者曾身历其境。因之我的小说，就很能让人疑问，这是指着谁？而我又绝对答复不出来是指着谁。

这部《傲霜花》，也就是上述的这种技术下产生的。当抗战

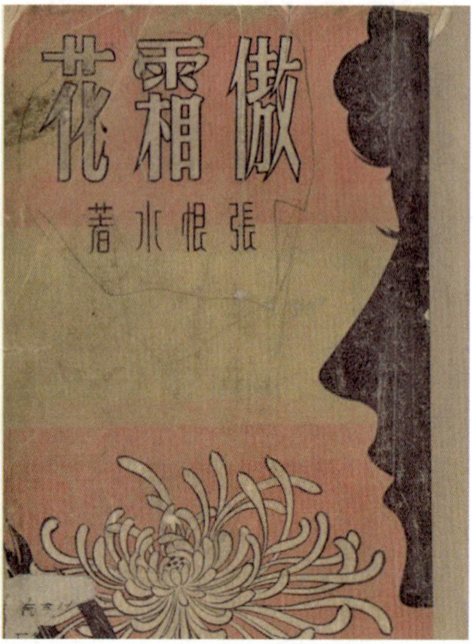

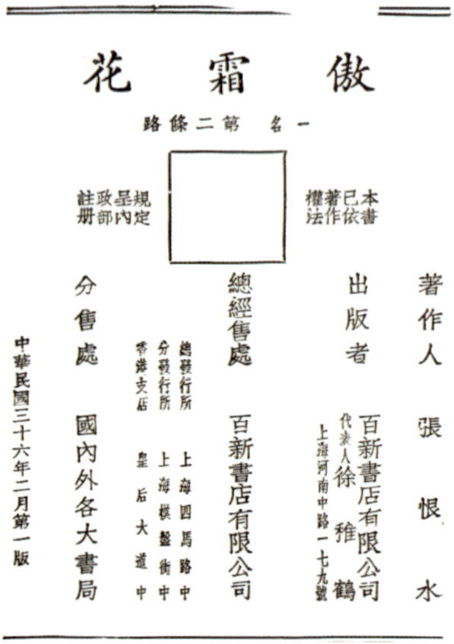
傲霜花

一名 第二條路

本書已依著作權法規定呈內政部註冊

著作人 張恨水

出版者 百新書店有限公司 代表人徐稚鶴 上海河南中路一七九號

總經售處 百新書店有限公司

總發行所 上海四馬路中

分發行所 上海棋盤街中

香港支店 皇后大道中

分售處 國內外各大書局

中華民國三十六年二月第一版

1947 年 2 月，上海百新书店初版《傲霜花》

年间，我住在重庆，在报上，把教育界的困苦情形看多了。同时，我也和些教育界朋友来往。我自己靠一支笔为生，已很苦，看看他们，比我更苦。我颇有意为他们的生活写一部小说。但究竟因为我自身不是教育界中人，没有深刻的体验，不能写得像样。而其间有些耳闻目见的事，实在值得描写，又不愿意放弃，于是我就仅以我所知道的，摄取了一部分现象，来构成这部小说。这部小说，原名《第二条路》，在重庆、成都两处《新民报》晚刊同时发表。由民国三十二年夏季写起，写到民国三十四年胜利之后，我是随写随在报上发表。原意也许有点替教育界人士呼吁，但到书成之日，时变事迁，我这覆瓿之物，也就更失它的用意了。

这一年来，工作之余，我不断整理旧作，原因是上海出版家需要我拿稿子出售。这部书原稿，在后方恶劣的印刷报纸上剪集下来，很难再交人排印。因此请人重新抄写一遍，再加标点，改正错字，竟费了半年的工夫，方才完事。我自己检阅一遍，那《第二条路》的命名，不怎样应合时代，就根据了书中主角的姓名，改为《傲霜花》。读完这书的人，也许感到这样取名，有点幽默性。但我自信，还是不失正义感的。

抗战时代的社会故事，实在太多了，这只是一角落里的一角落。若说现在给人看了，还会发生什么呼吁作用，那也等于大旱以后，再说防旱救灾的废话。不过拿去作为谈话资料，做一点儿抗战的小回忆，也许有千万分之一的存在价值。这就是这部书出版以前的经过。

民国三十五年十二月一日张恨水序于北平南庐

【注】《傲霜花》原名《第二条路》，于 1943 年 6 月 19 日至 1945 年 12 月 17 日连载于重庆、成都《新民报》晚刊。

小说于 1947 年 2 月上海百新书店出版，易名《傲霜花》，全二册，48 章，32 万多字，描写抗战时期教育界朋友的困苦生活。与《第二条路》同时刊于成都《新民报》晚刊副刊《出师表》上的，还有张恨水的短篇小说《人心大变》，1946 年 2 月 16 日、3 月 2 日起，该小说分别被南京《新民报》晚刊、重庆《新民报》晚刊转载。

《杨柳青青》

自　序

这部书原来的名字，是《东北四连长》。民国二十二三年，登在上海《申报》的《春秋》栏内。当时因环境的关系，并没有出单行本。我的原稿，因八年抗战，家室荡然，也就散失掉了。胜利以后，上海山城出版社找到了旧报，抄写一遍，打算出版。我认为大可考量。书中描写当年长城一角之战，笔者是根据所闻，粗枝大叶的写着，相当外行。固然，对于军事，我到现在依然是百分之百的外行。可是我已经过八年战事新闻的洗礼，自己已看出旧作外行之太失真了。这些描写，也没有可留的价值。有了这种原因，我就将抄的原稿要来，重新检阅了一遍。

我因事忙，检阅的时间真不短，拉拉扯扯，将近八个月。检阅之后，我觉在故事方面，书中各人的生活片段，倒是我生平写作中另一种风味，也还可用。于是根据了以上顾忌，把原书有的冲淡，有的割弃，将原书三十二回，改为二十五回。但这一改，却收束不住，又根据了原书的线索，加写三回，共成二十八回。其结局把一幕悲喜剧闭幕在杨柳青青的时候，所以就径直的改名为《杨柳青青》了。

书经这样一改，几乎和原作翻了个儿。但为原书文字所限，究竟不能变为南北极。所以我的意思，就偏重到人物的描写和书中人本事的演变。改书是比重新写一部还难的，改完以后，自己也就感到未能尽如人意。但在故事上，还不失为当年一种民间悲喜剧的反映，就也不算是幻想。战争对于中国人是怎么回事？在此一粟中，不也可见一些大千世界吗？

《随园诗话》中，记有人只传了一句诗，这诗就是“杨柳青青莫上楼”七个字。我觉得这七个字含义极深，是大可赠予书中的悲剧主角的。这虽仅仅是一种劝告，可比怎样慨叹惋惜都强得

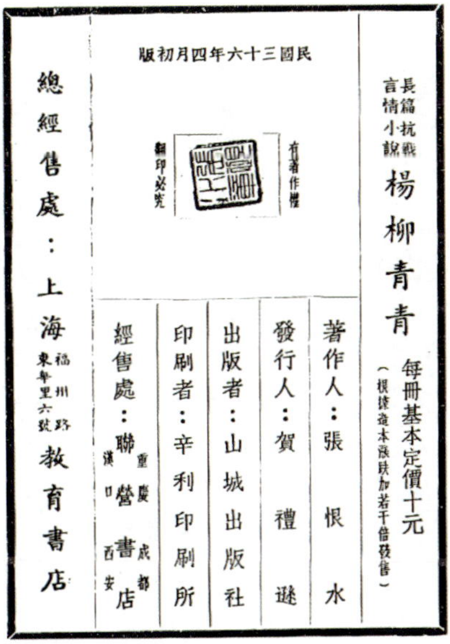
長篇抗戰言情小說
楊柳青青
每冊基本定價十元
著作人：張恨水
發行人：賀禮遜
出版者：山城出版社
印刷者：辛利印刷所
經售處：聯營書店 重慶 成都 漢口 西安
有著作權 翻印必究
民國三十六年四月初版
總經售處：上海福州路東華里六號教育書店

1947 年 4 月，山城出版社初版《杨柳青青》

多。春风杨柳，它们给人间一片欢愉，又何尝不给人间一片悲哀？读者会心不远，就在这“杨柳青青”四字里去玩味罢。

民国三十六年二月张恨水序于北平新民报社

【注】《杨柳青青》原名《东北四连长》，于 1933 年 3 月 4 日至 1934 年 8 月 10 日连载于上海《申报》副刊《春秋》，32 回，约 25 万字。小说描写东北义勇军抗敌御侮的故事，塑造了众多下层人物形象，歌颂了下层军官和普通民众的忠贞爱国之情。1947 年 4 月，山城出版社出版单行本时易名《杨柳青青》。

《秋江》

序

这一事情，发生在南宋高宗年间，于今算起来，已是八百余年前了。发生的地方，是江西临江县，去南昌有一百多里。现在说发生在建康，把地点改为南京，事实上已是搬了家了。

故事主角陈妙常，这个人是有的。据书传说，她在女贞观尼姑庵里修行，可以说姿色出众，诗文俊雅。此外，尤工音律。这样一个年轻出色的尼姑，当然为众目所注视，至于陈因何出家，书上并没有记载；我们猜想，室家遭金兵破坏，弄得没有依靠，才投身尼姑庵，似乎有点儿相像。至于她是书香后代，那自然不成问题。

这时，恰值张孝祥为临江令。张字安国，别号于湖居士。绍兴年间，他中了进士第一；历年做了平江、静江、荆南的政事，皆有声绩。后来官做到集英殿修撰。照他的官阶说，对于治下一个女尼，是可以做到为所欲为的。因此，张上任，投宿女贞观，见妙常姿容绝代，竟作词调之。妙常不从，作了一阕词相答。张也就一笑而罢。后来他的朋友潘法成，与妙常要好，私下约计偷跑。潘把事情告诉张孝祥，张就答应成就好事，定下一计（何计，书上没说），就把潘、陈二人断为夫妇。

这是陈妙常事情的经过。

到了明朝，钱塘人高濂，字深甫，根据这个故事，编了南曲《玉簪记》一部。那故事说和州（今日的和县）潘风，妻吴氏，生儿子叫必正。当必正还在幼年，他做开封府尹时，曾将玉簪为聘，为儿子与府丞陈氏幼女订婚。这幼女自小的名字叫娇莲。后来两家离散，消息就中断了。这时，潘风命必正入京求名，因没有中，在建康借户白云庵攻读。庵中住持法成，就是必正亲姑母，加意看待。庵内有一幼年尼姑，取名妙常，那就是娇莲改的名字。但是两下都不知道。日子稍久，潘必正与妙常发生好感。原来因金兵南下，妙常母女被冲散，母亲钱氏往潘府投亲，妙常一人，就带发修行。至于潘、陈两个自小订婚的事，在他们见面时彼此都没有提到。后来住持看两人亲密非常，怕出事故，就逼必正又上临安。妙常不舍，便私下雇小船一只，与潘氏话别。后来潘必正中了，回建康正式迎娶妙常。回得家来，母女重逢，钱氏说起玉簪下聘的事，大家才是恍然大悟。这就是《玉簪记》的本事。

这个故事，要不得的地方太多。一来，玉簪带在陈妙常身旁，不能不提。二来，潘、陈两人的家事，也当然提及，于是两人的身世，也就洞若观火。三来，书中叱谢、词媾两场，早已脍炙人口，但是词里说的，“一念凡心思动，遍身欲火难禁。强将津唾咽凡心，争奈凡心转甚”，这个词，妙常也不会填吧？四来，张于湖曾平金兵，与当时事情不合且无此必要。此外小漏洞，不必细举。因此我想到作妙常故事，不必矫揉造作，添上玉簪许多麻烦，干脆就以陈妙常为主，潘必正为副就够了。

高濂到陈妙常的时代，也不算短，隔了一个元朝，有三百来年。事隔这些年月，手边没有材料，要作一部曲子，当然是不可能。我想《玉簪记》之外，父老传说和其他小本故事，也是应该有的。不过这位高先生，对地理很生疏，《玉簪记》里这样一点儿地理，几乎弄得人糊里糊涂。和州分明是在建康过江，他捷报回家，还说“又上汉阳路”，真是差得太远了。然而地理虽生疏，

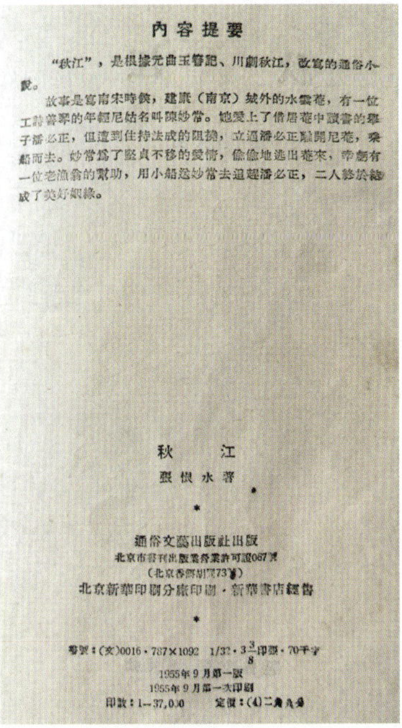
内容提要

“秋江”，是根據元曲玉簪記、川劇秋江，改寫的通俗小說。

故事是寫南宋時候，建康（南京）城外的水雲菴，有一位工詩善琴的年輕尼姑名叫陳妙常。她愛上了借居菴中讀書的舉子潘必正，但遭到住持法成的阻撓，立逼潘必正離開尼菴，乘船而去。妙常為了堅貞不移的愛情，偷偷地逃出菴來，幸虧有一位老漁翁的幫助，用小船送妙常去追趕潘必正，二人終於結成了美好姻緣。

秋江
張恨水著

通俗文藝出版社出版
北京市書刊出版業營業許可證067號
（北京香餌胡同73號）
北京新華印刷分廠印刷·新華書店經售

書號：(文)0016 · 787×1092 1/32 · $3\frac{3}{8}$印張 · 70千字
1955年9月第一版
1955年9月第一次印刷
印數：1—37,000 定價：(4)二角九分

1955 年 9 月，北京通俗文艺出版社出版《秋江》第一版

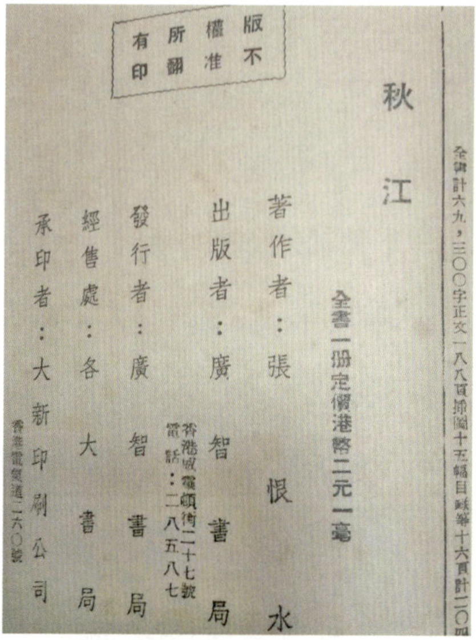

版權所有 不准翻印

秋江

全書一冊定價港幣二元一毫

著作者：張恨水

出版者：廣智書局 香港威靈頓街二十七號 電話：二八五八七

發行者：廣智書局

經售處：各大書局

承印者：大新印刷公司 香港電氣道一六〇號

全書計六九，三〇〇字正文一八八頁插圖十五幅目錄等十六頁計二〇四頁

本局出版各種古典文學，名著小說。為便利海外同業與讀者購買起見，特印備圖書目錄及樣本，如蒙函索，當即免費寄奉。

香港廣智書局謹啓

KWONG CHI BOOK CO.,
27, WELLINGTON STREET,
CABLE: "KOCIBOCO" TEL: 28587 28980
HONG KONG

版權所有 不准翻印

秋江

全書一冊定價港幣二元一角

著作者：張恨水

出版者：廣智書局 香港威靈頓街二十七號 電話：二八五八七 二八九八〇

發行者：廣智書局

經售處：各大書局

印刷者：新華印刷股份公司 香港西營盤薈安里十七號 電話：四六一二一

(2. 6. 1. 1,000)

全書計六九，三〇〇字 正文一五二頁 插圖三〇頁附錄一八頁 共計二〇〇頁

1962 年 2 月，香港广智书局出版不同封面设计的《秋江》

对书中人物，多少有点儿根据。此事能传到现代，他的书不能不说是功劳。这里应该记上一笔。

我作《秋江》，是看戏得来。心想梁山伯与祝英台可传，这书叙述妙常之为人，也可传。书上说妙常对张于湖的引诱加以拒绝，是抬高妙常的人格。但是还不明朗，因之我就加强这一点，至于说她的勇敢。此外，琴挑、偷师虽是《玉簪记》里的拿手，但是就时代来说，也属应该避免偷香窃玉那一段。最后赶船一节，十二三岁的时候，我在南昌听“玩友”（票友）的清唱，名叫“陈姑赶船”，怎么样结果，已经不很记得。后来听川戏《秋江》，觉得《玉簪记》里赶来会面，又抽身赶快回去，这样描写不妥，不如就说赶上了船，一路同来。这样写，避开了一切无谓的纠缠，也免掉了许多拖沓。况且潘氏也没有再回庵的事实，又何必添上这样一段呢？这样写法，我认为比较好，就取了这点儿意义，布置了潘、陈收场。

但是我至今不解，老尼的名字，就是潘必正的真正名字法成。这究竟为什么？小说里取真实的名字，原无不可！就说改一个名字，也无妨碍。但是潘法成既改名为潘必正，原来的名字法成，又何以不忍牺牲，而用在出家姑母身上呢？难道这里面还有什么缘故吗？要说是作者偶然错误，大概未必。潘法成是书里的主角，他的名字，作者必然烂熟，无错记之理。然而何以出此，区区始终想不透是什么道理。好在潘法成这名字久已湮没，读《玉簪记》的人只晓得有个潘必正，所以我这书里也只好写上潘必正了。

这本书，前后约写了两个月，这样草草了事，错误的地方一定还很多。凡百君子读了此书，凡有可以纠正错误的地方，请予指正，不胜欢迎之至。

一九五三年四月三日

【注】《秋江》是香港《大公报》继连载张恨水《梁山伯与祝英台》之后的第二部小说，连载时间为1954年7月3日至10月4日，是张恨水根据元曲《玉簪记》和川剧《秋江》改写而成的。1955年9月、1962年2月，北京通俗文艺出版社与香港广智书局先后出版《秋江》单行本。

《梁山伯与祝英台》

序

我自一九四九年病，到公历六月初止，已经是五整年了。病是脑充血症，当时突然发生，就不省人事，立刻送进医院，在医院里卧倒，前后治两个多月，才稍微好一点儿。好一点儿的程度，是能起坐，能哑哑学语，但是不能看报，吃喝便溺，也很不方便，要好成一个完全的人，还需要时候呢。

一直到去年年终止，除步行、除说话，其他方面渐渐和好人接近。有几次朋友集会，都劝我试一试写作的能力已否恢复，当时为朋友之言所激动，就答应试试看，想以《梁山伯与祝英台》为题目。但梁祝故事，虽词曲里很多，而散文里很少，因此，就从当时起，在朋友方面加意搜罗。搜罗也有两个多月的光景，共得三十多种词曲和笔记，其中有《民俗周刊》一种提供资料尤多，我看看还可以，就动起手来了。

由一九五三年八月到十月下旬，稿子算做起来了。不过自己

梁山伯与祝英台

（定價港幣二元五角）

著者：張恨水

插畫：任邇

出版者：文宗出版社
香港摩理臣山道29號

承印者：世界印刷公司
香港西環水街翕安里

版權所有·不准翻印

一九五四年六月初版

1954 年 6 月，香港文宗出版社初版《梁山伯与祝英台》

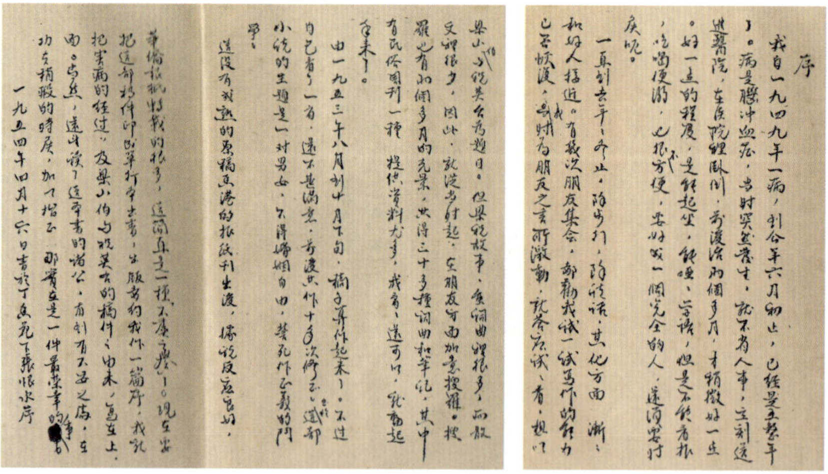

张恨水《梁山伯与祝英台》序手迹

看了一看，还不甚满意，前后共做十多次修正。至于这部小说的主题是一对男女不得婚姻自由，誓死做正义的斗争。

这没有成熟的原稿在香港的报纸刊出后，据说反应良好，华侨报纸转载的很多，这简直是一种"不虞之誉"！现在要把这部稿件印成单行本出书，出版者约我作一篇序，我就把害病的经过及《梁山伯与祝英台》的稿件之由来，写在上面。当然，还叫读了这本书的诸公，看到有不妥之处，在工夫稍暇的时候，加以指正，那实在是一件最荣幸的事。

一九五四年四月六日书于丁香花下张恨水序

【注】长篇小说《梁山伯与祝英台》1954 年 1 月 1 日开始在香港《大公报》副刊《小说天地》连载，至同年 5 月 3 日载毕。

1954 年 6 月，香港文宗出版社出版单行本，张恨水亲自撰写了序言。1954 年 11 月，北京宝文堂书店出版。这是中华人民共和国成立后他发表并公开出版的第一部长篇小说。该作品的成功，使张恨水深受鼓舞。张恨水由此闯出一条写作的新路子，转向历史题材的小说创作。

之后，张恨水又连续写了《秋江》《牛郎织女》《白蛇传》《孔雀东南飞》《磨镜记》《逐车尘》《重起绿波》《翠翠》《男女平等》《凤求凰》《卓文君传》等十多部中长篇小说。

《白蛇传》

序

当我写《梁山伯与祝英台》和《秋江》之时，许多朋友都问我，为什么不写《白蛇传》？这一段故事有强烈的反封建思想。我说：要写的，但搜罗的书，自觉还不够全，稍微等待一下吧！

今年二三月，朋友的书，慢慢寄来。其中比较圆满的，是方成培（仰松）的《雷峰塔传奇》，冯梦龙的《警世通言》，墨浪子的《西湖佳话》和陈遇乾的《义妖传》。还有许多剧本。其中有不曾得着的黄圆珌(容之）的《雷峰塔传奇》，以及陈嘉言父女之改定本。但本子所印不多，陈本仅有传抄，所以我得的书，比较是可以相当的满足。

方本书出清朝乾隆三十七年，黄本出在乾隆三年，两书出版，相隔三十四年。黄本经阿英看过，共计三十二出。方本改为三十四出。后来扮演，都是根据方本。

《义妖传》共有若干部。我得着的一部，是苏州出版。其中对白，完全是苏州话，而且错字很多，外省人不易懂。书是道光三年出版。距方黄本子，也有八十年和五十年了。拿三书比较，方本自好的多。譬如盗库一场，黄本叙许仙到官，发配苏州，方本就改掉了，写许逃往苏州。又龟精盗巾，白氏命许氏穿戴……关于此层，黄本有两出，方本皆为删去。这比旧本都好的多。不过，（白氏从）箱中取出八宝明珠巾，仍旧是萧太师故物，让许氏戴起来，当在虎阜游览，被捕快识破带官，发配镇江。这还不能打破旧戏套子。

故事对小青说法，共有两种：一、小青原是青鱼精，也有千年的道行，斗法不过，所以婢事白蛇。这种说法，自说部《警世通言》(明末)一直到《西湖佳话》(清朝乾隆）都没有改。二、小青是青蛇，由方本雷峰塔说起，一直到现在（黄本还说是青鱼精）。这一定型的造就，也够有三百年了。

这个神话的原始故事，比《警世通言》还要早，约发生在南宋孝宗淳熙年间。清《平山堂话本》有《西湖三塔记》，而他小说所记的故事，上有地名、官制名称，和南宋所称一样，这是老大一个证据。塔记里大概是这样说，临安府的少年奚宣赞，救了一个失路的女子白卯奴，后来遇见了穿黑衣的老太太和一个穿白衣的少妇。少妇就和姓奚的同居了半月，几乎要吃掉他，还是白卯奴救出。此后由道士收伏了三妖，镇在三潭印月下面。这三个妖怪，白卯奴是鸡精，黑衣老妇是獭精，白衣少妇是白蛇精。这个故事，当然是很粗糙，但是可以看到《白蛇传》是怎么样来的。

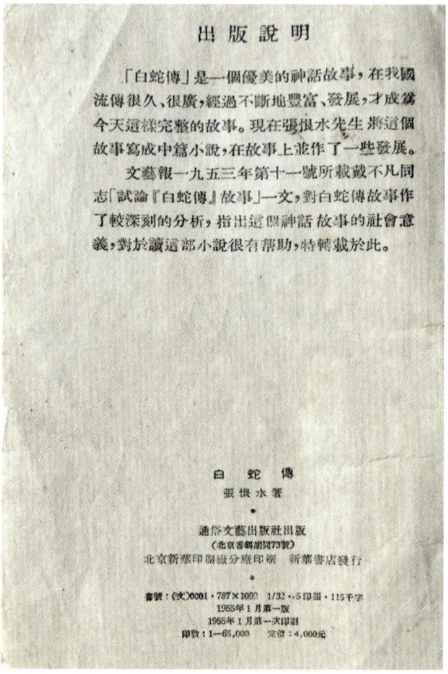
出版說明

「白蛇傳」是一個優美的神話故事，在我國流傳很久、很廣，經過不斷地豐富、發展，才成爲今天這樣完整的故事。現在張恨水先生將這個故事寫成中篇小說，在故事上並作了一些發展。

文藝報一九五三年第十一號所載戴不凡同志「試論『白蛇傳』故事」一文，對白蛇傳故事作了較深刻的分析，指出這個神話故事的社會意義，對於讀這部小說很有幫助，特轉載於此。

白蛇傳
張恨水著
*
通俗文藝出版社出版
（北京香餌胡同73號）
北京新華印刷廠分廠印刷 新華書店發行
*
書號：(文)0001·787×1092 1/32·,5印張·115千字
1955年1月第一版
1955年1月第一次印刷
印數：1—65,000 定價：4,000元

1955 年 1 月，北京通俗文艺出版社初版《白蛇传》

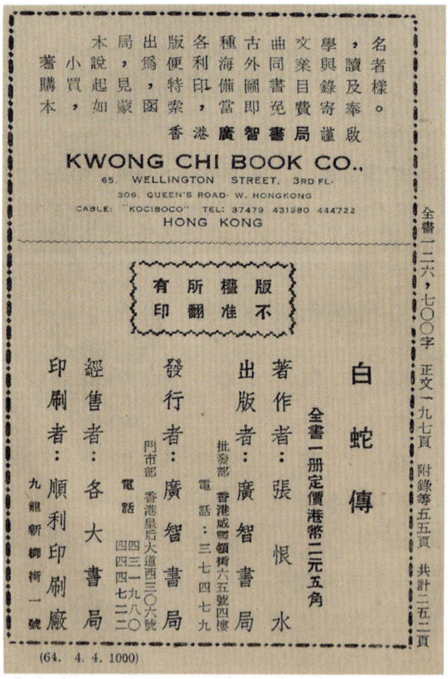
本局出版各種古曲文學，名著小說，爲便利海外同業與讀者購買起見，特印備圖書目錄及樣本，如蒙函索，當即免費寄奉。
香港廣智書局謹啟
KWONG CHI BOOK CO.,
65. WELLINGTON STREET, 3RD FL.
306. QUEEN'S ROAD W. HONGKONG
CABLE: "KOCIBOCO" TEL: 37479 431980 444722
HONG KONG

版權所有 不准翻印

白蛇傳
全書一册定價港幣二元五角
著作者：張恨水
出版者：廣智書局
批發部 香港威靈頓街六五號四樓
電話：三七四七九
發行者：廣智書局
門市部 香港皇后大道西三〇六號
電話 四三一九八〇 四四四七二二
經售者：各大書局
印刷者：順利印刷廠
九龍新柳街一號
全書一二六，七〇〇字 正文一九七頁 附錄等五五頁 共計二五二頁
(64. 4. 4. 1000)

1964 年 4 月，香港广智书局出版的《白蛇传》

在元时代，似乎没有著述。在明末时代，倒演过这种戏。那时候，山阴祁彪佳以藏书著名。自己作有《曲品》，说：“《雷峰塔》，陈六龙撰，相传雷峰塔之建，镇白娘子妖也。”只可惜他在明亡殉国，这部书已失传了。幸得他儿子祁奕庆藏有藏书楼目录，所以“雷峰塔记”这个名词，今日才流传下来。在这同时，冯梦龙的《警世通言》里的“白娘子永镇雷峰塔”也出世了。我们理想这个白娘子的故事，那时一定是盛行在吴越民间的。

综上所说，这事大概发生在南宋，盛传在明末，盛传地点是吴越之间，后来就逐渐盛行全国了。这个戏定型的白素贞是白蛇，是一个伶俐的女子，不过这里还有妖形存在。小青是个青蛇，定型是聪明、坚强、富于斗争性。许仙大概是个善良成分，但是耳朵软，尤易动摇，结果几为反动人物。结果，白青二人写明确一点就够了，许仙却完全需要改造。试问：白素贞为什么看重了许仙？为什么为许仙死而无怨？这里面一定有个原故存在。所以我在本书里面，完全把许仙写好。

1956 年 7 月，日文版《白蛇传》

白素贞等三个定型拟定好，这就要研究怎样写。许多书多是从游湖写起，下山收青等事删掉不写，这个我很同意。下山收青，这和许仙故事丝毫没有关系。再写就是定情，小青盗宝这一层。

我以为白蛇要用银子，哪里都可以弄到，何必去弄些钤印宛然的库银，所以我把它删了。下面是到苏州去开店，但是太突然了，我就添写西湖夜话，暗暗记下断桥这一段。至于许仙向店里辞工，写老板、伙计的矛盾，也多一点，就添在夜话和苏州开店中间。

至于许仙发配，白青赶到苏州，以至女店主劝合，那完全多余，而且许白的婚约，这样一来，太不坚定，这里一律删掉。苏州开店，当然生意很好，但是施诊这一段，旧本子多半没有，《义妖传》上也只施放避瘟散。新本子上也是有无各半，写得也太少，我就加强写了此段。驱逐道士一段，有人认为是释、道之争，我仔细看来，还不像。我把它写定在端午前头，才接上法海出来，这样一来既不是突然而来，二来许仙对法海的话丝毫不信，也更觉许仙可爱。端阳惊变，白氏出现原形，我改为暗写，好在看书的人，一定明白。求草一段，这与新旧本子，没什么分别。但写到最后一段，许仙为求草感动似乎更生动些。第二次发配，当然我不写，写了法海将许仙诳了去的。这样一来，表示许氏并无心。最后我写哭塔、倒塔两段，哭塔田本写许士林，我写的是许仙；倒塔写白氏被关更长一点，许家只略提一笔。因为这是一个悲剧，虽然白氏已救出来了，但仍不失一个悲剧成分。

这样写法，是否合理，我不得知。但是《白蛇传》是往更好的路上写，这个原则似乎还没有弄错。还有小青出走，另谋配偶，像陈本《义妖传》里所写，根本无此必要，当然不写。

总而言之一句话：《白蛇传》完全在摸索，读者能给予我一条正路，是笔者十分喜欢的。

张恨水

一九五四年十月二十日

【注】长篇小说《白蛇传》单行本 1955 年 1 月由北京通俗文艺出版社出版。为便于读者阅读，小说正文前刊载戴不凡的《试论〈白蛇传〉故事》一文。1964 年 4 月，香港广智书局出版《白蛇传》第一版。1956 年 7 月，日本汉学家常石茂翻译的《白蛇传》由日本河出山房出版。

《牛郎织女》

序

牛郎织女这个故事，相传有一千多年了。若是照他们星宿，书上有名，那就更远，有二千年开外了。诗经《小雅·大东》篇上说："跂彼织女，终日七襄。"又说："睆彼牵牛，不以服箱。"古人把这两颗星连着说，日子也很长远了。

至于牵牛织女，他们配成了夫妇，现在有书可查的，系在晋代。宗懔所撰《荆楚岁时记》，曾说"……是天帝外孙。……七月七日，牵牛织女会天河，此则其事也。"这就给我们画了一个轮廓。到了萧梁的时代，说得更清楚一点。任昉所撰的《述异记》，冯浩引了他一段文笺注李义山《七夕》诗说："大河之东，有美女丽人，乃天帝之子。机杼女工，年年劳役，织成云雾绢缣之衣，辛苦殊无欢悦，容貌不暇整理。天帝怜其独处，嫁与河西牵牛之夫婿。自后竟废织纴之功，贪欢不归。帝怒，责归河东，一年一度相会。"这故事详细些，但是他说是天帝之子，而一年一会，

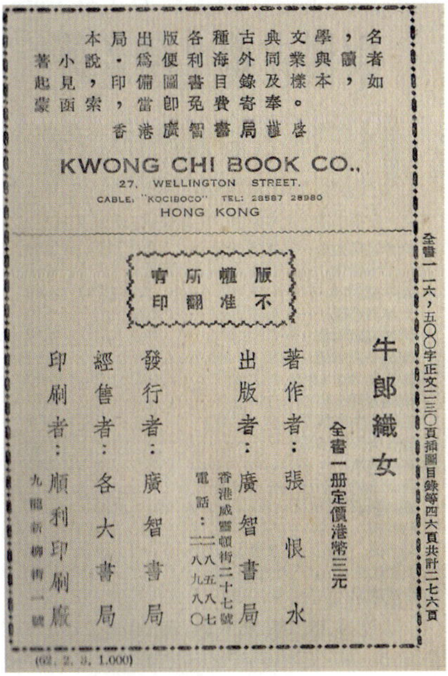

本局出版各種古典文學，名
著小說·爲便利海外同業與讀者
起見，印備圖書目錄及樣本，如
蒙函索，當即免費寄奉。
香港廣智書局謹啓

KWONG CHI BOOK CO.,
27, WELLINGTON STREET.
CABLE: "KOCIBOCO" TEL: 28587 28980
HONG KONG

版權所有 不准翻印

牛郎織女

全書一冊定價港幣三元

著作者：張恨水
出版者：廣智書局 香港威靈頓街二十七號 電話：二八五八七 二八九八〇
發行者：廣智書局
經售者：各大書局
印刷者：順利印刷廠 九龍新柳街一號

全書一一六，五〇〇字正文二三〇頁插圖目錄等四六頁共計二七六頁

(62, 2, 3, 1,000)

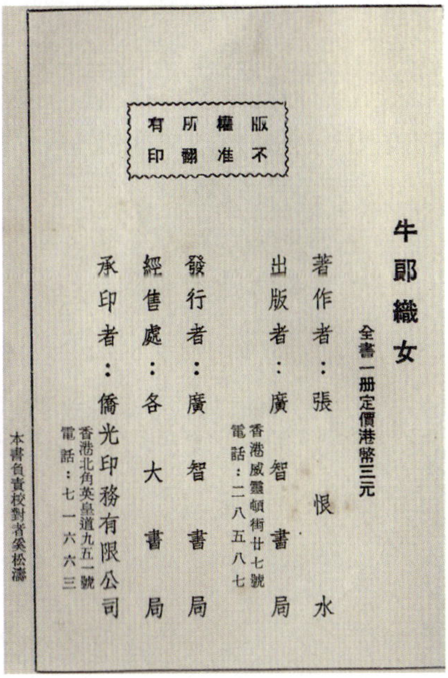

版權所有 不准翻印

牛郎織女

全書一冊定價港幣三元

著作者：張恨水
出版者：廣智書局 香港威靈頓街廿七號 電話：二八五八七
發行者：廣智書局
經售處：各大書局
承印者：僑光印務有限公司 香港北角英皇道九五一號 電話：七一六六三

本書負責校對者吳松濤

二十世纪五六十年代，香港广智书局出版《牛郎织女》单行本

也没说是哪一天。于是又找了《续齐谐记》，略微补充。该记也是梁人吴均所撰。他说：“桂阳成武丁，有仙道。谓其弟曰：七日织女当渡河。弟问曰：何事渡河？答曰：暂诣牵牛。至今云，织女嫁牵牛也。”他这文里，虽没提到织女是天帝外孙，可是点明了七日相会。可想在六朝时代，已经规定七月七为渡河相会之期，已没有问题了。

不过织女的来历，各家有各家的见解。《史记·天官书》：“婺女，其北织女，天女孙也。”《汉书·天文志》：“织女，天帝孙也。”《晋书·天文志》：“织女三星在天纪东端，天女也。”你看，这三家的史书，《晋书》同《史记》《汉书》，就差了一代。所以我们为下笔的便利，觉得还是根据《荆楚岁时记》为天帝的外孙，比较妥当。因为相传天帝姓张，戏上牵牛投胎也姓张，若是织女为天帝的孙子，古来同姓不婚，那么织女就没有嫁牵牛的可能了。

至于织女嫁牵牛的传说，我理想中汉朝就有，《淮南子》：“乌鹊填河成桥，而渡织女。”虽然，他说的是乌鹊，而不是喜鹊。但乌鹊填河之说，汉武帝时代，淮南王刘安就著书立说了。这样说起来，离二千年也就不远了。此外，汉晋文人为文牵连到织女牵牛的也很多，唐朝更无须说，可以说随处皆是。但是都是些断简零篇，整编的故事还不多见。所以这个故事，尽管长远，拿他编成一个说部，和民间传说打成一片，也不多见。

前二十年的时光，曾有一套笔记，说彼收到牵牛织女一部书，题目是《新刊全像牛郎织女传》。书共四卷，共四十五题。据说，系明末朱名世编的。但此书，我并没有见过，与民间传说打成一片，更系不可能了。于是我就私下酌量，要编这样一部书。

按照《岁时记》的传记，编起一部书，那当然出于私人的创造，不是前人的说法，而且杜撰太多，也不能与民间传统相配合。那么，只有根据戏剧以及民间传说，打下作小说的基础。不过有些太过分了的，如牛郎嫂子嘎氏，似乎太随便了一点。而且嘎氏姓这样一个姓，好像还没有，应当改掉。至于牵牛织女虽然认识，没交代何以认识。我就加了牵牛短笛、织女箜篌，弹起来非常配合，所以成了艺术之交。还有那喜鹊填桥，不顾生死，那究竟为着什么？所以我添了牛郎不要小孩打喜鹊等小动作。再还有牛郎的哥哥，大部分是好人，但是不够积极。嫂子宣氏，好吃懒做，还一味奢骄。我就写牛郎织女总是退让，使他两人完全变作一个好人。还有若干节小地方，我都极力写好。自然，虽是我交给朋友看过，又加削了许多，不过，一定漏洞还多，尚望读者指正为要。

一九五六年八月

【注】小说《牛郎织女》1954 年由中国新闻社发往海外华文报纸连载，至 1955 年完毕，之后由香港广智书局于 20 世纪五六十年代出版。

《五子登科》

前言（序）

这部书，是日本投降后，描写一个国民党北平接收专员，沉醉在五子之中。所谓五子，不是以前所谓五子齐名的五子，是金子、车子、女子、房子、票子。其实还不止这五子，要数一数，这就多了。所以在当时，有五子登科的称号，“恭维”这些接收专员。

这部书的大致内容是，日本投降后，重庆派了一个接收员金子原，来到了北平（当时不叫北京）。在以前信件里就有刘伯同、张丕诚二人，在北平布置一切。刘张二人，也是最坏的东西。刘使用了美人计，叫他的小姨子杨露珠，伺候金子原，后来就当了秘书。张也不肯退让，就介绍了戏剧界的演员田宝珍，及汉奸留下看守房产的刘素兰，从中认识。不过田宝珍老于世故，金子原要田嫁他，还要丢了戏不唱，因之田宝珍弄得了金子原一笔钱，就偷跑了。刘素兰倒是还好，她总是一个不即不离的样子。

金子原接收房屋，已是发了大财。接收的汽车，不知其数。

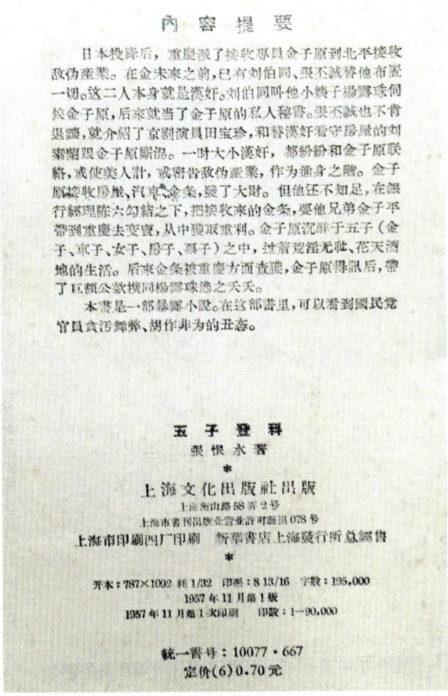

内容提要

日本投降后，重慶派了接收專員金子原到北平接收敌伪産業。在金未來之前，已有刘伯同、爽不誠替他布置一切。这二人本身就是漢奸。刘伯同叫他小姨子楊露珠伺候金子原，后來就当了金子原的私人秘書。爽不誠也不肯退讓，就介紹了京剧演員田宝珍，和替漢奸看守房屋的刘素蘭跟金子原厮混。一時大小漢奸，都紛紛和金子原联絡，或使美人計，或密告敌伪産業，作为進身之階。金子原接收房屋、汽車、金条，發了大財。但他还不知足，在銀行經理陈六勾結之下，把接收來的金条，要他兄弟金子平帶到重慶去变賣，从中獲取重利。金子原沉醉于五子（金子、車子、女子、房子、票子）之中，过着荒淫无耻、花天酒地的生活。后來金条被重慶方面查獲，金子原得訊后，帶了巨額公款携同楊露珠逃之夭夭。

本書是一部暴露小說。在这部書里，可以看到國民党官員貪污舞弊、胡作非为的丑态。

五子登科
張恨水著
*
上海文化出版社出版
上海紹興路58弄2号
上海市書刊出版业营业許可証出078号
上海市印刷四厂印刷　新華書店上海發行所总經售
*
开本：787×1092 耗 1/32　印張：8 13/16　字数：195,000
1957年11月第1版
1957年11月第1次印刷　印数：1—90,000

統一書号：10077·667
定价(6)0.70元

1957年11月，上海文化出版社出版《五子登科》及香港南国出版社出版《五子登科》

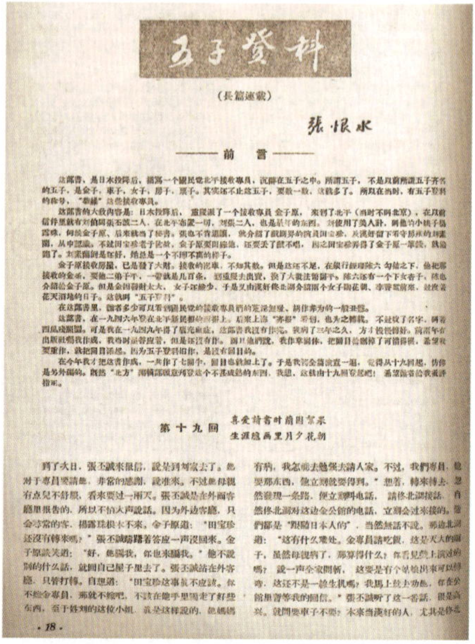

五子登科

（長篇連載）

張恨水

前言

第十九回

·18·

《北方》杂志 1957 年第 4 期刊登的《五子登科》第 19 回

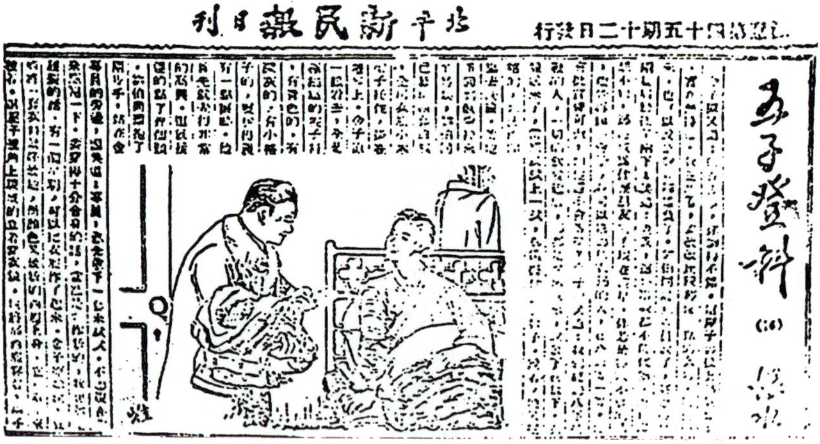

北平《新民报》连载《五子登科》

但是这还不足，在银行经理陈六勾结之下，他把那接收的金条，要他二弟子平，一带就是几百条，到重庆去出卖，换了大批法币回北平。陈六还有一个下女杏子，陈也介绍给金子原。但是金因发财太大，女子还嫌少，于是又由汉奸佟北湖介绍两个女子陶花朝、李香絮前来，过着花天酒地的日子。这就叫“五子登科”。

在这部书里，读者多少可以看到国民党接收专员们的荒淫无耻、胡作非为的一般丑态。

这部书，在一九四七年登在北平《新民报》的画报上。后来上海《亦报》看到，也为之转载。不过改了名字，叫着《西风残照图》。可是我在一九四九年得了脑充血症，这部书我没有作完。我病了三年之久，方才慢慢转好。前两年有出版社嘱我作成，我当时虽答应着，但是还没有作。而且他们说，我作章回体，把回目给删掉了可惜得很，希望我要重作，就把回目添起。因为《五子登科》旧作，是没有回目的。

在今年我才把这本书作成，一共作了七回半，回目也就加上了。于是我将全篇检查一遍，觉得从十九回，仿佛是另外编的。既然《北方》编辑部愿意刊登这个不甚成熟的东西，我想，这就由十九回登起吧！希望读者给我批评指正。

原载《北方》杂志 1957 年第 4、5、6 期

【注】小说《五子登科》连载于 1947 年 8 月 17 日至 1949 年 2 月 26 日北平《新民报》画刊。其间，1948 年 3 月 6 日至 6 月 30 日，小说又被南京《新民报》晚刊副刊《夜航船》转载。

张恨水中风后不久，小说又于1949年11月1日至1950年3月，更名为《西风残照图》，连载在上海《亦报》，此前未完部分由好友左笑鸿续写。1957年，张恨水应上海文化出版社要求，自己补写七回半，完成之前未完成部分，将前面章节改为回体，当年4月，小说自第19回起，以续集之名连载于哈尔滨《北方》杂志第4、5、6期，特地加上“前言”说明原委。

本书将此“前言”作为“序”收入，便于读者了解《五子登科》的版本演变。

《孟姜女》

后记（跋）

孟姜女的故事，在北宋年间就已盛传了。这故事很像是“杞梁之妻”的误传，可是杞梁是齐国的勇士，他妻因哭他，因而城为之崩，自己赴淄水而死。这与万喜良修筑长城，截然为两事。不过故事虽不相同，但故事由这里发展而来，却毫无疑问。而且有好多故事或传说，也叫筑长城而死的人为杞梁。唐诗僧贯休，作了一首诗，就直称为杞梁。此外，叫万杞梁、范喜良等等的也很多。因为这故事开首多是唱的，音同字不同，唱得不错，也就是了。后来就这样传了一千多年，传得无处不唱，就塑成了万喜良和孟姜女的形象。

孟姜女的故事流传如此之广，但我们要问孟姜女是哪里人氏，那就答复得很杂乱。河北所唱的，说她是河北人；广东、福建、江苏所唱的，又说她是广东、江苏人。至于一府一县，若有一种孟姜女唱词，简直就说是某县人。虽然这是一个民间传说，可是要写小说，就不能不把她的家乡交代一番，所以我在故事书上一查，究竟孟姜女有一定的故乡没有。后来查出来了，她是河南杞县人。这个书，是南宋周煇所作的《北辕录》，有如下文一段：“八日至雍丘县，次过范郎庙，其地名孟庄。庙塑孟姜女，偶坐配享者，蒙恬将军也。”雍丘现在叫作杞县，这就说孟姜女是河南杞县人了。

今天谈到长城，就当联想到大家熟知的山海关，因之修万里长城的传说，就说山海关是当日孟姜女哭久塌城的所在。其实这是不对的。山海关是明朝所建，当年秦朝修长城是西起临洮，东抵鸭绿江边，离山海关还远呢。所以山海关有孟姜女庙，是伪托得太近代化了。而且说孟姜女寻夫的故事，凡是西北各省，都说尸首是在山西、陕西、宁夏一带发现的，对山海关根本没有提起。

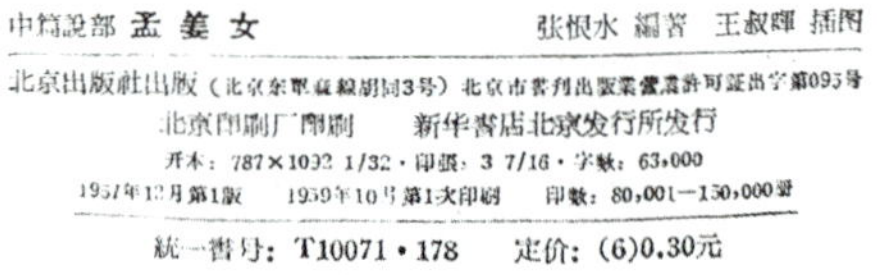
中篇說部 孟姜女　　张恨水 編著　王叔暉 插图

北京出版社出版（北京东單裱褙胡同3号）北京市書刊出版業營業許可証出字第095号

北京印刷厂印刷　　新华書店北京发行所发行

开本：787×1092 1/32・印張：3 7/16・字數：63,000

1957年12月第1版　　1959年10月第1次印刷　　印數：80,001—150,000册

統一書号：T10071・178　　定价：(6)0.30元

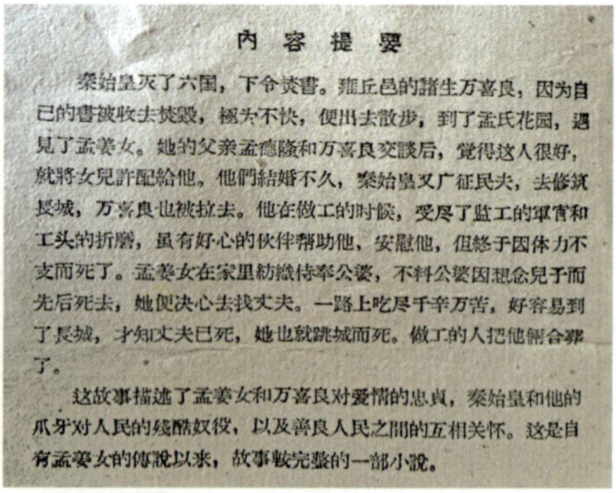
内容提要

秦始皇灭了六国，下令焚書。雍丘邑的諸生万喜良，因为自己的書被收去焚毁，極为不快，便出去散步，到了孟氏花园，遇見了孟姜女。她的父亲孟德隆和万喜良交談后，覺得这人很好，就將女兒許配給他。他們結婚不久，秦始皇又广征民夫，去修筑長城，万喜良也被拉去。他在做工的时候，受尽了監工的軍官和工头的折磨，虽有好心的伙伴帮助他，安慰他，但終于因体力不支而死了。孟姜女在家里紡織侍奉公婆，不料公婆因想念兒子而先后死去，她便决心去找丈夫。一路上吃尽千辛万苦，好容易到了長城，才知丈夫已死，她也就跳城而死。做工的人把他倆合葬了。

这故事描述了孟姜女和万喜良对愛情的忠貞，秦始皇和他的爪牙对人民的残酷奴役，以及善良人民之間的互相关怀。这是自有孟姜女的傳說以来，故事較完整的一部小說。

1957年12月，北京出版社出版《孟姜女》插图本第一版我到过西北古代的边塞，觉得此项传说，还以西北人民所称为宜，所以我写这小说就没有山海关一段。

谈孟姜女，又不免谈到她的父亲是个员外。员外是唐朝时候才有的，秦朝怎能有？据传说，孟姜女家是很有钱的，因此她父亲就是个员外。除了时代不谈，这也是很不适宜的。所以传说中孟姜女的父亲是员外，我这里也不取。

关于秦代衣冠，当然我也只知道这么一点点。不过我们既然要谈秦代的事，虽然只知道一点点，我看这一点点也是好的。因为写秦时的人，关于风俗习惯，我们固然不大明了，但是写得总要近乎古代一点。譬如秦代没有桌椅，就坐在地上。秦时没有书籍和纸笔，就刻成竹简。这总是应该这样写的吧？另外，在孟姜女故事里，似乎还应该加点唱歌。但是这个歌，要近乎秦代的歌，我自然做不来。就是勉强凑成一个歌，恐怕也为读者所不欢喜，所以只好免了。至于说到语言问题，我自己知道这是成绩毫无，用得着打一个叉叉；但是秦代语言，现代人没有法子写，就是有法子写，古代语言与近代语言不同，恐怕读者也会觉得“佶屈聱牙”，没法子懂了。所以我写这小说，只是对近代名词尽量避免。这自然是不古，好在没有古人说近代语，这或者勉强可以吧？还有神话这一点，我略微采用一点，最主要的便是长城自倒。其他可以不用的，就尽量少用了。

一九五七年十二月

【注】小说《孟姜女》是张恨水根据民间传说改写的，是自

有孟姜女传说以来故事较完整的一部小说。这部小说的完成，标志着张恨水完成了对中国民间四大爱情故事（牛郎织女、白蛇传、梁山伯与祝英台、孟姜女）的系列改编。

1957 年 1 月 1 日，张恨水《我的写作计划》在《光明日报》第 2724 期第 2 版发表，表明了张恨水这一年的创作目标："我自己虽然有一点计划，但是很不成熟，恐怕交不了卷。不过既然问到了，那不成熟的东西，也就奉告一二。

"第一，我现在正改写《五子登科》。这书曾在北平《新民报》上登过，后来上海报业转载了。不过这书，未曾完篇，我现在正把它续成起来。书是写那时候的（日本刚投降）接收大员，在北平为非作恶的事情。全书约二十万言。

"第二，《孟姜女》。这是民间传说，流传很广的故事。虽然书流传很广，见诸文字的多是一种歌谣。其间虽有几篇像是小说，也太不完全。至于孟姜女生在秦代，所有一切起居饮食等等的动作，也好多没有提到。我打算写这样一篇，大约有十几万言。

"第三，《天仙配》。这是我家乡的黄梅戏，原是高腔戏，其中《路遇》与《分别》，出自高腔的《槐荫别》。至全部情节，大约出在《董永遇仙传》，当然书的本身，有好多毒素，黄梅戏改了。不过《董永遇仙传》，它的剧本，说是《雨窗欹枕集》里面有。这书我还没有看见。好在最古的一本《清平山堂话本》，有《董永遇仙传》，我倒有了一部。我想改写这样一部书。

“计划是如此，当然，一年的时间很长，也许我写别的东西，这计划未能完全实现，也未可知。”

本文是小说《孟姜女》的后记，本书将其列为“跋”，特此说明。

《孔雀东南飞》

楔子（序）

《孔雀东南飞》故事收入乐府，是一首好诗。我们查一查，共有一千七百六十五字，为我国至长的一首诗。至于何人所作，没有人知道。诗前面有序，当然是后人补的。序说：“汉末，建安中，庐江府小吏焦仲卿妻刘氏，为仲卿母所遣，自誓不嫁，其家逼之，乃投水而死。仲卿闻之，亦自缢于庭树。时人伤之，而为此辞也。”这篇序，虽属短短的几句，也可见那时人对于这事的悲哀。序里所说建安，是汉献帝的年号，不久，汉亡，曹丕篡汉，进入三国时代，到现在也就有一千七八百年了。一千七八百年，这篇诗犹脍炙人口，可见婆婆虐待儿媳，也已传之很久。诗上末尾说：“多谢后世人，诫之慎勿忘。”为婆婆的真可以三思。

诗上称的焦、刘二氏的家，是庐江府。这庐江府，就是现在的安徽潜山县。潜山县在汉末时代，和曹操的地区交界。在那个时候，那里是很丰美的地方。庐江府地区是属东吴的，不过地虽属东吴，名义上还是汉朝，所以老百姓自称大汉之民。至于地势，靠北边一带，就是几百里不断的皖山。靠南一带，差不多都是平原。那时潜河还相当深，几百担的船可以相通，山水也十分秀丽。

我也是潜山人，家住在黄土岭，离出事的地点小市港，相距只四十里路。有时回家看看，对刘兰芝的事，诗尽管读得烂熟，事就在我家乡附近，我简直不知道。现在把县志一查，向几个老人一问，才晓得焦、刘二氏的地方，都在南乡，而且刘家就在小市港。据一般人传说，二棺合葬的地方，叫作“小渡”。“小渡”面临的大坂，叫作“阿焦坂”。这些故事，六十年以前的老人，大多晓得。六十年以后，大概慢慢地忘了。

这次我决定将《孔雀东南飞》改为小说，就写信回家，问问情形。家中人得信之后，便细细探访，把得来情形告诉了我。回信还说，焦、刘二家的后代，还没有寻着。至于“小市港”，果

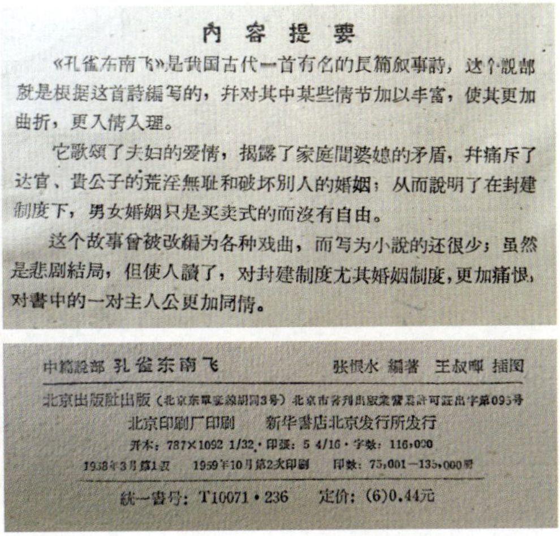
内容提要

《孔雀东南飞》是我国古代一首有名的長篇叙事詩，这个說部就是根据这首詩編写的，并对其中某些情节加以丰富，使其更加曲折，更入情入理。

它歌頌了夫妇的爱情，揭露了家庭間婆媳的矛盾，并痛斥了达官、貴公子的荒淫無耻和破坏别人的婚姻；从而說明了在封建制度下，男女婚姻只是买卖式的而沒有自由。

这个故事曾被改編为各种戏曲，而写为小說的还很少；虽然是悲剧結局，但使人讀了，对封建制度尤其婚姻制度，更加痛恨，对書中的一对主人公更加同情。

中篇說部 孔雀东南飞　张恨水 編著　王叔暉 插图

北京出版社出版（北京东單裘家胡同3号）北京市書刊出版業營業許可証出字第095号
北京印刷厂印刷　新华書店北京发行所发行
开本：787×1092 1/32・印張：5 4/16・字数：116,000
1958年3月第1版　1959年10月第2次印刷　印数：75,001—135,000册
統一書号：T10071・236　定价：(6)0.44元

1958 年 3 月，北京出版社出版《孔雀东南飞》（插图本）第一版

然一度改名叫“小吏港”，这表示纪念一位小吏。到了清朝，不知为什么原故，又改称为“小市港”，恢复了原名。“阿焦坂”却没有改掉（这个阿字，又说是个卧字）。不过，这里发过大水，完全改变了样子，关于小渡的情形，却没有提到。我打算异日还家之便，亲自到“阿焦坂”“小渡”看看，或者能得点什么东西，也未可料。但是“小市港”为焦刘婚姻经过一场热闹，大概无问题吧。

现在言归正传，就在这里下笔。

【注】小说《孔雀东南飞》完稿后，于 1956 年 8 月 2 日至 11 月 13 日连载在上海《新闻报》副刊《人民广场》。1958 年 3 月，北京出版社出版《孔雀东南飞》单行本插图本，配有王叔晖创作的插图 17 幅。

为便于读者加深对这部小说的理解，本书将原小说的“楔子”列为“序”，特此说明。

他序

《过渡时代》

钱芥尘序

新旧之争，直至近日犹未尽泯。《儒林外史》描写旧社会，可谓淋漓尽致，唯限于时代，对于新社会之状态阙如，新旧未能对照，不能若恨水先生此著之入木三分也。

民十七之冬，愚与恨老同客辽沈，时《新民晚报》创刊，恨老即付以《天上人间》长篇巨著，且谓：将成三大时代之说部。何谓三大时代？即本书之《过渡时代》；《新民晚报》之《黄金时代》，后改《似水流年》；《青年时代》，刊《新闻报》，易名《现代青年》。故此书实为恨老经心之作，亦即得意之笔，先刊山西《太原日报》，转载于《南京晚报》，更应愚之请，易名《新人旧人》，揭诸《晶报》，历载晋、京、沪三报，而读者仍以未窥单行本为憾，感人之深，为何如耶！春明书店主人陈冠英君坚请恨老畀以刊行权，恨老勉允之，愚乐观厥成，爰志数语于简端。愚于恨老作品，有游夏不能赞一辞之感，今缀斯序，佛头

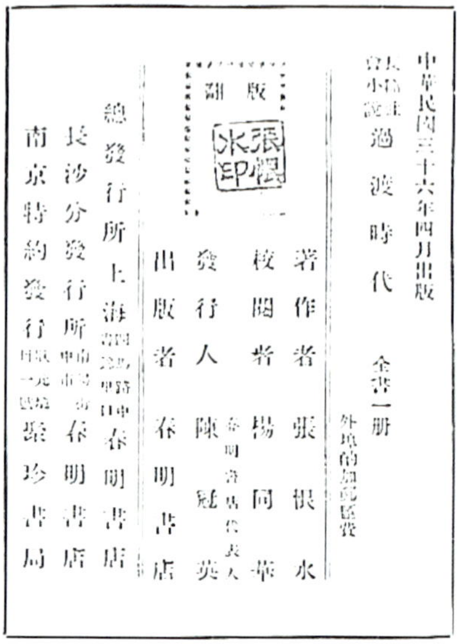
中華民國三十六年四月出版
長篇社會小說 過渡時代 全書一册
外埠酌加郵費
版 翻
張恨水印
著作者 張恨水
校閱者 楊同華
發行人 陳冠英（春明書店代表人）
出版者 春明書店
總發行所 上海 春明書店
長沙分發行所 春明書店
南京特約發行 翠珍書局

1947 年 4 月，上海春明书店初版《过渡时代》（全一册）

着粪，罪戾不鲜。

复次，恨老名满海内，知其文学修养之伟大，未知其生平奋斗之过程，请借此机缘，为读者告，或亦所乐闻欤？

恨老名心远，安徽潜山人，幼年旅赣甚久，故至今有以江西人目之。初执笔芜湖《皖江日报》，即试为长篇小说，《斩鬼传》即成于是时（作于北京，此处误——辑者注），虽不甚惬意，已为读者欣赏。入北平，为天津《益世报》作通信，兼《世界晚报》编辑，成《春明外史》巨著，斯报一度由其主持，赖外史单行本所售之资，以为挹注，价值可知。沪上《新闻报》严独鹤先生首得其作品，《啼笑因缘》为坊间最畅销之书，各地盗印版纷起，总计当逾百万册。恨老平居生活简单，清茗一瓯，纸烟数卷，已以为足。暇喜莳花，颇嗜京剧，登场爨弄，故能操胡索，夫人曼声歌之，唱和之乐，逾于画眉。说部中每借己身为书中主人翁，远若《春明外史》之杨杏园，近如《巴山夜雨》之李南泉，皆夫子自道，此中有人，呼之欲出也。

恨老之名自此愈甚，各报需求作品愈殷，同时为《申报》、《新闻报》、《晶报》、上海《晨报》、北平《世界日报》、北平《晨报》、《太原日报》、汉口《中山日报》治长篇小说，《大公报》主者胡政之先生拟请其至析津，专为大公执笔，谢绝其他各报，情意殷拳，恨老笃于友谊，病未能也。“九一八”祸作，东北沦陷，恨老奋起，于说部鼓吹义勇军甚力，为敌所忌，襆被南下，任《立报》编辑，旋自创《南京人报》于首都，自给自足，风行一时。“八一三”之祸又作，《人报》牺牲惨重，随政府西迁，卜居重庆南温泉，任《新民报》经理，入市负米，艰苦备尝，处之怡如，抗战必胜之信念坚强也。夫人周南女士豁达识大体，能相其夫，亦不以为苦。今恨老任北平《新民报》经理，销路为五社之冠，先声夺人，始克至此。

恨老处世接物，外圆内方，与世无争，与人无忤，然而愤世嫉俗，则一一形诸小说，刻划形容，有类画鬼，直同化境，蜀行北归，遵陆而抵首都，遍历名山大川，资料尤富，然写情细腻，则斯编与天上人间，叹观止矣。

中华民国三十六年四月钱芥尘

【注】《过渡时代》又名《新人旧人》，约 1932 年至 1934 年作于北平，同期或先后以《过渡时代》为名连载于《太原日报》

《南京晚报》。1935年12月2日至1937年5月21日被上海《晶报》转载时，易名《新人旧人》。1947年4月，由上海春明书店出版单行本，全一册，18回，近16万字。小说描写了社会上新旧分子的矛盾。

与小说同时刊发的尚有《张恨水三个时代》（西阶）一文："恨水先生的小说，虽然是理想构造的多，但略有背景的也不少，尤其是《春明外史》和《春明新史》，可说完全是社会上由一种人物的事实演绎出来，所以能活跃纸上。前数年恨水先生对我说，预备做三部小说，记述三个时代。第一是《过渡时代》，并无单行本，曾经登载《太原日报》；第二是《黄金时代》，最初登在沈阳《新民晚报》，未完，后来登在中国旅行社《旅行杂志》，改名《似水流年》，已有单行本；第三是《青年时代》，改为《现代青年》，登在上海《新闻报》，也有单行本。古人著书韦编三绝，可见其不肯丝毫苟且。现在恨水先生将《过渡时代》给本《晶报》刊登，改名为《新人旧人》，将以前的旧稿大加修正，内容格外精警。今日起刊登，幸读者注意。"

钱芥尘（1886—1969），原名家福，号须弥、炯炯，浙江嘉兴人。早年中秀才，曾被邀至蔡元培创办的《警钟日报》工作；辛亥革命后，参加章太炎的统一党，继马叙伦任上海《大共和日报》总经理，后创办《神州日报》《晶报》《新申报》《新中国杂志》以及《华北新闻》（天津）、《新民晚报》（沈阳），接办毕倚虹主编的《上海画报》。他介绍张恨水在《新闻报》发表小说《啼笑因缘》；与袁寒云结交，又深得张学良赏识，被聘为高等顾问，20世纪二三十年代，代表张学良联络报界；40年代，在上海主编《大众》杂志，1963年被聘为上海市文史馆馆员。

钱芥尘与张恨水多有交集，张恨水曾在《丹翁赐联（二首）》诗中以“知己提携钱芥老”称之。

《玉交枝》

钱芥尘序

张恨水先生小说的优点，以及他的生平，我在《过渡时代》单行本中，写过一点，觉得不够透。

写小说，不但要文字优长，结构曲折，尤其要“行万里路”，见多识广，九流三教的人，皆有接触，然后资料取之不尽，用之不竭。恨水抗战入渝，南归时不乘飞机，而走公路，由云南、贵州、广西、福建、浙江才到上海。抗战以前，只身遍游东北、西北，可说是足迹遍中国，对于各地的风土人情，留心观察，写的小说，也能层出不穷。

恨水前后所写小说，在一百种左右。初期作品，他认为不必流传，一部分不印单行本。所有作品，我把他分为四个时期：从北京《世界晚报》的《春明外史》开始，是谈情说爱时期，他很坦白地，自承带着一些鸳鸯蝴蝶派。“九一八”后，目击国难严重，所写的都拿义勇军作总结，鼓励一致对外，是抗日救国时期。在

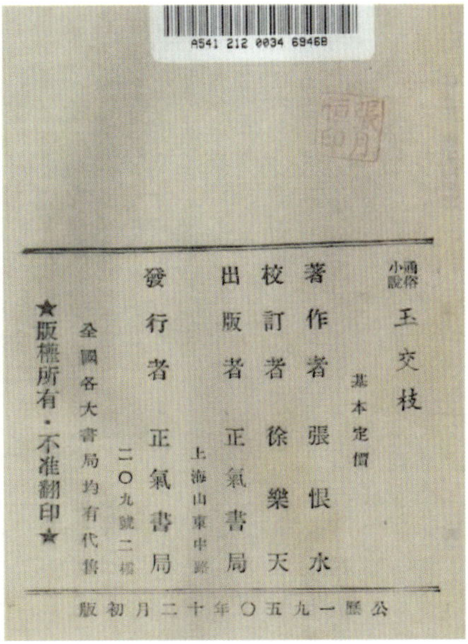
通俗小說 玉交枝

基本定價

著作者 張恨水

校訂者 徐樂天

出版者 正氣書局

上海山東中路二〇九號二樓

發行者 正氣書局

全國各大書局均有代售

★版權所有・不准翻印★

公曆一九五〇年十二月初版

1950 年 12 月，上海正气书局初版《玉交枝》

重庆八年，眼看着大后方国民党在政治上的昏庸，投机者的狡诈，纸醉金迷，醉生梦死，愤而写作，是暴露黑暗时期。由北京解放前夕以至新建首都，完成这部《玉交枝》，农民翻身，配合土改，是人民作家时期。他在重庆，曾有诗词，登在《新华日报》，很受特务的注意，但是他的思想更为进步，在本书和《牛马走》之中，流露言外。今后病体健康，再有新作，更将进一步为工农兵服务。

此书前部，登在《新闻报》（《新闻报》一度为反动派劫持，但严独鹤先生所编的副刊《新园林》，向不反动）。末两章嘱我细心校订。后半部登在《亦报》，都是上海畅销的报纸。正气书局为便利读友得窥全豹，为之印行，乐为之序。

一九五〇年十二月一日

【注】《玉交枝(上)》1948年11月21日至1949年5月25日连载于上海《新闻报》副刊《新园林》。

当时因为内战，津浦线多次中断，所撰“续稿不能寄到，不数节(第九章)即告中缀”。1949年10月1日，上海《亦报》刊发消息，称“兹以读者之请，并获得张恨水先生同意，将已刊出部分写成一短章，连同全稿准日内移到本报”。当月16日，《亦报》将原刊《新闻报》的《玉交枝》前九章故事，编成“前情缩记”一篇，分五天登完，自第六天(10月21日)，便是新一章(第十章)“意外风波意外了”。1950年2月结束，共八九万字。《玉交枝(下)》1949年载于上海《亦报》，因张恨水病未愈，由左笑鸿整理、收尾。1950年12月，上海正气书局出版单行本，分上、下册。张伍回忆道：“后因先父患脑溢血症，未能完篇，故由别人结尾，第二十二章收结及第二十三章均非先父原意和亲笔所写。1950年12月，上海正气书局出单行本，上、下两册，先父仍在病中，也未能进行修订。”

散文集自序（跋）

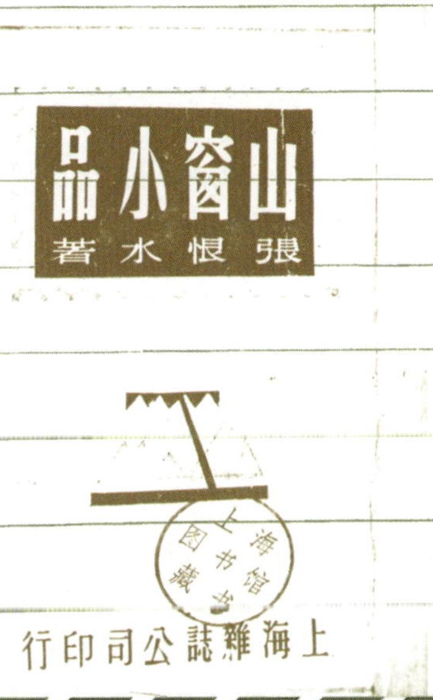

《怪诗人张楚萍传》

序

也应有泪流知己，只觉无颜对俗人。此袁子才《随园诗话》所收入之句也。故友张楚萍，喜读《随园诗话》，犹爱读此联。每于酒阑灯灺之间，风帘月户之畔，漫声低度，回环展诵，凄楚婉转，泪随声下。吾尝夜雨联床，与之同住小楼，每一闻其吟此，辄愀然不寐也。吾侪揣摩于此十四字之间，楚萍之身世，楚萍之才情，楚萍之人品，已可想象得之。吾仅揭此一事以告世人，世人当有以知楚萍；然楚萍之遗言遗事，而犹有此十四字所未能囊括者，则吾后死之人，乃不能不表而出之。语曰：十室之邑，必有忠信，楚萍而不死，楚萍又安知不有以示于世也，作《楚萍传》。

原载1926年1月3日至17日芜湖《工商日报》、北京《世界画报》

【注】《怪诗人张楚萍传》后被1929年4月北平《朝报》副刊《鹊声》及1933年1卷1期《金钢钻月刊》转载。

张楚萍系张恨水叔公张寿书（谱名兆良，字寿书，号犀草、雄才）笔名，生于光绪十七年（1891年）二月初三午时，卒于民国九年（1920年）七月初一，年仅29岁。安徽潜山黄岭张氏“九书”（寿书、忍书、传书、楷书、权书、校书、炳书、宝书、铭书）之一。

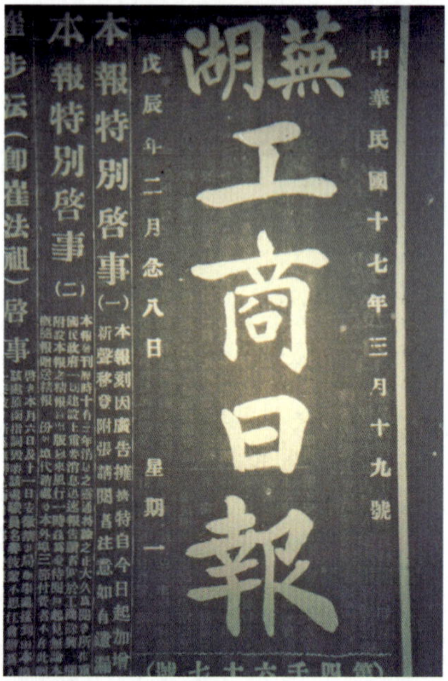

张楚萍性豪爽、善诗文，早年参加反袁活动，在辈分上虽长张恨水两辈，但两人年龄

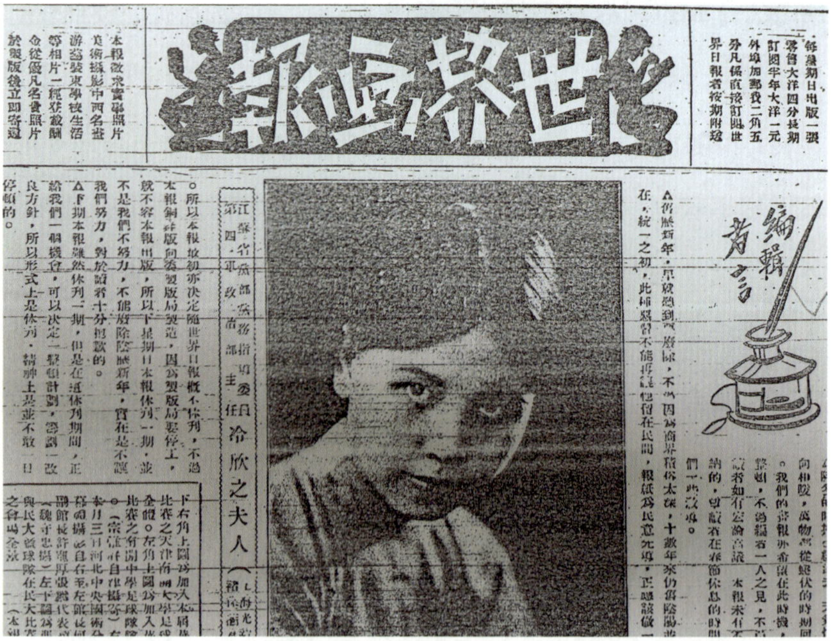

1926年1月3日至17日，《怪诗人张楚萍传》同时连载于芜湖《工商日报》、北京《世界画报》

相仿，他与张恨水交往密切，对张恨水写作多有帮助。张恨水曾在多篇诗文中表达对张楚萍的怀念之情：“平生一患难交，一族人张楚萍，一怀宁郝耕仁，一番禺郑慧英。萍以冤死于狱，至今寄棺黄浦。”“楚萍因闺中无画眉之妇，故流落在外，且七年矣。读予诗，以为不谅而规戒之，凄惨不复能语。今吾友亦死七年矣，一忆此事，终日不欢也。婚姻不自由，诚杀人之道哉！”

《怪诗人张楚萍传》是张恨水为故友所作的传并序。

《弯弓集》

自　序

烽烟满目，山河破碎，文人可于其时作小说乎？曰：可！

寇氛日深，民无死所，国人能于其时读小说乎？曰：能！

吾为此言，读者慎毋谓其有类痫作。请于读吾书前，作数分钟之犹豫，则吾自有说以毕其词也。夫小说者，消遣文字也，亦通俗文字也。论其格，固卑之毋甚高论，无见于经国大计。然微言大义所不能尽者，而小说写事状物，不嫌于琐碎，则无往而不可尽之。他项文字无此力量也。更退一步言之，即今微言大义，将无事物而不能尽之矣，然贩夫走卒，妇人孺子，则又不能了了于其所云者为何，而小说立词为文，不嫌于浅近，则又无人而不可以读之。他项文字亦无此力量也。今国难临头，必以语言文字，唤醒国人，无人所可否认者也。以语言文字，唤醒国人，必求其无孔不入，更又何待引申？然则以小说之文，写国难时之事物，而供献于社会，则虽烽烟满目，山河破碎，固不嫌其为之者矣。

人虽至冗，不无少暇，战虽至烈，不无少休。今于同赴国难

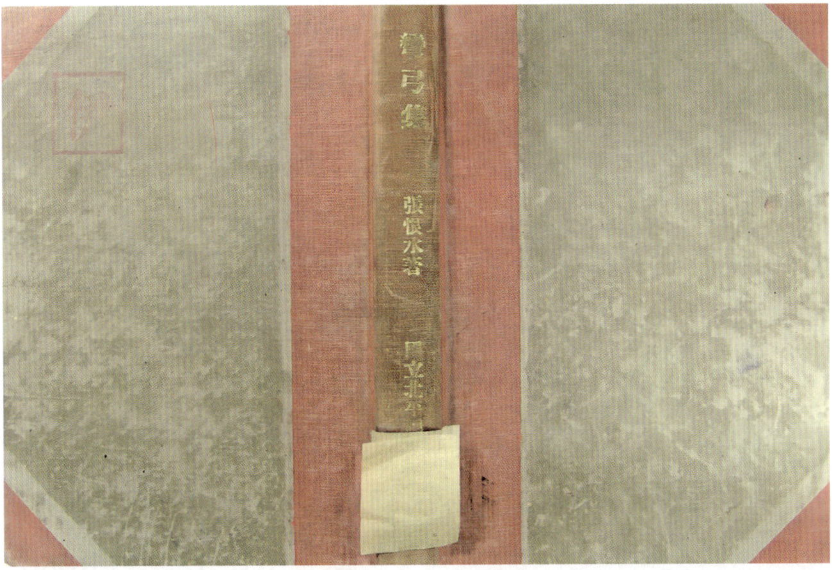

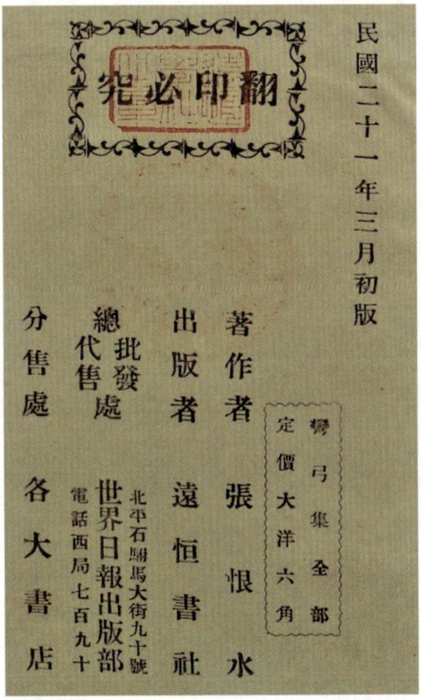

民國二十一年三月初版

翻印必究

彎弓集全部
定價大洋六角

著作者 張恨水

出版者 遠恒書社

總批發代售處 北平石駙馬大街九十號 世界日報出版部 電話西局七百九十

分售處 各大書店

1932 年 3 月，北平远恒书社出版《弯弓集》精装、简装版

之同胞，拼命战场之死士，偶有休歇，将何以进之，将何以慰之？酒肉乎？醉饱而已矣。好音美色乎？颓废志气而已矣。若于其间送以悲壮之图画，义勇之文字，纵曰消遣，不必有功，而至少于读者无损。是与其令人得其他片时之安慰，则稍读三数页小说，亦复何妨？吾闻战壕中，有吹口琴者，有开留声机者，则于战壕中一读国难小说，宁独不能？此又寇氛日深，民无死所，而小说之不必废者也。

清朝中兴诸将，以《三国演义》为兵书，尽世所知也。而洪秀全演义兴，民族革命之说，普遍的传播扬子江流域，亦过去无若干年月之事焉。如此者，是小说于经国大计，亦不必定其绝对无之。必谓绝对无之，则彼徒知《金瓶梅》《西游记》诸书而已。若《水浒传》《封神榜》，则犹不能谓不影响于国家之事也。不然者，草莽中标除贪官污吏之帜，与夫三尺小儿知纣王妲己之可诛者，其意义果何由而生乎？吾不文，何能作《三国》《水浒》？然吾固以作小说为业，深知小说之不必以国难而停，更于其间，略尽吾一点鼓动民气之意，则亦可稍稍自慰矣。若曰：作小说者，固不仅徒供人茶余酒后消遣而已。此吾于心焚如火，百病来侵时，尽二十日之力，而成此《弯弓集》者也。至于吾文如何，吾自知未必有何力量。谚有之：千里送鹅毛，物轻人情重。又曰：瓜子不饱是人心。今国难小说，尚未多见，以不才之为其先驱，则抛砖引玉，将来有足为民族争光之小说出也，正未可料，则此鹅毛与瓜子，殊亦有可念者矣。民国二十一年三月十二日，张恨水序于北京，时为革命家孙中山逝世七周年纪念，寒风怒号，黄沙蔽天，凄惨动人之际也。

跋

读者至此，读吾书既毕矣。吾文简陋，吾知当未有以惬读者之意。至对于吾作此书之动机如何，当不能毫无感想。以愚意揣测，则其说或有二焉。其一曰：此亦无足轻重，作者不过受良心上之驱使，尽其个人之天职而已。又其一曰：吾向读恨水为文，主张非战，今以非战之人，而作是战之篇，何也？恨水曰：果如前说，吾自当书诸绅以自勉。若如后说，则吾不嫌辞费，仍有以进于高明者也。

恨水陋人耳，乌足以言主张？今请举世间名人以为例。作《福尔摩斯集》之柯南道尔，科学家也。而其暮年，则提倡灵学，力主有鬼之论矣。新会梁任公，一代文杰也，而其毕生，则不惜屡以今日之我与昔日之我宣战矣。以二公明达，宁有不自知其是非出入之处，顾其环境有时而变，则文字上所发表之思想，遂亦未能生平一律。今人方盛谓文字为生活之反映，则其思想任何变迁，固有说以自解者已。

恨水的糊口而治之业，虽身长九尺，食粟而已。即言其文字，亦不过草间秋虫，月露晨风之下，自鸣自止，更何敢言思想之变迁与否？第以非战之人而作是战之篇，则其踌躇考虑，实不始于《弯弓集》。在吾方发表于报端之作，如《太平花》《满城风雨》二篇，已不惜推翻全案，掸其笔锋以是战矣。凡如此者，吾自认非矛盾之行动。盖以昔日中国内战不休，民无死所，吾人犹不非战，非仅为人道之所不容，而亦自觉置国家之创伤于不顾。至于今日，则外寇深入，国亡无日。而吾人耳闻目睹帝国主义者之压迫，为世界人类所不能堪。于此而犹言非战，更何异率吾民束手就缚之余，且洗颈而就戮？不愿就缚与就戮矣，则发扬民族思想，以与来束缚来戮者抗，理也，亦势也，更何疑焉？又弟有斗于室者，唾涕泣而道之，苟能息争，谦让之，拜揖之，可也。一旦明火执刀者夺门而来，视眈眈而欲逐逐，方将奴隶犬马我兄若弟，虽焚吾庐，流吾血，倾吾家焉，吾亦死而后已，犬马奴隶，所不能为也。《弯弓集》之作，亦如是而已矣。个人行动之矛盾，庸能计及哉？

吾书既成，自校一过，自视不能有何价值，顾一片热忱，当可见谅于读者。吾不能为篇中所述之桂恒王有济，然如车夫胡阿毛、木匠冯某，吾有笔在，宁不能一表彰之。吾滋愧焉，读者能不如吾之徒作愧语而已，则吾是篇之作，固不虚其心力矣！国中文坛，不乏明达，有千百倍大于吾是集之小说以发表者乎？吾固手之舞之，足之蹈之，而引领于下风者也。

民国二十一年三月二十七日张恨水跋

【注】1932年3月，张恨水注册了“远恒书社”，自费出版第一部抗战文学作品集《弯弓集》。作品包括小说《九月十八》《一月廿八日》《仇敌夫妻》，剧本《热血之花》，笔记《无名英雄传》，另外还有两组诗词，即《健儿词》七首和《咏史诗》四首。其中，小说和剧本“言情”与“抗战”并重。《弯弓集》隐喻“弯弓射日”，是中国人民英勇抗日的赞歌，表现了中华儿女的英雄气概，抒发了张恨水“一腔热血沙场洒，要洗关东万里图”的报国壮志，表现了张恨水身为一位文人的正义感及敏感的时代意识。该书的出版，引起了日军的注意，曾向在北平的张学良提出抗议。

《西游小记》

序

今岁五月，予作陕甘之游，意在调查西北民生疾苦，写入稗官。至于风景名胜，旅程起居，则非稗官所能尽收，乃另为一记游之文，投之本志。与本志主编赵先生约，盖已三月于兹矣。今征尘小歇，寄居牯岭，虽寓楼斗大，然开窗北视，远及百里，但见长江如带，后湖如镜，烟云飘渺，胸襟豁然。觉赵君之约，未容久违，遂即趁此逸兴，把笔追志。文以白话为之，取其通俗。而其内容，着重于旅行常识，俾为将来西北游者，略作参考。间以风土穿插之，以增阅者兴趣而已。记游之文，此本不合，然《旅行杂志》之命意，似当如是也。文中有图，亦记者所自摄，初为此道，佳构甚鲜，择其略可者入之，亦点缀篇章之意耳。

民国二十三年八月七日，序于牯岭望江楼

跋

当我打算作这篇游记的时候，本来只想写一两万字就为止的。不料动笔之后，觉得应该介绍给读者的事情，太多太多，以至于比原来计划的字数加增到一倍有多。还有许多琐碎，或不管旅行的，只好不写，免得拖长了，像是有意混稿费。现在对于全篇归总说几句。其一，到西北去，是很苦的，比旅行东南各省，那真是天上人间。不过当时是苦，事后回想起来，却又很有趣味。其二，关于旅客的安全问题，在陇东几个荒僻区域，略有点可虞。但是现在西兰公路管理局正式通车了，车子是西安、兰州两处每日对开。负责的人，在这种情形之下，总有妥当方法。其三，是旅费这件事。多带呢，可以不必，少带又不够用。兰州虽通用中

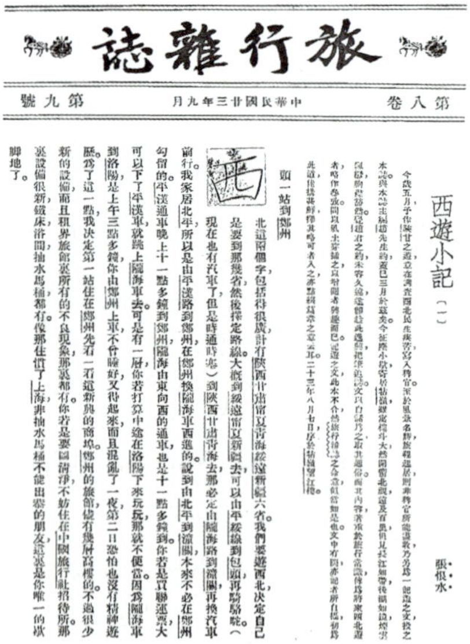

旅行雜誌

第八卷 中華民國廿三年九月 第九號

西遊小記（一）

張恨水

第一站到鄭州

西北這兩個字，包括得很廣，計有陝西甘肅寧夏青海綏遠新疆六省。我們要遊西北，決定自己是要到那幾省，然後擇定路線。大概到綏遠寧夏新疆去，可以由平綏線到包頭，再騎駱駝。（現在也有汽車了，但是時通時塞）到陝西甘肅青海去，那必定由隴海路到潼關，再換汽車前行。我家居北平，所以是由平漢路到鄭州，在鄭州換隴海車西進的。說到由北平到潼關，本來不必在鄭州勾留的。平漢通車晚上十一點多鐘到鄭州，隴海由東向西的通車，也是十一點多鐘到。你若是買聯運票，大可以下了平漢車，就跳上隴海車去。可是有一層，你若打算中途在洛陽下來玩玩，那就不便當。因為隴海車到洛陽，是上午三點多鐘，你由鄭州上車，不會睡好，又得起來，而且混亂了一夜，第二日恐怕也沒有精神遊歷。為了這一點，我決定第一站住在鄭州。先看一看這新興的商埠。鄭州的旅館，儘有幾層高樓的，不過很少新的設備，而且租界旅館裏所有的不良現象，那裏都有。你若是要圖清淨，不妨住在中國旅行社招待所。那裏設備很新，鐵床，浴間，抽水馬桶，都有。像那住慣了上海，非抽水馬桶不能出恭的朋友，這裏是你唯一的歇腳地了。

1934 年 9 月，《西游小记》开始连载于《旅行杂志》第 8 卷第 9 号

央银行的钞票，但是沿路不行，要用现洋，辅币而且是每段用法不同。最好在西安、兰州两处，分别在出发地先打好汇票。西安是火车直达的地方，不打汇票也可以。其四，是旅行卫生了。这是向西北旅行比任何内地要重要的。因为那边水是难得的，尘土又重，吃的喝的，恐怕非自己动手不能十分清静。可是出门的人，又哪能自弄吃喝呢？这只有一个诀窍，非熟不吃，非热不吃，也许保险一点。其五，过了西安，那边关于安置旅客的条件，一切不完备，到了西安，不妨向人多多打听，旅行的东西，也充足的带着，旅行参考书也很少。唯其是这样，所以这篇《西游小记》，作到四万多字，全篇完结。

【注】张恨水为体验生活，于 1934 年 5 月 7 日开始西北之行，至 7 月 29 日结束。《西游小记》是张恨水应上海中国旅行社《旅行杂志》主编赵君豪之约而作，此前他在西北之行中曾以杂记或通讯形式记录途中见闻，并在报纸上发表。《西游小记》自《旅行杂志》第 8 卷第 9 号开始连载，至 1935 年第 9 卷第 7 号结束，描写的或是自然景观，或是历史地理，或是民生民俗，共计 33 篇，4 万多字，形象逼真地再现了 20 世纪 30 年代西北地区的社会风貌，引起了国人对开发西北的关注，为当时文坛所少见。

《上下古今谈》

开场白（序）

为了调剂篇幅上的情趣，本版面要另增一栏闲谈的文字。而以笔者在原版面编过副刊的关系，这一栏负责写稿人，便临到了我。在未负起这文责以前，我曾想了一想，闲谈？谈些什么呢？歌功颂德吧？则同仁早觉非当今迫切之需要，向来力求避免。反过来，铸鼎燃犀吧？谈何容易！自古也根本没有几个董狐，我们又何必故意为其难者？于是我们决定卑之毋甚高论，只谈些不相干的事情，以增加读者兴趣为止。至于是否有关抗战，则读者有仁者，也有智者，随便您怎样说吧。

自然，我们并不否认报纸上的文字是要配合时间的，这样谈法，好像有意逃避现实。但是这个实，是客观的存在，我们如何去表现，其法倒不一格。正论有正论的写法，闲谈也有闲谈的写法。有道是："观今宜鉴古。"又道是："他山之石，可以攻玉。"我们正不妨下以一粟之微，上推宇宙之大；也不妨读上古之《禹

1993 年 1 月，北岳文艺出版社初版《上下古今谈》

贡》，探今日之河流。于是统而言之，标此栏之栏目曰《上下古今谈》。今日将来历说得分明，接着明大就摆上龙门之阵吧。

【注】张恨水从 1941 年 12 月 1 日开始，在重庆《新民报》上开辟了一个杂文随笔专栏《上下古今谈》，这篇文章说明开辟这个专栏的缘故。北岳文艺出版社出版的《上下古今谈》所收录的文章均选自这个副刊。

《水浒人物论赞》

自　序

民国十六七年间，予编《北平世界》日晚报副刊。晚刊日须为一短评，环境时有变更，颇觉题穷，予乃避重就轻，尚论古人，日撰《水浒》人物论赞一则。以言原意，实在补白，无可取也。后读者觉其饶有趣味，迭函商榷，予乃赓续为之。旋因予辞职，稿始中止，然亦约可得三十篇矣。民国二十五年，予在南京办《南京人报》，自编副刊一种，因转载是稿，并又益以新作十余篇。社中同人，读之而喜，谓是项小品专在议论，不仅为茶余酒后之消遣，可作青年国文自修读本看，嘱予完成出单行本，予漫应之，以为时日稍长，当汇集杂稿成书也。其后中日战局日紧，无暇为此项小文，事又中搁。去冬，万象周刊社，在渝得《南京人报》合订本十余册，整理同文著作，得论赞四十余篇。编者刘自勤弟剪贴成集，欣然相示，商予更增新稿，务成一单行本，以了夙愿。予因去岁作《水浒新传》，读《水浒》又数过，涉笔之余，颇多

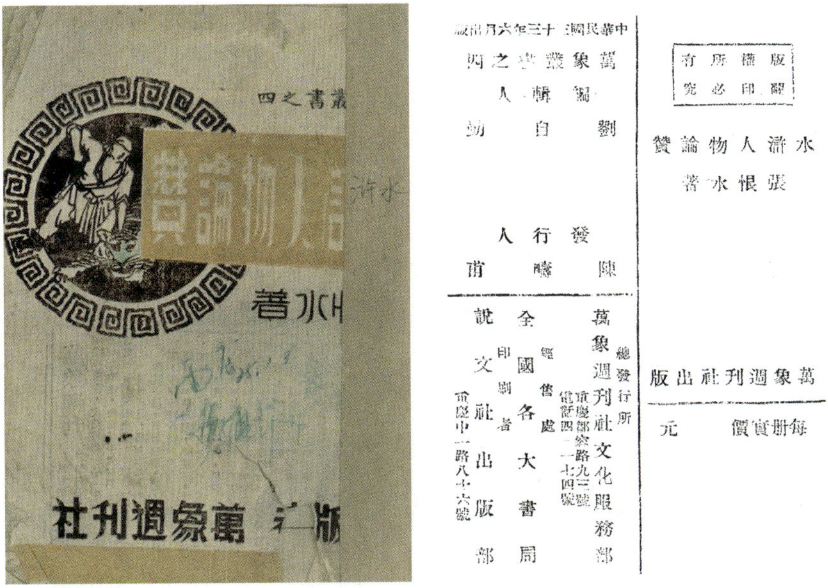

1944 年 6 月，重庆万象周刊社出版《水浒人物论赞》单行本

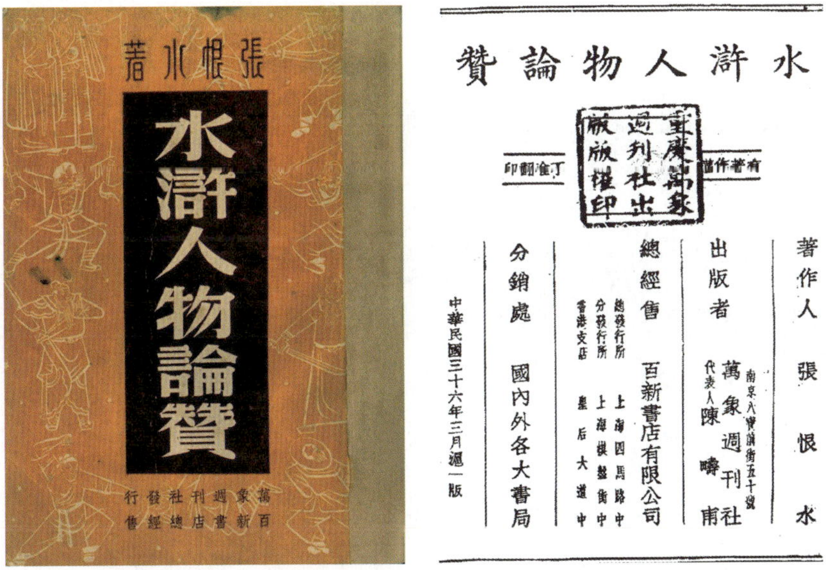

1947 年 3 月，重庆万象周刊社出版《水浒人物论赞》沪一版

新意，遂允其议，再增写半数，共得九十篇。因人物分类，列为天罡、地煞、外编三部。虽取材小说，卑之毋甚高论。但就技巧言，贡献于学作文言青年或不无小补云尔。

民国三十三年三月三日张恨水序于南温泉北望斋茅屋

【附】凡例

本书各文之为笔，前后相距凡十余年，笔者对《水浒》观感，自不无出入处。但态度始终客观，并持正义感，则相信始终如一。

各篇在北平书写者，篇末注一平字；在南京书写者，注一宁字；最近在重庆续写者，注一渝字，以志笔者每个年代之感想。

三十六天罡，每人皆有论赞；七十二地煞，则不全有，以原传无故事供给，难生新意，不必强作雷同之论也。其间有数篇是合传，意亦同。外篇人物，仅择能发人感喟者为文，故不求甚多。

宋、晁二人，在昔原有论文，因系主脑人物，特以新意再写一篇，而仍附旧作于后，其余从略。

是书愿贡献青年学文言者，作一种参考，故结构取多种。如朱仝、雷横篇用反问体，朱贵篇通用也字结句。其余各篇，青年自可揣摩领悟。然决非敢向通人卖弄，一笑置之可也。

青年初学文言，对于语助词，最感用之难当。是书颇于此点，加意引用，愿为说明。

是书愿贡献青年学文言之参考，亦是友朋中为人父兄所要求。笔者初不敢具有此意，自视仍是茶余酒后之消遣品耳。

笔者为新闻记者二十余年，于报上作短评，颇经年月。青年学新闻者，酌取其中若干，为作小评之研究，亦可。

【注】张恨水文言散文集《水浒人物论赞》单行本，1944年6月由重庆万象周刊社作为万象丛书之四出版。包括1927年至1928年刊于《世界晚报》的30篇左右，1936年刊于《南京人报》的10余篇，1944年3月3日之前所作的45篇左右，共计90篇，分天罡（35篇）、地煞（23篇）、外篇（32篇）三部分，约5万字，书前有“自序”与“凡例”。

《山窗小品》

自　序

三十三年夏，《新民报》出成都晚刊版，副刊《出师表》，即连载予之小说矣，同文复嘱予多撰短文以充篇幅。在予拉杂补白，虽记者生活已习惯之，而苦佳题无出，即有佳题，亦恐言之而未能适当。无已，乃时就眼前小事物，随感随书，题之曰《山窗小品》。山窗，措大家事也，小品，则不复欲登大雅之堂。如此云云，庶几言者无罪。积之三月，共得四十余篇。后以冬日渐短，时复多患小恙，遂中止之。而友好自成都来，辄以此稿为念。而三四出版家，且嘱出单行本。然此种木头竹屑小文，乃有一顾价值乎？予颇疑之。前两月，于渝市遇上海杂志公司主持人张静庐兄，亦言此稿可读，嘱交与印行。予心动，乃归理残稿，并托友人在蓉抄录散轶者，两得四十三篇。会检出其他文言小稿，不乏与山窗有关之作，亦得十三篇，遂附卷后，共计五十六篇，成此一集。一年来，以文言散文出版者，先有《水浒人物论赞》，并此而两矣，实非始料所及也。将付刊，记其实如上。

笔者张恨水在三十四年岁首记于山窗菜油灯下

【附】张静庐跋

民国十八年夏，余去北平，筹设光华书局分店于王府井，读《世界日报》连载之《春明外史》，日不间断，此为余爱读恨水小说之始。民廿一年，《啼笑因缘》发刊于上海，销行之广，震撼出版界。时余方主现代书局，乃与总编辑施蛰存兄合购而研读之，此为余研究恨水小说之始。廿四年《立报》创刊，恨水主编《花果山》，应张友鸾兄之属，写文坛掌故投之，此为余与恨水结翰墨缘之始。然为时仅数月，恨水去京办《人报》，两病疏懒，未尝有一笔之通问也。翌年，抗战军兴，余由沪而汉而蜀，恨水亦来陪都，主编《新民报》副刊，乃更多机缘，读其所作长短作

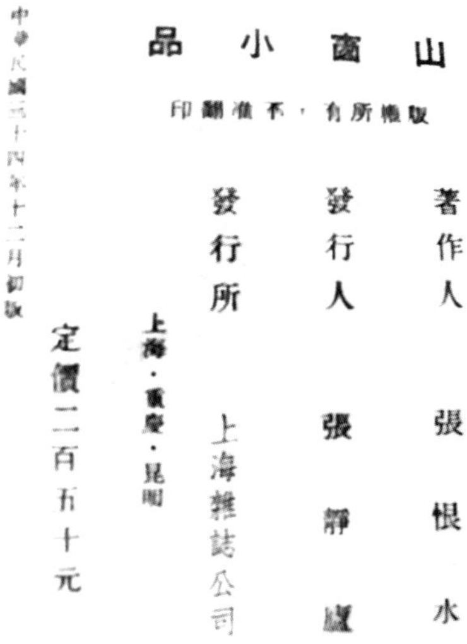
山窗小品

版權所有，不准翻印

著作人 張恨水

發行人 張靜廬

發行所 上海雜誌公司

上海·重慶·昆明

定價二百五十元

中華民國三十四年十二月初版

1945 年 12 月，上海杂志公司初版《山窗小品》

品。厥后，过从频密，了解益深，十年神交，相见恨晚。去秋，桂柳沦陷，余之全部事业，毁于金城一火。悲愤之余，辄欲退伍，恨水来，慰勉有加，愿以文稿，助余复兴。顾仓卒不能得长稿，乃强《新民报》先以旧存《山窗小品》让余印行。友谊深厚，情不可却，乃受而与贺礼逊兄合梓焉。礼逊，余廿年老友，盖亦愿献其精力助余事业之复兴而工作者也。书行之日，妥述数语，以志余与恨水之一段因缘。

民国三十四年春于璧山邓院

【注】《山窗小品》是一部文言小品集，共56篇，是张恨水于重庆南温泉所作。集前有作者撰写的序言，后有张静庐写的跋。

这些短文大都从重庆乡间的寻常风物着笔，如珊瑚子、金银花、小紫菊等山间花草，禾雀、斑鸠与雄鸡一类乡野动物，以及卖茶人、农民等寻常人物，刻画逼肖，读来亲切感人，体现了张恨水小品文取径冲淡、清新洁雅、隽永多趣的特色。

1945年12月，上海杂志公司出版《山窗小品》单行本。

诗词集自序

《剪愁集》

序

中国词章，不含病态者，十不得二三。吾人苟有常识，当明知其是非。然濡笔伸毫，动辄愁怨满纸。此因文人积习难忘，而名人之环境，亦实有可以愁怨者在也。予为此故，颇欲一除故态，一年以来，只填词五六次，诗则未尝为之，乃一二同好，不安缄默，每以断句挑战。予遭遇坎坷，每多难言之隐，更得机会，辄一触而发，因是淡月纱窗，西风庭院，负手微吟，颇亦成章。遂择稍含蓄者，一为骨鲠之吐，而为之名曰《剪愁》。剪，去之也。顾名思义，予亦将有以改予笔调矣。

原载1928年8月31日北平《世界日报》副刊《明珠》

【注】《剪愁集》是张恨水自1928年8月31日至1930年2月4日在自己主编的《世界日报》副刊《明珠》上发表的诗词。“剪愁”即去掉病愁之意。

张恨水自幼酷爱诗词，读南唐后主李煜《乌夜啼》，对“自是人生长恨水长东”一语颇有感叹，便从中取“恨水”二字作笔名，以此激励自己莫使年华虚度。1993年1月，北岳文艺出版社首次出版《剪愁集》单行本。除在《明珠》上发表的诗词外，全书另收入了其他报刊及张恨水晚年未发表的诗词，共600余首，是作者诗词创作中的精华。

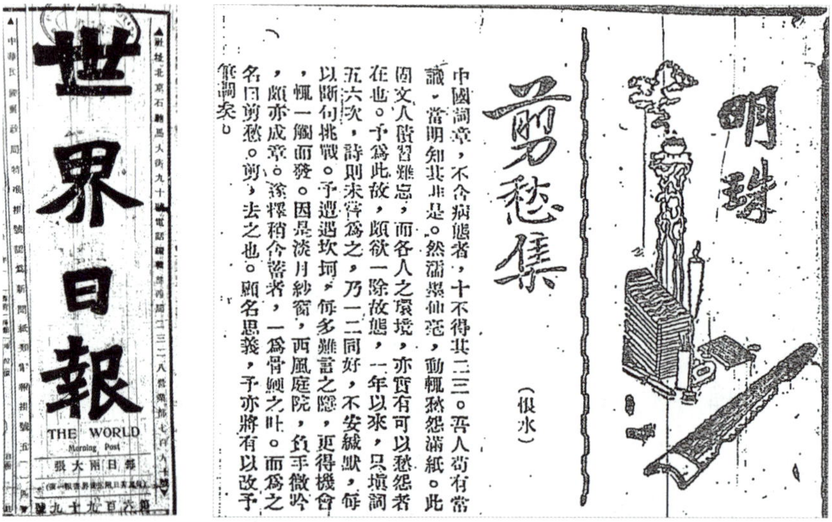
世界日報
THE WORLD
Morning Post

明珠

剪愁集

（恨水）

中國詞章，不含病態者，十不得其二三。吾人苟有常識，當明知其非是。然滿擧仙恋，動輒愁怨滿紙。此因文人積習難忘，而各人之環境，亦實有可以愁怨者在也。予爲此故，頗欲一除故態，一年以來，只塡詞五六次，詩則未嘗爲之，乃一二同好，不安緘默，每以斷句挑戰。予遭遇坎坷，每多難言之隱，更得機會，慨一觸而發。因是淡月紗窗，西風庭院，負手微吟，頗亦成章。爰擇稍合譜者，一爲骨鯁之吐。而爲之名曰剪愁。剪，去之也。顧名思義，予亦將有以改予筆調矣。

1928 年 8 月 31 日，北平《世界日报》副刊《明珠》首刊诗词《剪愁集》

1993 年 1 月，北岳文艺出版社首次出版《剪愁集》单行本

为他人著作所作序

张友鸾《新京野史：白门秋柳记》序

别吾家友鸾三年矣，云树苍茫，鱼雁都渺。然得友朋传言，则甚悉其托迹新都，欣欣向荣也。人生之乐，乐莫于得志同道合之友，得志同道合之友，尤莫乐于能合孟子之言。他人有心，予忖度之，吾虽不见友鸾，吾知友鸾实能明是，吾宁不为之浮一大白耶？

所谓他人有心，予忖度之者，何也？我向闻人言，国都迁南京后，凡百建设，如沸粥之汽泡，彼起此落，笔不遑记。而同时金粉遗风，秦淮余韵，亦在予人以咀嚼之滋味。设有其人笔之于篇，较蒲留仙携壶酒邀人谈狐说鬼者，其所获有，必难易相悬，而虚实大别矣。予以稗官糊口者也，心所计及，便思行之。顾以道途多阻，不克躬与其盛，取而为之说。坐失良机，能勿负负徒呼。今吾家友鸾，突以飞函相告，其所作《白门秋柳记》，将梓以行世，吾甚惊喜其能合吾心，而又成功之速也，安得不认为一快事哉？

友鸾之为文，潇洒如其人，恍若十七八岁好女郎，临水簪花，楚楚有致，今以其文写六朝山水人物之遗迹，固胜任愉快矣。盖社会小说，其事不变千头万绪，纷至沓来，非有清楚明白之文写之，必至小姑抖乱麻团，无可入手处。而以现在金陵之地，金陵之事，金陵之风景，尤非有潇洒超尘之文以写之不可，否则或乱，或腐，或粗，或柔弱，皆不足以状金陵本色也。明乎此，吾乃有取于吾家友鸾矣。

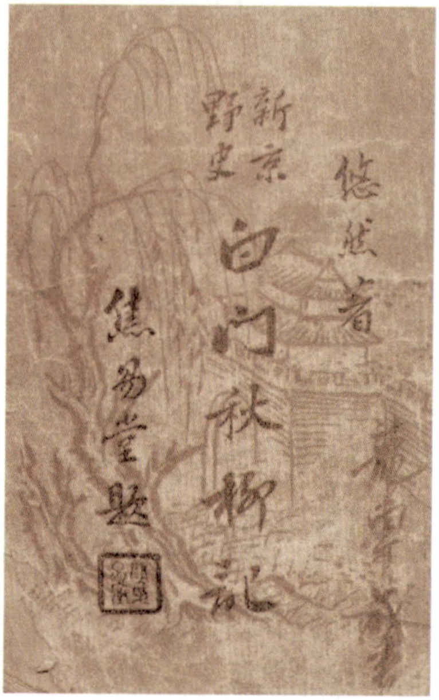

1930 年 7 月，南京晚报社出版《新京野史：白门秋柳记》

十九年七月一日，时在旧京，长日如年，小院人静，书于一树碧槐、六本夹竹桃花之畔，张恨水序

【注】张友鸾，1904 年生，著名报人、作家，字悠然，安徽怀宁人，北平平民大学新闻系毕业，先后在《京报》《国民晚报》《民生报》《新民报》《南京早报》《立报》《南京人报》工作，或任社长，或任总编辑；在从事新闻工作期间，他既编新闻版，又编副刊，撰写过大量专栏文章和多部小说。1990 年在江苏南京去世。

张友鸾与张恨水四度共事：1925 年在北京《世界日报》《世界晚报》，1935 年在上海《立报》，1936 年在《南京人报》，1938 年在重庆《新民报》，前后一起工作近二十年。

《新京野史：白门秋柳记》是张友鸾撰写的一部旨在揭露官场腐败的长篇小说，1930 年 7 月，由南京晚报社出版单行本。张恨水撰写序言。

陈家庆《天风杂志》序

予初不识徐陈伉俪，当予主编《明珠》之时，陈家庆女士尝以碧湘阁词见惠，始心仪其人。后闻予弟汉野同学徐英君与陈女士已订秦晋好，且将结婚矣，而同时徐君适以天风阁大作相投。予读之，乃识古人所谓红颜薄福，青衫薄命之语未可论定，而如徐陈二君，诚属福慧双修，几生得到者。乌得不欣且羡耶？自是邮筒数达，颇为文字之交，而读二君之作，亦复数数。即以诗余论，徐君之作，清新流利，陈君之作，典则稳练，均青年中不可多得之才。今彦视线装书如粪土，虽中学毕业，不能以国文作尺牍，以为不足耻。今二君抱残守缺，英年即以国学见长，宽以岁月，其足为固有文化保存勿坠，宁有涯际乎？而二君志同道合，且结为伉俪，以高山流水之际遇，成画眉举案之伴侣，更进而为青灯黄卷之事业，精神有所寄托，学问有所攻错，操作有所发挥，其书生之佳遇，人生之乐事也。苟如此，故纸堆中白首偕老可也，富贵何为哉！今二君皆执教鞭于江南，而以治事余暇，出其新旧佳作，整理编纂之，继续出《天风杂志》以问世，此固予所谓保

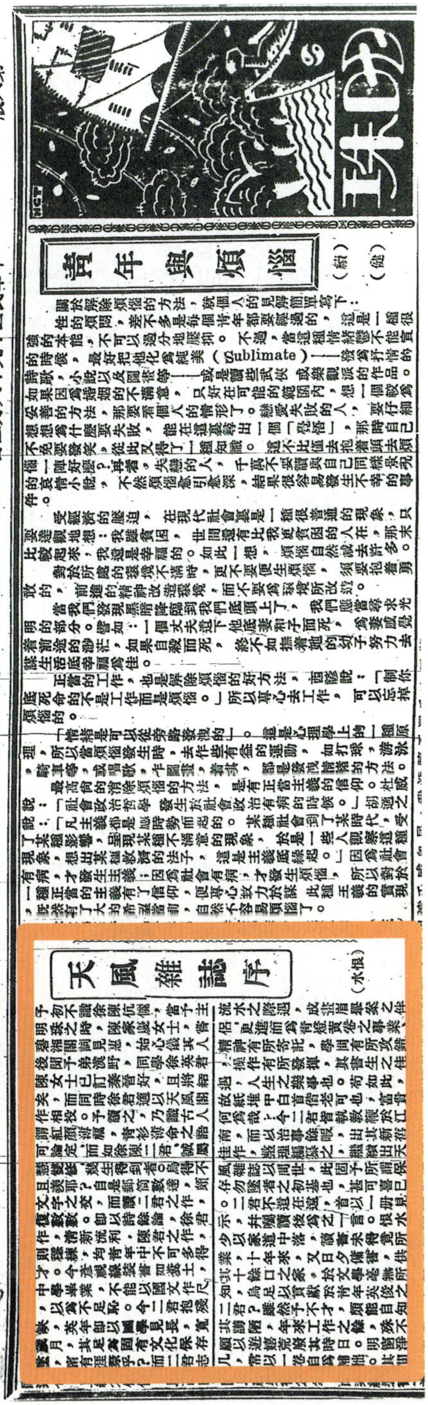
世界日報　中華民國十九年三月二日　星期日　第八版

明珠

青年與煩惱

天風雜誌序

刊发于1930年3月2日《世界日报》副刊《明珠》的《天风杂志》序

存勿坠者之初基也，甚可喜已。二君不还在远，首以一册见示，并嘱读后为之一言。恨水少以家道中落，读书未得竟所业，十年来，又日夕佣书，供其十余口之家，于文学毫无所知，乌足以贡献于青年英俊之二君？虽然予不才，颇能自知其简陋，年来工作之余，殊不愿以游嬉荒废其时日，明窗净几，常以一卷自为补拙。其间固以线装书为多，而非线装书，亦复略略涉及，为之有日，似甚有所收获。非敢云求学，以恨水之职业言之，理应如此，譬之以薪煮汤，汤未热而火且尽，不得不添薪也。恨水文字之交多矣，大抵偶有成就，即束书高阁。求如二君之互相砥砺，孜孜不倦，未尝有也。既有之，窃愿始终其事焉，此则不辞佛头着粪之意也。贤明如二君，其个以其为戆直欤！

恨水

原载 1930 年 8 月 2 日《世界日报》副刊《明珠》

【注】《天风杂志》序系张恨水应邀为青年诗词作者陈家庆、徐英君夫妇所撰《天风杂志》诗词集作的序。

冷眼生《露水因缘》序

善作小说者，随手挥洒，亦可以成小说。不善作小说者，惨淡经营，亦未必成小说。盖小说自有一种别才，非普通文艺，可以工夫求造诣也。虽然，不善作小说，惨淡经营，不成小说，尤为刻鹄类鹜之类，所作不必可取，而其志亦自有过人之处。善作小说者，苟随手挥写，因不着一差，以致全盘不可收拾者，则真乃画虎不成反类狗矣。冷眼生所作《露水因缘》，另具一种作风，余之披览是书也，以其穿插叙事，类皆出人意料之外，窃栗栗为作者危，恐其结果将不堪收拾。比及读竟全文，不觉为之惊喜，而叹其才之妙，为不可及，谓其非随手挥写欤！则处处自具生龙活虎之笔，跳脱不羁，谓其真随手挥写者欤？则如此大大落落之举略，而不致放佚难收者，又似非常理，为之辗转寻思，乃知谓作小说须不重格律，随手挥洒者固不可，谓定须惨淡经营，刻意求工者，亦属过于板滞，必也。如冷眼生之在有意无意之间，始足与言作小说矣。

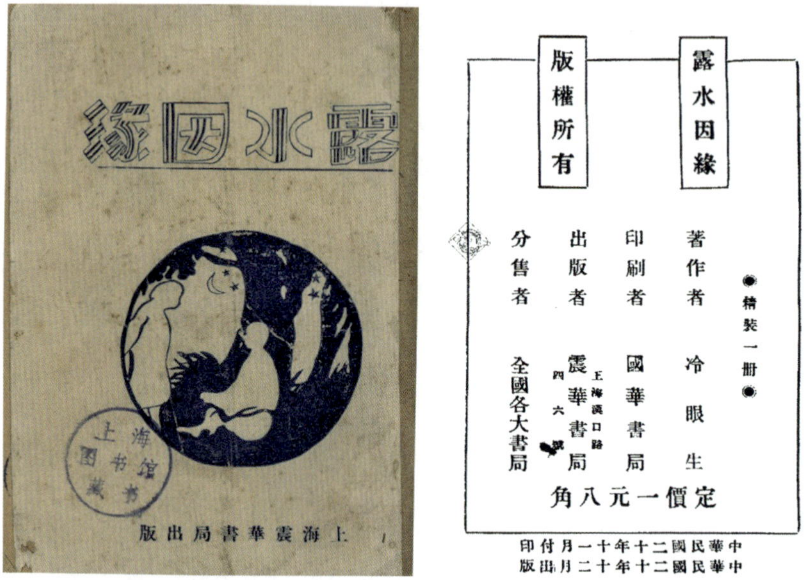

1931 年 12 月，上海震华书局出版冷眼生著《露水因缘》

【注】《露水因缘》系上海小说家冷眼生所撰的社会长篇，共 64 回，揭露了军阀统治下的社会黑暗现实。除张恨水序外，尚有作者自序。

张梦飞《现代女子》序

自有新名词以来，假好名词而作坏事者，乃比比皆是。故西哲之言曰：自由自由，人间多少罪恶，假汝以生。慨乎言之，正与吾人所论世局中人好话说尽、恶事作尽之意义如一也。夫现代好名词也，作现代之人，好人也。然以物质为喻，改进物质文明，与夫享受物质文明，同为现代人生之事。吾人将谓前者为现代之人之事，后者非现代之人之事乎？张君作小说家言，甚有心得，

民國二十二年七月二十二日

金鋼鑽

中華民國廿二年七月二十二日星期六發行

館址 上海天津路積安里五號 電話九〇六〇〇

今日一張售洋二分八厘

第一千三百三十一號

天津義商運動場（即回力球場）召集第一屆股東大會公告

逕啟者本公司定於七月念四號下午四時半在上海法租界姚主教路福開森路轉角二百八十五……全體股東大會屆時務請 蒞臨為盼

天津義商運動場（即回力

★序

現代女子

張夢飛著

（張恨水）

自有新名詞以來、假好名詞而作壞事者、乃比比是、故西哲之言曰、自由自由、人間多少罪惡、假汝以生、慨乎言之、正與吾人所論世局中人好話說盡、惡事作盡之意義如一也、夫現代好名詞也、作現代之人、好人也、然以物質為喻、改進物質文明、與夫享受物質文明、同為現代人生之事、吾人將謂前者為現代之人之事、後者非現代之人之事乎、張君作小說家言、其有心得、今出其新著、名曰現代女子、非題在正面、而學則在反面、所謂反言以明之也、文如春山、初不甚近、但此書名、可以知此書矣、是為序、

张恨水为《现代女子》撰写的序言刊发于 1933 年 7 月 22 日《金钢钻》

上海联华书店出版《万恶的上海摩登女子》单行本

今出其新著，名曰《现代女子》。其题在正面，而事则在反面，所谓反言以明之也。文如看山，初不喜直，阅此书名，可以知此书矣。是为序。

原载 1933 年 7 月 22 日《金钢钻》

【注】小说《现代女子》系小说家张梦飞所作，上海联华书店出版单行本时更名《万恶的上海摩登女子》。此前，张恨水曾应邀为《现代女子》撰写序言，并刊发于 1933 年 7 月 22 日《金钢钻》。出版单行本时，除张恨水序外，尚有卢继影序、张梦飞自序。

郑逸梅《逸梅小品》序

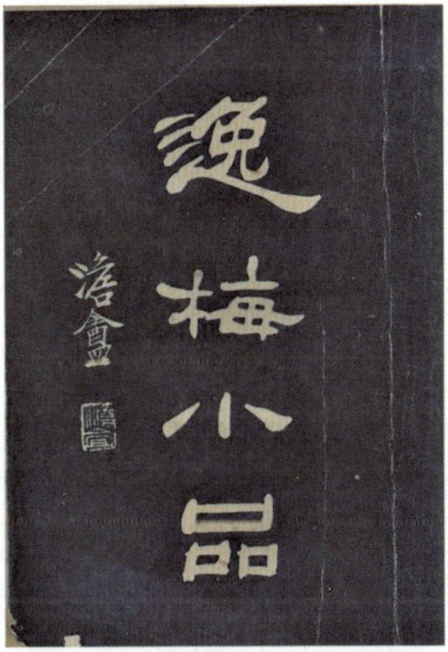

1934 年 4 月 15 日，上海中孚书局出版《逸梅小品》（全一册）

廿二年春，予小居沪上，寓《金钢钻》报社楼之一角。乃得与钻报同人朝夕相共，而施济群、陆澹安、郑逸梅三君，尤为友好。久之，予乃识其性格。大抵施则豪俊直爽，陆则倜傥不群，郑则温文隽永，不但其人如是，而文亦恰如其人。兹为逸梅作序，读其书者，当不以予言为谬也。小品之文，格不宜长，而又恰恐人之一览无余。譬如果中橄榄，其颗甚小，而咀嚼之者，其时间乃过于尽果一盘，尽肴一盘。何则？其味隽永也。逸梅逐日伏案，好为小品，而小品亦愈为而愈工。以穷年累月言之，其收获当不为少。然散载各大小刊物，又令人有吉光片羽之憾。兹逸梅自收其稿合为一集曰《逸梅小品》，于是令爱橄榄者，得有从容咀嚼之机会，置之圣叹外书中，固亦不亦快哉之事也。于是为读者介绍，且为逸梅贺焉。

民国廿三年三月十八日张恨水序于北平

【注】郑逸梅，1895 年 10 月 19 日生于上海江湾，本名鞠愿宗，祖籍安徽歙县，南社社员。1913 年，编辑《华光》半月刊、《金钢钻》报。1934 年，辞《金钢钻》报编辑职务，任中孚书局编辑。以“报刊补白大王”闻名。1992 年 7 月 11 日在上海逝世，享年 97 岁。

1934 年 3 月 18 日，张恨水为祝贺挚友郑逸梅《逸梅小品》出版，在北平为其作序。

黄寄萍《现代夫妇》序

有许多人说，结婚为爱情之坟墓。好像说，爱情到结婚就灭亡了。我想这句话，除了说它是愤语而外，在理论上固然说不过去，在事实上，也说不过去的。因为由平凡的朋友，变作密切的朋友，由密切的朋友，变作夫妇，乃是一个极顺适的结果。那些在作朋友好，到了作夫妇而不好的男女，认为是结婚害了他们，那是他们错了，其实是他们作朋友的时候，根本就不能水乳交融。只为了生理上的需要，各个对方总有劣点，都原谅着过去了。在原谅之下，赶快的结了婚。自然，结婚之后，比以前更密切。而日月又是无限的延长下去，于是各个将对方的劣点发现扩大起来，而且为了

1934 年 7 月，上海新申出版社初版《现代夫妇》

是同床共枕的人，又无所用起原谅，便弄得感情破裂，甚至弄成很大的乱子而后已。所以这不是结婚害了他们，是他们结婚太孟浪了。根据这一段缘故，我们便想到，假如是以爱情来作结合的夫妇，他们的爱情，只有为了作夫妇而更淳厚。而且这种爱情，并不像携手进公园上电影院的那种男女，只是在性欲上发挥。他们是小至吃饭的时候，应该加一碗什么汤，大至为国家服务，在社会上作人，不必怎样商量，作出来就情投意合。这一种爱情在精神上的愉快，就不可言喻了。我这并不是空口说白话的。举一个例，读者把黄寄萍先生撰的《现代夫妇》一看，就明白了。

【注】黄寄萍，编辑，江苏海门人。1934 年 7 月，上海新申出版社出版《现代夫妇》，收入作者 1930 年至 1933 年间写给他妻子的 130 余封信。此书由柳亚子题诗，张恨水、周瘦鹃作序。

马芷庠《北平旅行指南》序

马君芷庠，春间有编辑《北平旅行指南》之举，就商于愚。愚旅居旧都凡十五年，久苦于无此类称意之书，今君辑此，是先得我心也，力鼓励其成。夏初，马君搜罗材料，参阅文献，事大备，更以编辑之设计来商。愚以此非寻章摘句之事，谢以实不能胜任。然马君为十年知交，又不容无所赞助，无已，始以年来参阅旅行图书所得，

1935 年 8 月，北平经济新闻社初版《北平旅行指南》

为马君画一轮廓。而马君虚怀若谷，不自以为足，每一章成，必挟稿以相商。南北城相隔十余里，烈日如炉，马君挥汗奔走无难色，由其初以及书之脱稿，始终无间，即此一端，则马君对于此书之

忠实尽力，大可知矣。书将成，马君索序于愚，愚乃书其实如上。至文字上之撰辑，图像之摄制，实愧未尽力，不敢掠人之美也。

民国二十四年八月九日

张恨水序于北华美术学校内之废庐

【注】《北平旅行指南》由马芷庠著、张恨水审定，1935年8月北平经济新闻社出版发行。著者从事新闻工作20余年，以30年客居旧都的经历，详细记述了旧都沿革、名胜古迹、食住游览、旅行交通、工商物产、文化艺术、公共团体、社会公益、风土习俗等方面既丰富又饶有趣味的史实。

该书于1935年8月初版时印制万余册，瞬间即告售罄。著者又及时审慎编修增补，于1936年1月再版，短短几个月销售竟有数万册。

卢冀野《冶城话旧》序

万象周刊社，为卢冀野兄出版《冶城话旧》索序于愚，愚因入城之便，将原稿先展阅一过，前尘影事，兜上心来，不觉悲喜之交集也。先是，愚在首都创办《南京人报》，以一书生，毫无凭借，乃欲于先进各报林立间，独当一面旗鼓，实深冒险。及既出版，虽未跻后来居上之势，而与各先进报分庭抗礼，初无逊色，颇足自傲。然所以有此自傲者，非区区一人之所能为。内则同社诸友，甘苦相共，日夜努力；外则文艺知交，纷纷以著作相助，遂使每版每栏，均有令人一阅之价值。而此诸友，知我穷也，毫不需物质之报酬。甚或驱车临社，伏案撰文，或急足送稿，自行破钞，精神上之协助，在报史中竟难觅得前例。而冀野兄即其中之一人也。

时兄执教鞭沪上，周末辄返都省亲。而其归来之第二件事，即为《南京人报》写稿。兄固体重，畏暑甚于他人。而值炎热如蒸时，兄挥汗为文相赠，初不少间，友谊之重，为桃花潭水所未可比拟于万一。不但区区，即全社同人，亦愧无以报称也。兄在该报所赐文甚多，其独辟专栏者，则为《冶城话旧》。文中所述金陵故事，考订实在，且多为人所未悉，曩即言之，当出专篇，以作南京文献。无何中日大战爆发，《南京人报》辍版，一切冀望，都成泡影，此项诺言，自亦无从实现。去冬《万象周刊》编者刘自勤弟，亦《南京人报》旧同事也。在渝搜罗《南京人报》，举报共得十余册，《冶城话旧》之文，大都留迹报上，合浦珠还，喜出望外。并分函告愚及冀野兄，拟出单行本。冀野兄可其请，并增新文若干，共得百篇。书成，亦为函告愚，谓此篇卒克出版，可象征人生遇合，及吾侪友谊之不渝。坠欢重拾，喜气充溢于字里行间。愚接函后亦大喜，觉不能不为是书一言矣。

1944年3月，万象周刊社初版《冶城话旧》

然愚半生心血钱，均消耗于两事，一为北平一美术学校，一为《南京人报》，二者皆毁于炮火，乃使愚鬓毛斑白，一事无成，其因此以负师友期望者，尤觉内疚于心。为卢兄此书之破镜重圆，而更思友人之镜毁于吾手而未圆者尚多，其感慨正不足为人道耳。是文离合之经过如此，予细述之，特以纪念吾人之友谊，并以纪念《南京人报》。至于卢兄为当代词人，家学渊源，著作等身，无待愚之词费，是篇特其余绪而已。

民国三十三年三月张恨水序于重庆

【注】卢前 (1905—1951)，原名卢正解，又名卢冀野，江苏南京人，文学和戏剧史论家、剧作家、诗人。曾任《中央日报·泱泱副刊》主编、国立艺术专科学校校长等职。

《冶城话旧》收卢前为《南京人报》撰写的文言体笔记约100则，多系南京掌故。书前有张恨水撰写的序言及卢前自序。

赵超构《延安一月》序

我常和朋友讨论，近人研究史学，自比从前人高明得多，有了科学手腕的解剖，还有合乎逻辑的论断。但有一个毛病，喜欢主观的翻案，翻案自是可以的，然而他们往往是像书家画画一样，先打好了一个轮廓，然后顺了这轮廓布局。所以他们是先有了翻案的准备，然后去找翻案的证据，并非是有了证据再来翻案。这样的著述，虽多是新奇的，可是严格的说，人生治学的精神，不应如此，这实在不诚实。

大概我和我一班说得来的朋友，写东西或从事新闻报导都有这个态度。这次赵超构兄去延安访问，事先曾和朋友们商量：应当取一个什么态度？我就很简单的贡献一点意见，观察最好一切客观。至于你的观感如何，有什么批评，那倒主观一点也可以。事实的存在是一件事，你对于这存在的事实作何感想，又是一件事，最好不必混为一谈。赵兄对我这点意见，相当的采纳。其实他向来在报上作评论的态度，也是如此，毋宁说我是附合他的意见。

自后，赵兄在报上发表的文字，大概就本这个意见立言的。我很欣羡我们的意见，大体不谋而合（自然也有小出入处，那因为我们究竟是两个人）。现在这些叙述，已结集出来印单行本，赵兄要我再写一篇序，犹之乎他临走，要我在报上送他一段话一样，要我表示意见以供读者参致。

我们是天天见面的朋友，自不宜蹈互相标榜的恶习，那么就得说得有点意思，所以我就由对现代治史学方法的感想说起。《延安一月》，虽不是一本史书，现在的新闻报导，就是将来的史。你不见敦煌石室里的小唱本，都是现代的宝贵史料？我以为向来有心著史的人，其史就难于靠得住。陈寿作《三国志》，就敲过人家的竹杠。学理一点说，《三国志》这部书，当下笔，就不会客观。我相信，这《延安一月》，决无陈寿那个写《三国志》的态度。

1944 年 11 月，南京新民报社初版《延安一月》

我这有点捧朋友过火吗？不！“舜何人也？”这不过是一个比仿。《延安一月》，自不是斗方名士作山水游记式的东西，也不是采风问俗的小玩艺。我们也可以说回来，不必期望为将来史料的竹头木屑。但至少，不失为现在读报的一点参考材料。最后，我代他声明一句，全篇的叙述或批评，都是很忠实的。

民国三十三年十月廿八日于《新民报》经理室大雨窗下张恨水

【附】重庆《新民报》专栏《上下古今谈》1944 年 5 月 16 日刊发张恨水《送沙先生》

“秀才不出门，能知天下事。”这虽是中国社会上一句流行的话，其实真正的读书种子，是以当三家村学究为可耻的。所以“读万卷书，走万里路”乃是一种相配合的行动。金圣叹的化身刘研山，就是“目读十万卷书，足走十万里路，手挥十数万金”的一个幻想人物。除了手挥十数万金，我们是痴人说梦，而读十万卷书，走十万里路，倒不是挟泰山以超北海的难事，有机会我们更是不能放过。

本社同文赵超构先生，是朋友中最喜欢都市的一个，而走路虽也不少，却感到还没有和他所读的书相配合。近三年来，他总想离开川境走一趟，而以职业所限，未能如愿。这次中外记者西北之行，本社推赵先生参与。他听说之下，如小孩子穿新鞋过新年一般，高兴非凡。以我马齿加长，教我作个临别赠言。我想以赵先生对问题善于深刻分析的头脑，其能在精神上饱载而归，与以合理的处理，用不着我说。就是读过本报署名沙字文章的，也会相信他有以处之。我们还不如用一句俗话恭祝一路福星吧！

我并非故意不肯说什么，一个当新闻记者的人，他根本就是要以一支笔，介绍客观事实之存在。沙先生虽是中年人，已是老记者，他持论向来正义而客观，何待多言，而这也是可以向读者保证的。至于此文只可谈风月，沙先生自优为之，而这也不是我们的期望，那我更不必辞费。最后，恭祝赵先生健康。

【注】赵超构(1910—1992)，浙江瑞安人，新闻记者、专栏作家。笔名林放、沙。1938年任重庆《新民报》主笔，时有“三张（张恨水、张友鸾、张慧剑）一赵（赵超构）”之称。1944年参加中外记者团访问延安，发表系列通讯《延安一月》。1946年任上海《新民晚报》总主笔。

1944年11月，南京新民报社出版《延安一月》单行本，陈铭德为该书撰写《关于延安一月》，张恨水撰写序言。

时燮平《南泉纪》序

南泉小识

予下江人也，客渝数载矣。茅庐半椽，借榻于建文峰下，吾生有涯，而稽迟客此殆亦不下第二故乡。顾佣书苦冗，而性又疏放，甚少结交，南泉掌故，所知者实甚微渺。时子燮平，近为《南泉导游》一书，行将付梓，嘱予题序，转苦无以应命。而君为予同乡，予又不应谢以未能，无已，仅就小识著述二三，借为该编补白云耳。

南泉之客留恋者有三，花溪以清丽胜，虎啸以深幽胜，建文峰以旷达胜，而温池入浴不与焉。

花溪水长约五华里，以小三峡至高崖一段为最佳。两岸藤竹荫浓，更杂削壁。若河流清平之日，一舟缓渡，水波不兴，浓绿映眼，可作卧游。惜木舟简陋，煤炭者往焉，油醋者往焉，立足既感艰窘，又不蔽风雨骄阳，盖无复清波画舫之雅焉。

年来政校凿花溪之南岸为路，石板平铺，徜徉便步，左山右

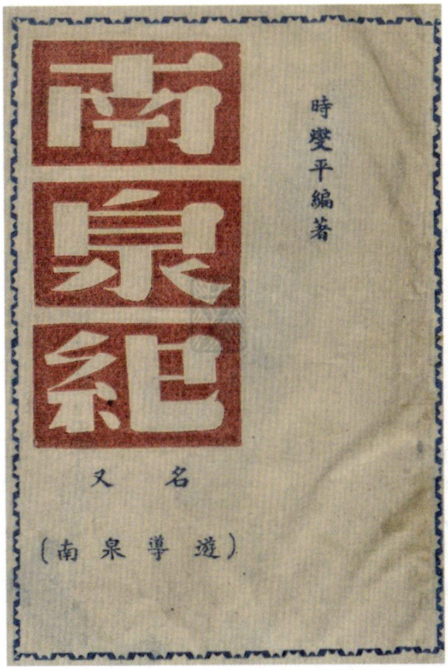

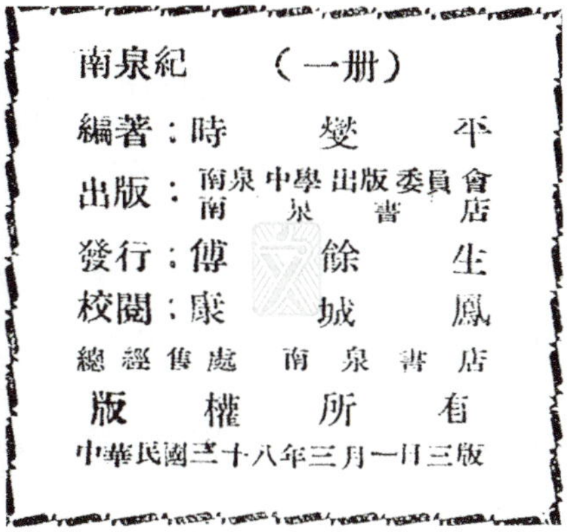
南泉紀　（一册）
編著：時　燮　平
出版：南泉中學出版委員會
南　泉　書　店
發行：傅　餘　生
校閲：康　城　鳳
總經售處　南　泉　書　店
版　權　所　有
中華民國三十八年三月一日三版

1949 年 3 月，南泉书店出版《南泉纪》第三版

水，意趣绝佳。清风明月之夜，与知己二三人，策杖小游，且步且谈，辄忘路之远近。偶然小立，身傍水竹，虫声四起，月小天高，人影在地，恍然世外。

虎啸两山高峰，松林滴翠，其下峨石清渠，急流狂吼，清幽之中，间以雄壮。隔岸观山腰小径，行人于松石间，穿行上下，若蜀道梭行图之缩焉，甚饶画意。

林孔官邸，位虎啸南岸胜处，下于深涧急流上，架以平桥，倚栏小立，置身松涛溪浪间，人若与奔雷怒龙为伍。循此东行，峰口一曲，豁然开朗，然得巨坪，其间人家栉比，鸡犬相闻，巴蜀地形之不可捉摸如此。

建文峰以朱明天下大法师曾驻锡于此得名。峰在南泉市后，一径高攀，蓁芜未辟，游者盖鲜。其主峰高出附近诸山，突立半空。松林紧密，深草没膝，游者须攀藤抚葛，拾级上行。登其巅有小坪一大方，大不逾亩。原有一庵，久废，而石坛石级，行迹宛然。登坛北望，则群山万壑，均在脚下，云雾苍茫间，长江一线，其白如带，令人有登东山而小鲁之意。

废庙后有石井二，水盈其中，苔苏浸之。想当年山巅一庙，斧薪煮泉，亦足款待游人也。暮春时，山上杜鹃花盛开森林浅草间，鲜红如火丛乱舞，庙前花尤盛，高有及丈者，游人少不得此胜境。予居峰下，亦仅年来一次耳。峰后另有一峰，略低。下峰有坦路可行。尚向群山环抱中，得小谷可驻足。昂首上视，上峰鼎峙，树木丛杂，清幽静寂，绝无人声。常思若于主峰上立一亭，于此小谷中立一阁，则未始非小白鹿洞也。予极爱此处，腰足健时，常一人独来，徘徊半日不去。

南泉公园仅溪边一条人行路耳，直可谓无。以视北泉，毋乃差之远甚？虎啸之下，车站之上，有敞地甚宽，若于其地，种梅三百株，种荷三畦，更多植桃杏杨柳之属，配以茅亭二三，板桥一道，高山平川之间，四时均增兴致不少。除枝径觅种外，余均可就地取材，虽费固有限也。欲辟南泉为游览区，此事乃不可缓，区区之意，是所视望于建设诸公。

时子燮平近为《南泉导游》一书，行将问世。其意甚盛，聊献数语。借志纪念，匪敢云序焉。

中华民国三十四年春志于重庆南温泉寓所

【注】《南泉纪》原名《南泉导游》，时燮平编著。南泉书店于1945年3月初版，一年后再版，1949年3月出版第三版。张恨水、穆济波、傅余生序，作者自序，康城凤设计封面。

李涵秋《广陵潮》改版序

百新书店主人，想要重印李涵秋先生的《广陵潮》，要我作一篇序。这件事，在重庆我就答应了的，只以人事多忙，耽误下来。现在提笔，去原约一年多，我原来要怎样说法的意思，已经完全模糊了，手边并没有《广陵潮》，我真不知从何说起。虽然，我这个诺言，一定要履行的，我愿意把新的感想写一点。

《广陵潮》是三十年前的作品了。第一，我们不能用现在的文艺尺度来量它，这是要紧的。认定了这点，我们可认为李先生在当年下笔，对社会现状有很好的反映写出来，虽然是中国一个角落，那也可以看出当时的社会是个什么状态。他虽没有强调革命的意识，在许多地方，他是反封建的。当年，除了《二十年目睹之怪现状》和《官场现形记》，没有第三部书能够这样对旧社会猛加抨击。而且以上二书，有些地方夸张过甚，倒不如《广陵潮》写一角落，还比较能把握现实。我们若肯研究三十年前的社会，在这里一定可以获得许多材料。

就文字技巧说，《广陵潮》的描写手腕，那已是很够，这部

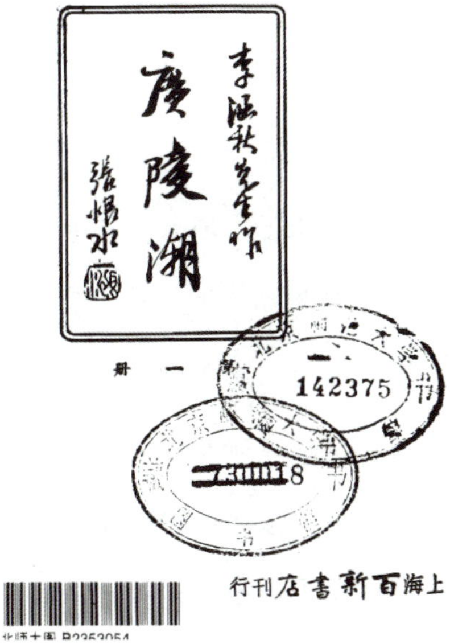

1946 年 6 月，上海百新书店改版《广陵潮》第一版，张恨水题写扉页书名

书曾风行一时，绝非偶然。至于剪裁布局方面，这倒不必为古人讳言，还是《二十年目睹之怪现状》《官场现形记》的老套。事情包罗得太广，人物收容得太多，这就很难让其中情节戏剧化。若李涵秋先生现在还在，他必会另用一种手法来处理这题材的。

《广陵潮》的章法，也自有其独特处。他不是第一身叙述法，也不完全是第三身的客观描写，由书中人去表演。而很多很多地方，他是笔者走进了书里，代为介绍人物的。这在今日，也许让人有点摸不着头脑，究竟是谁在说话。可是在当年，他却是以此取胜的。据一个扬州朋友告诉我，扬州说书人就是这个作风。那末，《广陵潮》的技术方面，还有地方性存在了。

为《广陵潮》作序的人很多，我们不必做谀慕文字。我这点感想，也许不大歪曲吧？

民国三十五年四月张恨水序于北平南庐

【注】李涵秋（1873—1923），清末民初文学家，名应漳，字涵秋，号韵花，别署“沁香阁主人”，江苏扬州人。

《广陵潮》原名《过渡镜》，1908年首发于武昌《公论报》，单行本初由上海国学书室印行，后转让于震亚书局出版。《广陵潮》以鸦片战争至五四运动的上书变法、百日维新、武昌起义、洪宪帝制、张勋复辟、抵制日货以及白话文运动等重大事件下的扬州社会为背景，以秀才云麟与伍淑仪、柳氏、红珠的恋爱婚姻为主线，详尽描述了清末民初时期扬州云、伍、田、柳四户人家的盛衰荣辱、悲欢离合的故事，展现了当时中下层社会的民间风情和闾巷习俗。

1946年，上海百新书店改版《广陵潮》，约请严独鹤、陈慎言、顾明道、张恨水撰写序言，并请张恨水题写扉页书名。

附　录

张友鸾评《恨水全集》

一

听说《恨水全集》即将出版，十分高兴！

早在四十年代，恨水五十寿辰，在重庆的朋友们，庆祝他创作三十年，并且筹划为他印行全集。但由于种种原因的阻挠，没有能够实现。后来转想，一个人生前出全集，也未必合适，作者既然还在继续写作，怎么能“全”呢？

张友鸾 1979 年摄于北京

一九六七年，恨水去世了。这些年来，公子张伍，随时都在搜集资料，经常谈起给他父亲出全集的事，无如总是不具备条件。现在，女公子明明，整理遗作，标点校勘，《恨水全集》就要问世了。完成了朋友们的心愿，完成了一家人的心愿，完成了恨水自己的心愿，也完成了广大读者的心愿：这是多么大的一件喜事啊！恨水生前就喜欢这个女儿，记得在重庆南温泉，我曾说过：“可惜我不会画画，否则一定要画一幅《抱女吟诗图》的。”不是我倚老卖老说这些话，因为那个时候决没有想到《恨水全集》将来会出于明明之手的。“中郎有女”，我比别的朋友的喜欢更要多几分啊！

上海方面，听说最近也预备重印《啼笑因缘》《魍魉世界》《五子登科》《八十一梦》等书。全集出版，正好彼此配合，让恨水的作品重新为现今时代服务，意义相当重大。

恨水从二十年代起，一直写的是章回小说。文学改良后，这一体裁被一些人认为陈旧，甚至不问内容如何，统统称之为“黄色小说”。最近，北京语言学院编印的《中国文学家辞典》，列恨水为“现代小说作家”，客观公正地叙述了他写作简历。这样，就肯定了他在中国小说史上的地位，和以前那些人的看法不同了。创作形式、艺术手段是允许多样化的，在这方面而有新旧、人我之分，原是很可笑的。对于作者及其作品的评价，只应该看他对社会起了什么样作用：促进还是促退？此外都不是衡量的标准。

张恨水的小说是好是坏，价值如何，最权威最公正的裁判是广大的读者。读者有必要掌握全部材料，然后才能作出结论。全集的出版，为的是适应这个需要。朋友们乃至他的一家人，热情于《恨水全集》，决不是什么“阿私所好”。

二

恨水一生所写的小说，有一百一十多部。绝大多数是长篇，少数是短篇。在他七十岁生日的时候，我曾问过他，想知道一个确数。但他自己也不记得了，仅仅回答说："一百多部吧！"他的意思很明白，是说准在一百部之外。一百一十多部，是我和张伍合计出来的。我们却开不出这样一张书目。因为其中有若干种，大家模糊记得故事情节，只是忘了篇名，也想不起是在哪家报纸上刊载的。这只好等全集出版以后，再做辑佚补遗的工作了。

这一百一十多部小说，长篇往往在百万字左右，短的少也有十万八万字。就字数而论，也够惊人的，难道不足以说明他几十年来的辛勤劳动吗？有那么一些不了解的人，以为像他那样的"多产作家"，一定得请几位助手。甚而至于揣测，某某几部书，是别人的代笔。这些话全无根据。他的小说，是他一个字一个字写出来的，他既没有委托过人代为写作，别人也代替不了他。

应该一提的，在抗战时期，恨水已入川，上海、东北、华北出版好几种淫秽小说，伪托他的名字，他恨得不得了。因为在沦陷区，无法查究。抗战胜利后，回到北京，这些书早已绝版，找不着主名了，也只好拉倒。

恨水正式著作小说生涯，要从一九二四年给《世界晚报》写《春明外史》算起。那时候，他编副刊名《夜光》，每天还要写不少稿子，但他从容得很。小说也只一天发表几百字。后来，《世界日报》出版，他兼编副刊《明珠》，又增加了一篇《新斩鬼传》。

工作量加了一倍，然而这还不算，先后又给《益世报》写《京尘幻影录》，给北京《晨报》写《天上人间》。朋友们最奇怪的，他这么忙，却一点也看不出，只显得优游自在的样子，写小说不用提纲，把人物故事情节，挨次序贮存脑子里，每天搬些出来，好像非常之现成。也不用复写纸，一支毛笔就是他的纺织器，每天织出许多好看的彩网。

及至《金粉世家》在《世界日报》刊出，尤是《啼笑因缘》在上海《新闻报》刊出之后，他“生意”格外兴隆了，经常一天同时在报刊上刊六七篇小说。太多了，混淆缠夹了怎么办？习惯不用提纲的，也不得不用了，至少不至把这部小说中的人物错到那一部，不至把这个人的故事接榫在那一个人的身上。有几部小说，是事先言明，一稿两用，分刊在南北不同地方的报纸上。于是，只好复写，改用了铅笔。案头常常放着四五支削好的、半长的铅笔头。磨磨笔尖，削两下笔木，既是休息，也是娱乐，而归结于构思。

恨水的写作态度，是十分严肃认真的。有刊物说他，一面打麻将、一面写小说，这是没有的事，他根本就不会打麻将。可能这个误传，把我的事记在他的账上了。确有那么两回，电话催我的小说，我连牌桌也不肯下去，就在桌角草草写了。现在我年已七八十岁了，一无成就，这和我以“游戏人间”为人生观，是分不开的。报纸连载小说，最忌讳的是“续稿未到，暂停”。我却老犯这个毛病，时常三天两头断档。恨水哩，绝对不是如此，这六个字和他是无缘的。（由于交通堵塞等客观原因，及稿被腰斩中断，这责不在他了。）强烈的责任感，一片至诚心，读者自然是欢迎这样的作家的！

他安排写作时间，在每天的上午，这是雷打不动的。约稿太多，一个上午写不完，有时延续到下午。生过两场大病：一是在南京上新河，一是新中国成立前后在北京。这个时候实在提不起笔来，不停顿也不行。平常，有什么头疼发热，他是不会管的，照写无误。抗战时期在重庆，敌机日日来空袭，每天都要下防空洞。从防空洞回来，总要洗洗擦擦、收收捡捡吧，他却全没有那一套，一屁股坐下来就吭哧吭哧地写。后来，他简直不管空袭警报了，你响你的，我写我的，敌机在头顶上转，他只当没有那回事。他的夫人周南女士向他提抗议，他却回答三个字："怕什么！"以致他的夫人要陪他下防空洞，和他共生死存亡；他没法子，为了一家老小，也只有"入土为安"了。就凭这样，他还是一听敌机过去就回家，再不肯等解除警报。家里人回来，他已经写了千儿八百字了。

写小说是他的职业。有些人是"吃一行，怨一行"的，总把自己的职业当包袱，干着干着，就感觉到苦恼。他可不是这样。他是越写越来劲，老是想着再写一部超过前作的小说。他把写作当作自己生活中最重要的部分，不仅仅是感觉趣味而已。有一天不动笔，就忽忽如有所失。他自己说："除了生病和旅行，如果一天不写，比不吃饭都难受。"一九四九年，他中风了，瘫痪了好一段时间。后来稍好一点，能够起坐，他又写了。家里人、朋友们都劝他，不要动脑子吧！他却说：脑子总归是要动的，不动在这里，就动在别的地方。手簌簌地抖着，记忆能力和思维能力都差了，自己也感觉到这一点。于是不再写长篇，只写中短篇；不再自起炉灶，只有再创作。最后的时期，他还写了许多民间传说故事，如《孔雀东南飞》《白蛇传》等等。他是二月十五日去世的；十四日的早上，他还坐在那里写哩。

恨水是一位成功的小说作家。他的一生，就是写小说的一生；金字塔是一块石头一块石头垒起来的，他的成功是一个字一个字写出来的：其中并无幸致。艰难辛苦，毅力坚持，数十年如一日，这种精神，是值得人们尊敬和学习的！

三

恨水的小说，从作品、客观时代、作者年龄这三个方面，约可划分为四个时期。

作品方面，从最初练习写作，一直到《春明外史》发表之前，是第一个时期。《春明外史》和《金粉世家》发表，他成名了；及至《啼笑因缘》发表，他已成大名，这是第二个时期。在这个时期，他开始大量写作。第三个时期，一部分是以抗战为题材，如《冲锋》（后改名《巷战之夜》）、《东北四连长》（后改名《杨柳青青》）之类；一部分却以抨击国民党的贪官污吏为题材，如《牛马走》（又名《魍魉世界》）、《五子登科》之类，突出的顶峰是《八十一梦》。第四个时期，在中风以后，虽有写作热情，却谈不上有什么创造了。

客观时代，就是说那政治环境的背景。他写作第一个时期，是民国初年，在北洋军阀的统治之下，这还完全是封建时代。第二个时期，由北洋军阀的统治，接着国民党的统治，这是半封建、半殖民地时代。第三个时期，从抗日战争开始到胜利。第四个时期，是中华人民共和国成立以后。

按照恨水小说作品的分期，去算他的年龄，也是不可缺少的研究根据。他于一八九五年出生。从十七岁练习小说写作，到二十五岁，这是第一个时期。二十八岁起，到四十二岁，是第二个时期。四十三岁起，到五十四岁，是第三个时期。五十五岁起，到七十三岁去世为止，是第四个时期。第二、三两个时期，一九二四年到一九四八年，是他写作的黄金时期，一共二十五个年头。

他的处女作，是一篇武侠小说，题目他自己也不记得了，但知其中有一个“侠”字。不是为了发表，更想都没有想到将来以写小说为生，只是为了念给弟弟妹妹听，说故事好玩。一股“创作欲”开始萌芽。这时他十七岁。

十九岁，他写了《旧新娘》《梅花劫》各三四千字。二十岁，写《青衫泪》，模仿《花月痕》，想写成长篇，可是只写到十七回为止，没有写完。二十一岁，写《未婚妻》《紫玉成烟》；二十三岁，写《未婚夫》；二十四岁，写《南国相思谱》，这是个长篇，曾在芜湖《工商日报》（此处误，应为《皖江时报》——辑者注）连载，是否写完，不得而知。至于其他各篇，似乎都没有发表。

也就在他二十四岁那一年，开始用白话写小说。一篇《真假宝玉》，约三千字；一篇《小说迷魂游地府记》，约一万字。这两篇，都在上海《民国日报》刊出。这时，他的“创作欲”已上升到“发表欲”。只要写的作品见诸报刊，就很满足，并不计较有无稿费。事实上，报刊对于像他这样初事写作的人，肯寄点邮票作为报酬，就算得很重视的了。

他十七岁时父亲死去，十八岁出外谋生，一直没有稳定的职业，挣扎在饥饿线上，流浪江南。关于这一时期的生活，他和我谈过不少,但主要还是根据他自己所写《写作生涯回忆》中的叙述。

一九一九年秋天，他来到北京，开始做了新闻记者。有了正式工作，很忙，收入也不甚菲薄，就不大想到写作。仅仅是到北京的第二年，因为却不过朋友的情面，又给芜湖《工商日报》写了一篇《皖江潮》，有七八万字。这年他二十六岁。在这篇之后，他有四五年没有再写小说。按照写作的连续性说，这是他初期的最末的一篇；但从作品的内容形式看，只应该属于第二期的第一篇。他自己不大重视这一篇，我却认为这是他从事写作的重要转折点，是关键性的一篇。

一九二四年四月,《世界晚报》创刊,发表了他的《春明外史》。这篇连载，每天刊登只有几百字，到一九二九年才告结束。也就是说，他从三十岁起，一直写到三十五岁。那篇小说很吸引读者，大大有助于报纸的销售。于是北京城里的其他报纸，也就来约他写小说。就在此稍后一点，他同时给《益世报》写《京城幻影录》；又给《晨报》写《天上人间》（此篇后来被《上海画报》转载）。这两篇都没有像《春明外史》那么轰动。《春明外史》刊完，他还在《世界晚报》发表了《斯人记》。

一九二五年二月，《世界日报》创刊，他先发表了《新斩鬼传》，针对当时社会现象讥嘲讽刺，写得也很淋漓尽致，“叫座”的能力却不太高。这篇登完，接着发表《金粉世家》，立刻在读者中又出现了热烈的高潮。不但社会上，而且各个家庭中，甚至那些粗具文化的太太、小姐以及老太太们都爱看。阅读能力差的，目力不清的，就让别人念来听。受欢迎的情景，可以想见。这篇小说也很长，报上连载好几年。结束后，他继续给《世界日报》写了一篇《第二皇后》。不知道为了什么原因，这篇小说没有写完。

虽然他早期在上海报上曾经发表过小说，但是写的不长，影响不大，一抹而过，没有被人注意。一九二九年，上海《新闻报》副刊《快活林》主编严独鹤到北京，知道他是北京人喜爱的作家，因而约他给《新闻报》写一篇。他写了《啼笑因缘》。起初似乎并没有十分遭到重视，稿子被压了五个月才发表。及至刊出，读者耳目一新，反应强烈，报纸迅速增销。《新闻报》登载长篇小说，原是聊备一格的；这时才知道长篇小说也能起到扩大销路的作用。江南人家，尽都传称着“张恨水”的大名。以前，《新闻报》连载小说，是由当时“名家”轮流执笔的；《啼笑因缘》以后，却归他包办了。陆续发表的有《太平花》《现代青年》《燕归来》《夜深沉》《秦淮世家》《水浒新传》诸篇，一直到上海沦陷，邮件不通为止。抗战后，又给《新闻报》写了《纸醉金迷》。中华人民共和国成立以后，《新闻报》改名《新闻日报》，他还写了《记者外传》，上集刊完，下集却没有续写。

这一时期，客观上他是南北驰名，主观上却正精力充沛。约他写小说的报社函电交至，大半他都接受了。先后发表的有：北京《新晨报》的《满城风雨》、《剑胆琴心》（后来在《南京晚报》重刊，改名《世外群龙传》）、《欢喜冤家》（后改名《天河配》、《北平朝报》的《鸡犬神仙》，《汉光电影院书报》的《银汉双星》，沈阳《新民晚报》的《春明新史》、《黄金时代》（后来在《旅行杂志》重刊，改名《似水流年》），《旅行杂志》的《秘密谷》《如此江山》《平沪通车》，上海《立报》的《艺术之宫》，《申报》的《小西天》《换巢鸾凤》，《晶报》的《锦片前程》，《太原日报》和《南京晚报》同时刊载的《过渡时代》，南京《新民报》的《旧时京华》，《武汉日报》的《屠沽列传》，等等。

上海世界书局约他专门写书，不经报纸刊载的小说，他也写了三种：《满江红》《落霞孤鹜》《美人恩》。

写抗战的小说，是从“九一八”开始的。先写的有，《北平晚报》的《弯弓集》，《南京人报》的《中原豪侠传》《鼓角声中》，《申报》的《东北四连长》，《新闻报》的《热血之花》《续啼笑因缘》，《中央日报》的《天明寨》《风雪之夜》。

一九三八年到了重庆，一方面继续写抗战小说，有《时事新报》的《冲锋》（后来改名《巷战之夜》出售，曾拟改名《天津街》），香港《立报》的《桃花港》、《潜山血》（未完），汉口《申报》的《游击队》，《立煌晚报》的《前线的安徽、安徽的前线》，香港《国民日报》的《大江东去》，上海百新书店出售的《虎贲万岁》。

另一方面，结合抗战，他以当时官僚政治为背景，写他们的贪污腐化、醉生梦死、枪口向内、残酷剥削。这些是在重庆《新民报》发表的，有《八十一梦》《疯狂》《牛马走》《偶像》《第二条路》（后来改名《傲霜花》），又还在《旅行杂志》发表了《蜀道难》《负贩列传》（后来改名《丹凤街》）。抗战以后，他还在当时北平《新民报》发表了《巴山夜雨》《五子登科》。

第三时期的作品，不如第二时期多，这是由于多方面的原因。首先由于转徙流离，从北京到南京，从南京入川，又从四川回北京，生活是非常不安定的。其次是身体较差，在南京时生了一场病，很长时间才复元。其三是连年战争，交通梗阻，有许多报纸停刊，妨碍了对作品的发表。然而他还是写了好几百万字。（没有统计，也可能过一千万字。）

一九四九年，在北京，迎接解放，他忽然中风了，对于写作，这是致命的一个打击。及至病情缓解，他仍然提起笔来写。写作已经成了习惯，不写作就没有生命。口角歪斜，流涎不止，发音都很困难了；记忆能力大大衰退，想象能力也远非昔比。自己完全了解到这一些，于是改写长篇为中短篇，改创作为再创作。这个时期的作品有：《梁山伯与祝英台》《秋江》《白蛇传》《孟姜女》《孔雀东南飞》《磨镜记》《牛郎织女》《凤求凰》等篇。唯一的长篇，是在上海《新闻报》发表的《记者外传》，却没有完篇。

这些作品，尽管有些还保持他原有的风格，然而绝大部分却是异样的，多数他一直写到底，是由一两个要好的朋友代他整理收尾的。

他这第四个时期的作品，不能称作“晚期作品”。一般说晚期作品，指的是在健康正常情况下所写作，不少作家是以晚期为顶峰的。但他是在重病之后，始终没有恢复正常时所写，因而不能用常规的说法去说他。在全集里，只能编作附录。应该承认这是他的作品；他有这些作品，如果不收入这些，那就不“全”了。如果正式当作他的晚期作品，那样安排可又不大恰当了。

四

对于恨水的小说，怎样评价才算公允呢？

曾经有人说他的作品是黄色小说，他听了一点也不生气，因为事实上这和他全不相干。

但当有人说他是“鸳鸯蝴蝶派”时，他却不愿意了，认为这是别人强加给他的“桂冠”，他不是。

至于有人说他是“礼拜六派”时，尽管他也否认，然而从来没有正面作出答辩。主要原因，由于当时攻击他的都是些不知名的人，他不肯中别人的挑起笔战借以成名的诡计。同时，要以我看，他自己也未尝不怀疑，“这样写，是不是就算‘礼拜六派’呀？”为什么他自己会有那样的怀疑呢？这又因为，所谓“礼拜六派”，究竟如何解释，它的定义和范畴，标准如何，从来没有一定的答案。说“鸳鸯蝴蝶派”，指的那些作品，谈情说爱、吟风弄月、无病呻吟，而命名“哀感顽艳”。刊物可以《民权素》为代表，作品则以《玉梨魂》为代表。《玉梨魂》在当时是畅销书，也有一定的反封建的内容，主张寡妇自由恋爱。但它主要写的是才子佳人，男欢女爱，用文言文写成，杂以诗词。从小说传统而言，是属于《花月痕》一条路子。不必看作品，但看题目，就能知道一半。那些作品，今天或许都看不下去了，然而历史上在短期间内，它确会风靡一时。刊物上成为重要流派，许多作者都加以模拟。不必讳言，恨水初期作品，就是走的这个路子。我们没有见到恨水那些作品，而题目却把信息告诉我们了。他自己说，就是用文言文写的，而且力求表现文采。并不是他厌倦了没有走下去，其实是他没有走通。“塞翁失马”是幸运的，他没有成为“鸳鸯蝴蝶派”。

“礼拜六派”，自然是属于刊物《礼拜六》那一流派。《礼拜六》以小说为主，也刊登一些嬉笑怒骂的小文。那时候，把小说按性质分类，有所谓社会小说、言情小说、伦理小说、武侠小说、侦探小说、滑稽小说等等区别。《礼拜六》不拘一格，什么都有。他们吹捧出一些“名家”，转而又以这些“名家”号召读者。《礼拜六》发行地在上海，“名家”就集中在江浙一带，他们是这个流派的主将。这个刊物内容很芜杂，无聊的作品居多；但也间或刊出较有意义的小说，在当时起过一定的影响作用。由于销行数量不小，所以很引起人们注意。就它的主流而言，不能算是进步的，“礼拜六派”自然成贬义词了。恨水是不是“礼拜六派”呢？他人在北京，独树一帜写小说，不是靠什么力量吹捧成名的；他从来不写像《礼拜六》上刊登的那些无聊作品：这些地方，可以说他和“礼拜六派”水米无交的。

只有一点容易模糊人们的眼睛的，是艺术形式和表现手段问题。恨水主要作品是章回小说，采用习惯的大众口语、文法结构、描写方法，完全是中国传统形式。这一方面，《礼拜六》上的一切作品，包括有意义或无意义的小说在内，是近似的，或者说简直相同。有分别处，仅仅在文字深浅高低上。如果仅仅根据这一点，说他是“礼拜六派”，岂不明显是形式主义的提法吗？反过来问：那样形式和手段，为什么不可以称之为“红楼梦派”或“儒林外史派”呢？把恨水作品硬纳入“礼拜六派”并没有什么好处，意图降低恨水作品，实际却抬高了“礼拜六派”了。

为什么恨水一直坚持写章回小说呢？一九四四年，他五十岁生日，在重庆，许多朋友祝贺他创作生活三十年。事后，他写了一篇《总答谢》，里面道：

“……新派小说，虽一切前进，而文法上的组织，非习惯读中国书、说中国话的普通民众所能接受。正如雅颂之诗，高则高矣，美则美矣，而匹夫匹妇对之莫名其妙。我们没有理由遗弃这一班人，也无法把西洋文法组织的文字，硬灌入这一批人的脑袋。窃不自量，我愿为这班人工作。有人说，中国旧章回小说，浩如烟海，尽够这班人享受的了，何劳你再去多事？但这里有个问题，那浩如烟海的东西，它不是现代的反映，那班人需要一点写现代事物的小说，他们从何觅取呢？大家若都鄙弃章回小说而不为，让这班人永远去看侠客口中吐白光、才子中状元、佳人后花园私订终身的故事，拿笔杆的人，似乎要负一点责任。我非大言不惭，能负这个责任，可是不妨抛砖引玉，让我来试一试。”

这是他的抱负。进步作家薄章回小说而不屑，市民层文化生活十分贫乏，为了对抗那些落后作品，他捡起了这个武器。旧瓶是可以装新酒的，被人指斥为“异端”而不辞。恨水作品的对象，明白是市民层，他拥有广大的读者。从他创作的动机和取得的效果而言，应该是被认为一致的。有位很了不起的大作家，他的老母就爱看恨水的小说。他常常给老母去买恨水的作品，老母说：“你为什么不写张恨水这样的小说给我看看呢？”这是文艺界流传的很有趣的故事。难道说那位大作家的作品不如恨水吗？当然不是这个意思。引用这个故事，只是说明当时进步作品所用的艺术形式和表现手段，适合于知识分子，而为市民层所不能接受。恨水的“人弃我取”是有道理的。章回小说是片重要阵地，让给“口吐白光的剑侠们”占领，那是太可惜了。

恨水是自由职业者：终身从事写作，多年的新闻记者。他有强烈的正义感，爱国决不后人。对于当时半封建、半殖民地的社会，非常厌恶。在他的作品中，读者自会发现，他赞成的是什么，反对的是什么。然而，不容辞言，他的“自由主义”，“不偏不倚”的政治立场（当时新闻记者的所谓“信条”），导致他成为改良主义者而不能成为革命家。因此，他在作品中，常常提出问题，却迷惘地找不着解决问题的方案。一位医生，能精确诊断出病情，写出病案，而没有下药，没有开列治疗方法，诚然有缺点，但不能说他是庸医。恨水的作品，总的说来，是社会进步的催化剂，是有益的。以他的文章而论，似乎还可以多作出一些贡献；遗憾的是，他的贡献还嫌少了一点。只是，这种贡献究竟是不容抹煞的。如果写近代小说史的人把张恨水排斥在外，那不仅是对他个人的不公道，而且不能称为信史，因为这将形成一段时期的空白。不同意说他对社会有所贡献，那么，批评他也好，指摘他也好，就是不能无视他。无视他，是史家的失职，这是真正的“缺点”。

恨水作品多，一一加以分析，势不可能。从时代环境上和作品形式上，大家差不多公认《春明外史》《金粉世家》《啼笑因缘》《八十一梦》是他的代表作。现在就对此四部小说产生的客观背景和思想内容，略作评介。

《春明外史》一九二四年四月十二日起，在北京《世界晚报》连载，直到一九二九年一月二十四日结束，每天刊登几百字。一共写了五十七个月，才告完成。大体上，这是以《二十年目睹之怪现状》为蓝本的一部谴责性小说。主角杨杏园，约略如《怪现状》中的“九死一生”。但叙述杨杏园先后和何梨云、李冬青的恋爱，有许多委婉故事情节，不像“九死一生”那么干巴巴的。作者安排他的主角是新闻记者，为的是容易引出当时政治上、社会上种种内幕新闻，因而加以谴责。

他用这个手法写小说，第一部应该数在芜湖报纸发表的《皖江潮》。他到北京后，接触面较广，听到东西多，题材十分丰富，和在芜湖不一样。《皖江潮》原是一个大题目，但在报刊上刊载不到一年，可能并没有写完。他自己对于这部小说也不怎么开心，或许因为那是早期作品，又没有出过单行本，所以忘怀了。据说当地学生，曾经截取其中一部分，编成戏剧演出，可见是发生过影响的。

《春明外史》写的是二十年代的北京，笔锋触及各个阶层，书中人物，呼之欲出，是不难给它作索隐的。总的来说，作者诅詈那个时代，指责某一些人，是应该那么写的。有些夸张，形容过甚，那是“箭在弦上，不得不发”。所有过来人，都觉得绘声绘色，历历如在目前。年轻的人，没有那些经历，读了这部小说，等于上一堂历史知识课，看出旧社会的丑恶面貌，也是很有益的。

有许多小说，是几十年甚至百年千年以后，倒溯追写，是用后来人的思想感情，写前人的故事。《春明外史》不是这样的小说。在报上发表时，它写的大多是当时发生的“新闻”。作者的思想感情，乃是二十年代一个新闻记者出于正义感的思想感情。今天看来，其中有些并不甚进步的地方，类如还有些残余的封建道德伦理观念；然而当时一般确有这种观念存在。对于恋爱问题，处理得也不十分好，把自由恋爱和嫖妓说的无甚分别，不时流露对新事物的抵触情绪。这些都是很可惋惜的。然而这究竟不是小说的主体。今天看这部小说，也须和看一切古典小说一样，把那半个世纪以前的时代背景，了解清楚，就可以指出哪些是它的精华，哪些是它的糟粕。

原载美国纽约《新土》杂志 1982 年第 7 期

【注】1982 年第 1 期《新文学史料》刊发张友鸾撰写的《章回小说大家张恨水》一文，正式开启了 20 世纪 80 年代张恨水研究的先河。1993 年，北岳文艺出版社首次正式出版《张恨水全集》，我们可以从张友鸾《评〈恨水全集〉》中，发现《张恨水全集》编纂过程的艰难曲折以及朋友眼中不一样的张恨水。

后　　记

早在二十多年前，我在图书馆查阅、爬梳民国旧报刊，搜集、整理张恨水资料，编纂《张恨水年谱》过程中，发现作为一位报人与作家的张恨水，留下了大量呈现其生平交际、创作主张、版本演变、时代背景、人文精神等信息，那就是书信和序跋。而“这些刊于‘书前书后’的文字，或阐明立场，或标榜主张，或交代心境，或闲话家常，当初有感而发，日后却成了进入该书的‘诱饵’或‘指南’”（陈平原《自序自跋·小引》，生活·读书·新知三联书店，2014 年 1 月第 1 版）。

有鉴于此，笔者即有心关注张恨水的书信，以及那些散落在小说单行本、散文集与诗词里，为友朋书写的序跋与这些作品的版本信息。2023 年 10 月，适逢“‘从这里出发：张恨水文学创作 110 周年’学术研讨会”在姑苏古城召开，并黄山书社《张恨水书信》一书新书发布。会上，华东师范大学教授陈子善从史料建设角度建议出版《张恨水序跋》。因之，就有了这部与《张恨水书信》配套的《张恨水序跋》，目的在于为读者提供认识、了解张恨水的两个视角与窗口。

《张恨水序跋》所收序跋，涉及张恨水小说 42 部、散文集 6 部、诗词集 1 部，张恨水为他人撰写的序言 11 篇。为便于读者加深对张恨水序跋的了解，笔者在每篇序跋里加上原书初版书影与版权页（少数初版缺失的，用其他代表性版本替代）图片；每篇序跋后为辑注，简略介绍原书内容梗概、版本演变情况及相关人物。

本书系笔者与河北师范大学文学院康鑫博士合作成果。在成书过程中，自始至终得到华东师范大学教授陈子善、北京大学教授陈平原的鼎力支持与鼓励，并分别撰写序言、题写书名。感谢北京师范大学文学院教授刘勇、北京大学中文系教授孔庆东、苏州大学文学院教授汤哲声、复旦大学中文系教授栾梅健、中国人民大学文学院教授朱万曙、四川大学文学院教授李怡以及《新文学史料》主编郭娟的亲切关心！感谢黄山书社领导的支持以及本书责任编辑刘莉萍女士付出的辛勤劳动！感谢张恨水子女张明明女士、张正女士、张仝先生，堂侄张羽军先生的热情鼓励！感谢中国国家图书馆陈秋慧女士及从事收藏事业的宋海东先生提供部分书影！

尤其要感谢的是，池州学院、安徽新华学院以及相关部门的关心与大力支持，安徽省张恨水研究会、池州学院通俗文学与张恨水研究中心同仁的鼎力协助。

最后，还要感谢中国国家图书馆、上海图书馆、重庆图书馆、南京图书馆、江西省图书馆、安徽省图书馆、辽宁省图书馆为查阅资料提供的诸多方便。

谢家顺

公元 2024 年 2 月 24 日农历甲辰正月十五，大雪纷飞之时于长江之滨小城池州寒暄斋

补　记

甲辰春节之后的早春三月，笔者一直旅途奔波，忙于俗务。3 月 22 日，应邀赴北京大学参加“《陈平原文集》出版暨现代中国人文学学术研讨会”，期间与陈子善教授再次相会，陈教授谈及他收藏的 1944 年百新书店蓉一版张恨水小说《蜀道难》版本信息，并欣然答应回上海后即将书影、自序及版本等珍贵资料提供给我。这一利好消息，让我欣喜万分，也自然填补了抗战期间西南大后方出版状况和小说《蜀道难》无序言的空白，为本书增了光、添了彩。这是应该再次感谢的。

又，4 月 5 日下午，从著名黄梅戏表演艺术家、安庆黄梅戏艺术剧院院长韩再芬处得知，张恨水先生堂侄、著名剧作家、安徽省张恨水研究会学术顾问、95 岁高龄的张羽军，4 月 4 日下午在四川成都逝世。清明节是怀人的日子，往事依依，其情可感。在此谨表达哀悼和深切怀念之情！

公元 2024 年 4 月 5 日农历甲辰二月廿七，小雨纷纷之时于池州杏花村畔